ジャニスはフェリスの脚に
しがみついたり膝に頬ずりしたりする。
やりたい放題である。
JN054134
10
Seiju Amano
天乃聖樹
illustration
フカヒレ
十歳の最強魔導師

エリーゼ姫はフェリスの手を握り、
フェリスを胸に抱えるようにして舞い始める。

「踊れます！
わたし、
踊れています！」

六二ページ(「現代生活の画家」)。ひょっとするとこれは、「ウジェーヌ・ドラクロワの作品と生涯」の中に見られる次の難解な論評の説明になるかもしれない。「子どもは、一般に、大人一般に比べて、ずっと原罪に近いと言える。」(『ロマン派芸術』四一ページ)

[J7, 1]

太陽。「騒がしい太陽が窓ガラスを攻撃している。」(『ロマン派芸術』六五ページ)「大都会の風景が……太陽の平手打ちを食らう。」(『ロマン派芸術』六五—六六ページ)

[J7, 2]

「ウジェーヌ・ドラクロワの作品と生涯」の中の一文。「目に見える世界全体は、イメージと記号の倉庫にすぎない。」ボードレール『ロマン派芸術』一三ページ

[J7, 3]

ギース論から。「美は、……永遠、不変の要素と、相対的、状況的要素から成り立っており、後者は、……時代、流行(モード)、道徳、情熱といったものだ。すばらしく美味なケーキの楽しく、口当たりのよい、食欲をそそる上皮のようなこの第二の要素がなければ、第一の要素は消化不可能となろう。」ボードレール『ロマン派芸術』五四—五五ページ

[J7, 4]

新しさ(ヌヴォテ)について。「どれほどおまえが気に入ることだろう、おお夜よ！　あの星々がなかったら／その光は分かりきった言葉を話すから！」『〈悪の〉華』パイヨ社版、一三九ページ（「強迫観念」）　[J7, 5]

後にユーゲントシュティールに花が現われることは、『悪の華』という表題にとって重要である。この作品は、古代ローマ人の厭世(タエディウム・ウィタエ)からユーゲントシュティールへの橋渡しとなっているのだ。　[J7, 6]

ポーとラテン文化との関係を解明することが重要であろう。ボードレールは、人工的なものに対する関心ゆえにアングロ・サクソン文化圏に目を向けたが、構成技術に関心を寄せたために——最終段階で——それと同じく持続的にラテン世界に引きつけられた可能性がある。初期の段階で、アングロ・サクソン文化圏も、ポーを介してボードレールの構成理論を規定している。それだけに、彼の構成理論が最終段階でラテン的痕跡をとどめていないかどうかが、一層さし迫った問題となる。　[J7, 7]

『レスボスの女たち』——クールベの一油彩画。　[J7, 8]

ボードレールによれば、自然は犯罪というこのただ一つの贅沢しか知らない。そこから人工的なものの重要性が生まれる。子どもたちは原罪に一番近いという見解を説明するには、あるいはこの考えを考慮に入れる必要があるかもしれない。子どもたちは過度に感情に走りやすく、しかも自然なので、悪いことをせずにいられないからということだろうか。ボードレールは結局は親殺しのことを考えているのだ。（『ロマン派芸術』パリ、一〇〇ページ参照）　[J7a, 1]

古代——これは構成の規範しか提供できない（ギース論、『ロマン派芸術』七二ページ参照）——からの解放の鍵は、ボードレールにとってはアレゴリー的解釈である。　[J7a, 2]

ボードレールの朗唱の仕方。彼は「ドーフィーヌ街のどこかの地味なカフェに」——アントニオ・ヴァトリポン、ガブリエル・ダントラグ、マラシ、デルヴォーらの——友人たちを集めるのだった。「……詩人はまずパンチを注文し、それから、われわれが聞く気持ちになっているのがわかると、……気取って、快く、フルートのように高く、なめらかで、にもかかわらず鋭い声で、われわれに、「人殺しの酒」とか「腐肉」といった、何か並はずれたものを朗唱するのだった。イメージの激しさと朗唱の仕方の上辺の温和さ、心地よいとんがり調子のアクセントのつけ方との間のコントラストは、実に驚くべきものだった。」ジュール・ルヴァロワ『世紀中葉――一批評家の回想録』パリ、〈一八九五年〉、九三―九四ページ　[J7a, 3]

「「坊主の息子である私」という有名な言葉とか、胡桃を食べるのが楽しいのは幼児の脳味噌をかじっているような気持ちがするからだという話とか、ひどく暑い夏の日に、ガラス屋に重いガラスを背負ってわざわざ七階まで登って来させた上で、用はないと言った話とか、彼は好き放題、非常識な言動とおそらくは嘘を重ねたのである。」ジュール・ルヴァロワ『世紀中葉――一批評家の回想録』パリ、〈一八九五年〉、九四―九五ページ　[J7a, 4]

ボードレールの注目すべきゴーティエ評（ジュール・ルヴァロワ『世紀中葉――一批評家の回想録』パリ、九七ページに引用）。シャルル（正しくはスペルベルク）・ド・ロヴァンジュール「バルザックの作品の歴史の一終章」によれば、これは『演劇のこだま』一八四六年八月二五日号に出ているもので、次の通りである。「彼は太って、怠惰でリンパ質で思想がなく、オーセージ族〔アメリカ先住民の部族〕の首飾り風に言葉に糸を通して、真珠のように飾るだけである。」 [J7a, 5]

ボードレールがトゥスネルに宛てたきわめて注目すべき手紙。「一八五六年一月二一日、月曜日。拝啓、貴兄の贈り物を拝受、是非ともお礼を申しあげたいと思います。正直言って、失礼ながら私は、御高著の価値を知らないでおりました。……大分前から私は、書物というものに嫌気がさし、ほとんどすべて投げ出してしまいます。――それにまた大分前から、これほど完全に有益で楽しいものも読んでいません。――鷹など、人間のために狩りをする鳥の章は――それだけで――一つの作品です。大家の言葉に似た言葉、真理の叫び、抗しがたい哲学的な響きがあります。動物はそれぞれスフィンクスである、とか、アナロジーについて述べられた、何と精神は、かくも豊かで単純な理論に守られて心地よい平穏の中に憩うていることか！　精神にとっては、神の行いに不可解なことは何もない、といった風にです。……確かなのは、貴兄が詩人だということです。大分前から私は、詩人はこの上なく聡明であり、……想像力は、諸能力のうちでももっとも科学的な能力であって、それは、想像力だけが、普遍的アナロジー、あるいは神秘宗教が照応と呼んでいるものを理解するからだと述べてきました。しかし、私がそういったことを出版しようとすると、私は頭が変だと言われるのです。……にもかかわらず、まさしく疑う余地がないのは、私には哲学的な精神があり、それによって、狩猟家でも博物学者でもないのに、動物学においても、何が真実かがわかるということです。……この著作の初めから私はある思いにとらわれています。――それは、貴兄が紛れもなく一宗派の中に迷い込んだ本物の精神の持ち主だということです。結局――貴兄はフーリエから何を得たのですか。何も得ていないか、ごくわずかのものを得ただけです。――フーリエなしでも、貴兄は今の貴兄であったことでしょう。理性のある人は、自然が言葉、アレゴリー、鋳型、こう言ってよければ打ち出し細工だということを理解するのに、フーリエがこの世に出現するのを待ってなどいなかったのです。……御高著は、眠っていたたくさんの観念を私の内に呼び醒ましてくれます。――それに、原罪について、また観念の鋳型に入れて造られた形態についてですが、私はよく、有害で嫌な獣は、おそらく人間の悪い想念に生命を与えたもの、肉体を与えたもの……にすぎないと考えてきました。――だから、自然全体が原罪の性質を帯びているわけです。無遠慮で不躾なことを申しましたが悪く思わないで下さい。敬具。シャルル・ボードレール。」アンリ・コルディエ『〔シャルル・〕ボードレール注解』パリ、一九〇〇年、五―七ページ。この手紙の中ほどでは、トゥスネルの進歩信仰と、〔ジョゼフ・〕ド・メーストルへの中傷に対して反駁

が加えられている。 [J8]

「ボードレール Baudelaire という名の起源。ジョルジュ・バラル氏がこの問題について『革命渉猟評論』誌に書いたことを以下に示す。ボードレールは、私にその名前の語源を説明してくれたが、それは、bel とか beau〔ともに「美しい」の意〕とかに由来するものではまったくなくて、band とか bald から来たものだという。彼はこう続けて言った。「私の名前はひどいものです。事実、badelaire というのは、刀身が短くて広く、刃が凸状で、切先が峰の方に反り返った剣だったのです。……十字軍遠征の後フランスに入って来て、これは、一五六〇年頃まで、死刑に使われました。数年前の一八六一年に、シャンジュ橋の近くで地面を掘った際に、一二世紀にグラン・シャトレの死刑執行人が使った badelaire が発見されました。これはクリュニー博物館に寄託されました。ご覧になって下さい。それは見るからに恐ろしいものです。私は自分の横顔がこの badelaire の輪郭に似ていると思って身震いしました。――でもあなたの名前は Baudelaire であって、Badelaire ではありませんよ、と私は言い返した。――変形して Baudelaire になっただけで、同じことです、とボードレールは言った。――全然そうではありませんよ、あなたの名前は Baud（陽気な）、Baudiment（陽気に）、s'ébaudir（喜ぶ）から来ているのです。あなたは親切で陽気です、と私は言った。――いや、いや、私は意地が悪く陰気です。」ルイ・トマ『ボードレール渉猟』パリ、一九一二年、二三―二四ページ　[J8a, 1]

ジュール・ジャナンは、一八六五年、『ベルギー独立報』紙で、ハイネのメランコリーを非難した。ボードレールは、反論の手紙の草案を書いている。「ボードレールは、メランコリーが、あらゆる真摯な詩の源泉であると主張している。」ルイ・トマ『ボードレール渉猟』パリ、一九一二年、一七ページ　[J8a, 2]

あるアカデミー会員を訪問した際、ボードレールは、一八五八年に出た『善の華』を引き合いに出して、著者の名前――アンリ・ボルドー（Henry ではなく、おそらく Henri）――は彼自身の筆名だと言っている。（L・トマ『ボードレール渉猟』パリ、一九一二年、四三ページ参照）　[J8a, 3]

「サン＝ルイ島では、どこへ行っても自分の家みたいなものだとボードレールは思っていた。通りにいても、河岸にいても、彼は自分の部屋にいるのと同じようにまったく気楽だった。出かけるといっても島の内であれば、彼にとって、自分の屋敷から出ることではなかったのである。だから人は、室内ばきを履いて、帽子もかぶらず、仕事着になっていた上っ張りを着た彼に出会うのだった。」ルイ・トマ『ボードレール渉猟』パリ、一九一二年、二七ページ

[J8a, 4]

一八六四年、彼はこう書いている。「私が完全に一人になったら、私は（チベットか日本の）宗教を求めるでしょう。『コーラン』は軽蔑しきっていますから問題外です。そして死ぬ時に、万人の愚かさに対する私の嫌悪の気持ちをしっかりと示すために、その宗教を公然と捨てるのです。」ルイ・トマ『ボードレール渉猟』パリ、一九一二年、五七―五八ページ

[J8a, 5]

ボードレールの創作活動には、初めから卓越した技法と明確な姿勢がそなわっている。

[J9, 1]

年代。『悪の華』、一八五七年、一八六一年、一八六六年（一八六八年の誤り）。ポー、一八〇九―一八四九年。ボードレールが、ポーを知ったのは一八四六年の終わり頃。

[J9, 2]

レミ・ド・グールモンは、アタリーの夢〔ラシーヌの劇『アタリー』二幕第五場で主人公アタリーが見たと語る夢〕と「吸血鬼の変身」〔『漂着物』「禁断詩篇」〕との間の類似性を指摘したという。フォンテナスも同じく、ユゴーの「幽霊たち」〔『東方詩集』〕と「小さな老婆たち」〔『悪の華』〕との間の類似性を明らかにしようと努めている。ユゴー「哀しいかな！乙女たちが何人死ぬのを見たことか！……わけてもひとり……。」〔「幽霊たち」〕　[J9, 3]

ラフォルグはボードレールについてこう書いている。「彼は、ロマン主義のあらゆる大胆さの後に、初めて、総合文の調和の中に突然入ってきて、通りがかりにずけずけと振る舞うあのどぎつい直喩を発見したのである。具体的な直喩であり、あまりに前面に出てくる感じで、一言で言えばアメリカ的であるように思われる。紫檀材とか、人をとまどわせるが元気づけるまがいものといった風である。「夜は隔壁の……ように厚くなり！」（他にも例はたくさんある）……杖の先の蛇、君の髪は海原、君の頭は小象のようにやわらかく揺れ、君の体は、帆桁が水に漬かる細身の船のごとくかしぐ、君の唾液が、轟く氷河がとけて増水した流れのように、君の歯まで高まって来る、君の首は象牙の塔、君の歯はヘブロンの側堡につるされた雌羊たち。――これは『雅歌』の直喩にアメリカ風を応用したものである。」ジュール・ラフォルグ『遺稿集』パリ、一九〇三年、一一三―一一四ページ（「ボードレール覚え書」）。[J86a, 3]参照 [J9, 4]

「彼の青年期の波瀾と彼の思い出の海の太陽が、セーヌの河岸の霧の中で、ひどく物悲しく苦悩に沈んだビザンティン風ヴィオルの弦の張りを緩めたのである。」ジュール・ラフォルグ『遺稿集』パリ、一九〇三年、一一四ページ（「ボードレール覚え書」） [J9, 5]

『悪の華』の初版が出たとき、ボードレールは三六歳だった。 [J9, 6]

一八四四年頃。「ブランメルが服を着せたバイロン。」（ル・ヴァヴァスール〔ボードレールの友人で詩人、作家〕） [J9, 7]

『小散文詩』は、〔ボードレールの〕死後はじめて詩集にまとめられた。 [J9, 8]

「彼は大衆とはじめて縁を切った。」ラフォルグ『遺稿集』パリ、一九〇三年、一一五ページ [J9, 9]

「猫的、インド的、ヤンキー的、司教的、錬金術師的なボードレール。猫的なところ――「おとなしくしておくれ、わが《苦しみ》よ」で始まるあの荘重な詩篇の中の「いとしい者よ」という言い方。ヤンキー的なところ――形容詞の前に彼がつける「とても」、彼の描くそっけない風景、そして玄人筋がかん高い声でニュアンスを出して朗読するあの「わが精神よ、お前は敏捷に動いてゆく」の一行、雄弁と詩的告白に対する彼の憎悪、「霞のような快楽は地平の果てに逃げてゆくだろう／まるで……。」まるで何のようにというのだろうか。彼以前のユゴーやゴーティエだったら……フランス式の雄弁調の直喩にしたことだろう。彼は、先入観なしで、空気のように軽やかなままに、「まるで空気の精（シルフィード）が舞台の裏へ消えていくように」とヤンキー式の直喩にするのだ。鉄線や仕掛けが目に浮かんでくる。……インド的なところ――彼には、ルコント・ド・リールがそのすべての学殖と、いろいろ詰めこんで目が眩むようなその詩篇をもってしても及ばぬほどインド的なところ、つまりあの詩情がある。「庭園や、雪花石膏の水盤に涙を流す噴水や、／接吻や、朝な夕なにさえずる小鳥や。」真心の人でも大人物でもないのだが、何と哀調を帯びた感受性であることか！　何とすべてに開いた鼻孔であることか！　何という幻惑的な声であることか！」ジュール・ラフォルグ『遺稿集』パリ、一九〇

三年、一一八―一一九ページ（「ボードレール覚え書」）　[J9a, 1]

「ベルギーに関する著作の梗概」の明瞭に書かれた数少ない箇所の一つ、第二七章「メヘレン市散歩」の一節。「組鐘（カリヨン）用に編曲された世俗曲。いくつかの曲が交錯し入り組んでいる中から、私は「ラ・マルセイエーズ」の調べの一部を聞き分けたように思った。下衆の讃歌も、鐘楼から聞こえて来ると、少しは耳ざわりなところがなくなるのだった。撞木（しゅもく）でこまかく刻まれて、それはもうしきたりの重々しいわめきではなくなって、子どもっぽい優美さを獲得したかに思えた。まるで大革命が天の言葉をたどたどしく喋れるようになってきたかのようだった。」ボードレール『作品集』Ⅱ、Y-G・ル・ダンテック編、七二五ページ〈編者注――項目Jではここで初めて、ベンヤミンはY-G・ル・ダンテック校訂・注のシャルル・ボードレール『作品集』全二巻、パリ、一九三一―一九三二年（プレイアッド叢書第一巻、第七巻）を引いている。以下では、ボードレール『作品集』などと略記されている場合はこの版を指す。〉　**[J9a, 2]**

ベルギー論関係の「〔旧スペルベルク・ド・ロヴァンジュール〕コレクション外覚え書」から。「私は乗せられない、乗せられたこともない！　私は「《革命》万歳！」と言うけれど、

「《破壊》万歳！」「《贖罪》万歳！」「《懲罰》万歳！」「《死》万歳！」とも言うだろう。」ボードレール『作品集』Ⅱ、Y‐G・ル・ダンテック編、七二七―七二八ページ　[J9a, 3]

「ベルギーに関する著作の梗概」第二五章「建築―教会―信仰」。「ブリュッセル、教会堂。――サント＝ギュデュール教会。壮麗なステンドグラス。深い情感が人生のすべての事物を覆う色にも似た、強烈な美しい色彩。」ボードレール『作品集』Ⅱ、Y‐G・ル・ダンテック編、七二二ページ――「恋人たちの死」（『悪の華』）――ユーゲントシュティール――ハシッシュ　[J9a, 4]

「ボードレールは……デンマーク王子〔ハムレット〕の冒険を、気取った演技と心理の置き換えによって復活させようとしたのではないかと私は思った。……ボードレールが、ヘルシンゲア〔デンマークの港町、『ハムレット』の舞台のモデルとなった古城クロンボーがある〕の劇を自分自身のために上演したとしても驚くに当たらないだろう。」レオン・ドーデ『松明』パリ、〈一九二九年〉、二一〇ページ（「ボードレール」）　[J10, 1]

「シャルル・ボードレールの……精神生活は、……幸福感と前兆（アウラ）が交互して……いたように思われる。彼の詩篇が、明るい幸福感を表わしているものもあれば、厭世（タエディウム・ウィタエ）の状態を表わしているものもあるといった具合に、二つの性質を持っているのはそのためである。」レオン・ドーデ『松明』パリ、一二二ページ（「ボードレール」）　[J10, 2]

ジャンヌ・デュヴァル、サバティエ夫人、マリー・ドーブラン〔三人ともボードレールが愛した女性〕　[J10, 3]

「ボードレールは、愚劣な一九世紀になじめなかった。彼はルネサンス時代の人物なのだ。……それは、彼の初期の詩篇にまで感じられる。それらの詩篇はロンサールの初期詩篇を思わせることが多い。」レオン・ドーデ『松明』パリ、一二六ページ（「ボードレール、不安と「アウラ」」）　[J10, 4]

レオン・ドーデは、サント＝ブーヴの「ボードレール」論をたいへんきびしく批判している。　[J10, 5]

パリの町を描写した者たちのうちで、バルザックはいわば原始派（プリミティヴ）である。彼の描く人物たちは、彼らが行き来する街路よりも大きい。ボードレールは、建物の海を、家の高さにまで及ぶその波とともに描き出した最初の人だ。おそらくオースマンと関係がある。

[J10, 6]

「ボードレールというのは……一種の短剣である。……両刃で幅が広く短いボードレールは……持つ手が切っ先に近いから、一撃で確実に荒々しく突きささる。」ヴィクトール＝エミール・ミシュレ『霊媒たちの顔』パリ、一九一三年、一八ページ（「ボードレール、あるいは悲しげな占者」）

[J10, 7]

「ボードレールが言うには、ダンディは、絶えず崇高であることを目指さなくてはならない。ダンディは鏡の前で生活し眠らなくてはならない。」ルイ・トマ『ボードレール渉猟』パリ、一九一二年、三三―三四ページ

[J10, 8]

詩画集（アルバム）の一葉に発見されたというボードレールの二詩節。

「腕（かいな）たくましい気高き女（ひと）、長い毎日ひもすがら、
善くも悪くも考えず、いつも眠るか夢みる女（ひと）、

誇り高く裾をたくしあげた姿は古代風、
私には歩みが遅く思われるこの一〇年
美味な接吻をすっかり習得した私の口が
　僧院風の愛をもっていつくしんだ君。

放蕩の巫女にしてわが快楽の修道女よ、
君は自分の神聖な胎内に人の命を宿し養うことを
　いつも潔しとしなかった、
美徳がその恥辱の鋤で妊娠した婦人の
腹にうがった憂うべき傷跡を
　それほど君は恐れ避けるのだ。」

ルイ・トマ『ボードレール渉猟』パリ、一九一二年、三七ページ　[J10, 9]

「彼は、告解のような穏やかな調子で自分を語り、霊感を受けたふりをしなかった最初の人である。初めて彼が、パリを《売春》の風に揺れて街路に点るガス灯、レストランとその換気口、病院、賭博、鋸挽きした木が薪となって中庭の敷石に落ちて響く音、それに炉辺、それに猫たち、ベッド、ストッキング、飲んだくれ、近代的製法の香水を)、首都のありふれた棄民の立場から語ったのだが、それも高貴に、距離をおいて、完璧にそうしたのである。……勝ち誇るのではなく、自分の罪を認め、自分の傷口を、自分の怠惰を、勤勉で献身的なこの世紀の只中での自らの倦怠に満ちた無用性を描き出した最初の人である。フランス文学に、快楽の中での倦怠と、陰気な臥所(ふしど)というそのための奇妙な舞台装置を持ち込み……それを楽しんだ最初の人である。……《美顔料》と、それを空にまで夕日にまで拡大したこと……憂鬱と病気(詩的な《肺結核》ではなく神経症)、しかも神経症という語は一度も書かなかった。」ラフォルグ『遺稿集』パリ、一九〇三年、一一一―一一二ページ [J10a, 1]

「『悪の華』は、神秘的な暗がりの中で芽を出し、密かな根を張り、実り豊かな茎を伸ばしたあとで、そこから突如現われ出て、人生の色をし、縁がぎざぎざですじが浮き出た、くすんだ花冠を壮麗に咲かせ、栄光と醜聞の空の下に、愛と苦しみと死のめまいが起こるような香りを拡散させようとしていた。」アンリ・ド・レニエ[「ボードレールと『悪の華』」]、シャルル・ボードレール『『悪の華』とその他の詩篇』パリ、〈一九三〇年〉、[一八ページ]、所収 [J10a, 2]

「彼は醜いものに対していつも礼儀正しい。」ジュール・ラフォルグ『遺稿集』パリ、一九〇三年、一一四ページ　[J10a, 3]

ロジェ・アラール(『ボードレールと「新精神」』パリ、一九一八年)は、サバティエ夫人に捧げた詩篇を、ロンサールがエレーヌに捧げた詩篇と比べている(八ページ)。　[J10a, 4]

「二人の作家が、いやむしろ二冊の著作がボードレールに深く影響を与えた。……一冊は、カゾットの魅力的な『恋する悪魔』であり、もう一冊はディドロの『修道女』である。数篇の詩に見られる不安な激しさは前者譲りであり、……ディドロからは、ボードレールはレスボスのくすんだ菫を摘むのである。」この箇所の注に、アポリネール版のボードレール『詩作品集』に付されたアポリネールの説明文から次の引用がある。「カゾットは光栄にも、ボードレール……の中で、大革命の作家たちの精神とエドガー・ポーの精神とを結びつける橋渡しの役を果したのだと考えておそらく間違いないだろう。」ロジェ・アラール『ボードレールと「新精神」』パリ、一九一八年、九―一〇ページ　[J10a, 5]

「ラテン末期の文学崩壊に……ボードレールが味わった……晩秋の味わい。」ロジェ・アラール『ボードレールと「新精神」』パリ、一九一八年、一四ページ　[J11, 1]

「ボードレールは、……ラシーヌ、ヴェルレーヌと並んでフランス詩人たちのうちでもっとも音楽的である。しかし、ラシーヌがヴァイオリンを弾くだけなのに、ボードレールは全オーケストラを奏でるのだ。」アンドレ・シュアレス[シャルル・ボードレール『悪の華』パリ、一九三三年]、序文、XXⅣ―Ⅴページ　[J11, 2]

「ボードレールがきわめて濃密であり、それもダンテ以後第一番にそうであるのは、ダンテが教理に集中しているように、彼自身は常に精神生活に集中しているからだ。」アンドレ・シュアレス[Ch・B『悪の華』パリ、一九三三年]、序文、XXXⅧページ　[J11, 3]

「『悪の華』は、一九世紀の地獄である。しかしボードレールの絶望は、ダンテの怒りよりもはるかに激しい。」アンドレ・シュアレス[Ch・B『悪の華』パリ、一九三三年]、序文、XⅢページ　[J11, 4]

「ボードレールよりもすぐれた韻文の芸術家はいない。」アンドレ・シュアレス〔Ch・B『悪の華』パリ、一九三三年〕、序文、XXⅢページ　[J11, 5]

アポリネールの言葉。「ボードレールはラクロとエドガー・ポーの息子である。」ロジエ・アラール『ボードレールと「新精神」』パリ、一九一八年、八ページに引用　[J11, 6]

「愛に関する慰めの箴言抄」には醜さについての余話がある(『海賊=サタン』紙、一八四六年三月三日号)。「熱愛する女性(アイドル)」が天然痘にかかってそのあとが残り、それが恋人の幸福をなすというのだ。「あなたは、もしもあなたのあばた面の愛人があなたを裏切ったとしたら、あばた面の女でしか慰めを得られない怖れが大いにある。もっと好奇心が強くてもっと擦れた精神の持ち主たちにとっては、醜さの楽しみは、さらにもっと不思議な感情、つまり、未知なるものへの渇望や、不愉快なものへの好みに由来する。ある種の詩人たちを解剖教室や病院へと、女たちを公開処刑へと駆り立てるのは……そうした感情である。これがわからないような人を私はたいへん気の毒に思うことだろう。――低音の弦が一本欠けたハープとでも言えよう!」ボードレール『作品集』Ⅱ、Y-G・

ル・ダンテック編、六二一ページ　[J11, 7]

「照応(コレスポンダンス)」の観念はすでに『一八四六年のサロン』に出て来るが、そこは『クライスレリアーナ』の一節が引かれている。(『作品集』I、五八五ページ、ル・ダンテックの注参照)　[J11, 8]

ボードレールが晩年に示す攻撃的なカトリシズムを考察する場合、彼の作品(ウーヴル)が生前にろくに成功を収めなかったことを考慮に入れなければならない。このためにボードレールは、仕上げた作品に異例なやり方で自分自身を合わせるか、むしろそれと一体化するに至ったのかもしれないのだ。彼の特殊な感性は、詩作の過程ではじめてそれにふさわしい理論的表現に到達したが、詩人はこの理論的表現そのものは、あっさりとなんの変更も加えずにわが物とした。この理論的表現は、まさしくその攻撃的な性質に、そうした由来の痕跡をとどめている。　[J11a, 1]

「彼は牛の血のような赤いネクタイと薔薇色の手袋を着けている。そう、一八四〇年のことだ。……年によっては緑色の手袋まであった。色彩は服装から渋々と消えていっただけなのだ。ところで、ボードレール一人がそうした深紅色や煉瓦色のネクタイを着けたわけではない。彼一人が薔薇色の手袋をしたわけではないのだ。彼の特徴は、服の黒に対してその両者の組み合わせの効果を狙ったところにある。」ウジェーヌ・マルサン『ポール・ブールジェ氏の杖とフィラントの正しい選択』パリ、一九二三年、二三六―二三七ページ

[J11a, 2]

「ゴーティエは、彼〔ボードレール〕の話に「大文字やイタリック」を認めるのだった。彼は、まるで自分自身の声の中に外国人の言葉を聞いているかのように、自分が述べていることに驚いている……ように見える。しかし、彼の女性たちと彼の空、彼の香水、彼の郷愁、彼のキリスト教と彼のデモン、彼の大洋と彼の熱帯は、紛れもなく新しい一素材をなしていたのだということを認めなくてはならない。……私は、……人が彼を蜘蛛にたとえる理由になった彼のぎくしゃくした歩き方も非難はしない。それは、だんだん古い世界の角のとれた優雅さに取って代わることになる、角張った身振りの始まりだったのである。そこでもまた彼は先駆者だった。」ウジェーヌ・マルサン『ポール・ブールジェ氏の杖とフィラントの正しい選択』パリ、一九二三年、二三九―二四〇ページ

[J11a, 3]

「彼はからだの動きが上品で、ゆったりしていて調和がとれていた。彼の礼儀正しさはわざとらしく見えた。というのは、ボードレールは一八世紀のサロンを見て来た老人の息子で、その礼儀正しさは一八世紀の名残りだったからだ。」ウジェーヌ・マルサン『ポール・ブールジェ氏の杖とフィラントの正しい選択』パリ、一九二三年、二三九ページ [J11a, 4]

ボードレールのブリュッセルでのデビューについては二つの説がある。ジョルジュ・ランシーはその両方とも再録しているが、記者タルデューの説を採っている。タルデューはこう書いている。「ボードレールは、ひどく上がってしまって、震え、歯をカチカチいわせ、原稿に顔をくっつけて読み上げるばかりで、しどろもどろだった。ひどいものだった。」カミーユ・ルモニエは逆に、「見事な話し上手という印象」と言っている。ジョルジュ・ランシー『文学者たちの表情』ブリュッセル、一九〇七年、二六七、二六八ページ(「シャルル・ボードレール」) [J12, 1]

「彼は……自分の外にあるものを理解しようと真面目に努力することは決してしなかった。」ジョルジュ・ランシー『文学者たちの表情』ブリュッセル、一九〇七年、二七四ページ(「シャルル・ボードレール」) [J12, 2]

「ボードレールは、愛についても、仕事についても同じく不能だ。彼は、ものを書く場合と同じようにぎくしゃくと愛して、それから、件ののらくらした放蕩者のエゴイズムに再び陥る。決して彼は、人間に対する好奇心とか人類の進化という見方は持ち合わせていなかった。……したがって、彼の芸術は……偏狭で奇矯だという欠点をもつ運命にあった。そして明解で誰にでもわかる作品が好きな、健全でまっとうな精神の持ち主たちをそれから遠ざけるのはまさしくそうした欠点なのだ。」ジョルジュ・ランシー『文学者たちの表情』ブリュッセル、一九〇七年、二八八ページ(「シャルル・ボードレール」)　[J12, 3]

「今日の他の多くの著作家たちと同じく、彼は作家ではない、文体屋だ。彼が用いる比喩はほとんどいつも不適切である。彼はある眼差しについて、「錐のように鋭い」と言うだろう。……彼は、悔恨を「最後の宿」と呼ぶだろう。……ボードレールは、韻文よりも散文ではさらにひどい作家だ。……彼は文法さえ知らない。彼はこう言うのだ。「祖国の栄光のために熱心なフランスの作家は誰でも、誇らしい気持ちと哀惜なしに……目を向けることはできない。」〔ボードレールの意図を汲めばこう理解できるが、単純に読めば「……目を向けることができるとは限らない」と部分否定の意味になってしまう。〕間違いはここでは明白であるのみならず、ばかげているのだ。」エドモン・シュレール『現代文学研究』Ⅳ、パリ、一八八六年、二八八―二八九ページ(「ボードレール」)　[J12, 4]

「ボードレールは、文学における頽廃の徴ではなく、知識人における一般的堕落の徴である。」エドモン・シュレール『現代文学研究』Ⅳ、パリ、一八八六年、二九一ページ(「シャルル・ボードレール」)　[J12, 5]

ブリュンティエールは、ボードレールが、ゴーティエの言う通り、詩に新しい領域を切り開いたことは認めている。この文学史家がボードレールに対して批判的に留保していることのうちには、次のようなものがある。「彼はたしかに詩人ではあったが、詩人の技術がかなり欠けていて、とりわけ、人の言うところによれば、直接韻文で考える能力が欠けていた。」F・ブリュンティエール『一九世紀フランスにおける抒情詩の発展』Ⅱ、パリ、一八九四年、二三二ページ(「象徴主義」)　[J12, 6]

ブリュンティエールは(『一九世紀フランスにおける抒情詩の発展』Ⅱ、パリ、一八九四年)、ボードレールを一方ではラスキン派に、他方ではロシア小説家に対置する。その際彼はこれら二つの現象に、ボードレールの主張した「デカダンス」に当然対抗し、過度に洗練された教養人に自然人の素朴な単純さと無邪気さを対置する思潮を認める。ヴァーグナーはこれら正反対の傾向の総合を意味するという。――ブリュンティエールが、ボードレールをこのように比較的肯定的に評価するのは後になってから(一八九二年)にすぎない。

[J12a, 1]

ユゴー、ゴーティエに対するボードレールの態度について。「彼は師たちを女たちと同じように扱う。崇拝し誇るのだ。」U‐V・シャトラン『ボードレール、人と詩人』パリ、二一ページ

[J12a, 2]

ボードレールのユゴー評。「彼は単に明確に表現し、明確で明瞭な字義を直訳するだけではない。それだけでなく、わかりにくい、漠然と現われたものを、不可欠なわかりにくさをもって表現する。」シャトランが、この文を引用して(『ボードレール、人と詩人』パリ、二二ページ)、ボードレールはおそらく、ユゴーの「控え目なマラルメ主義」を理解した当時唯一の人物だったと述べているのは正しい。

[J12a, 3]

「やっと六〇人がひどい暑さの中を霊柩車に付き従った。バンヴィル、アスリノーが、夕立が来そうな空の下で美しい弔辞を述べたが、聞こえなかった。新聞は、『ユニヴェール』紙のヴイヨを除けば冷たかった。すべてが彼の遺骸に襲いかかり、どしゃ降りの雨だったので友人たちも散って行った。敵たちは……彼を「気違い」扱いするのだった。」U-V・シャトラン『ボードレール、人と詩人』パリ、一六ページ [J12a, 4]

照応（コレスポンダンス）の経験について、ボードレールは時おりスウェーデンボリを、それにハシッシュを参考に挙げる。 [J12a, 5]

コンサートでのボードレールの姿。「鋭く、見すかすような黒い両目が、独特にきらめき輝いていて、そのきらめきだけが、殻の中にとじこもってこわばっているように見える人物に生気を与えていた。」ロレダン・ラルシェ『回想断章』(「ボードレールの襟巻――完璧なバンヴィル」)、パリ、一九〇一年、六ページ [J12a, 6]

ラルシェは、ボードレールが最初に行ったアカデミー会員訪問の、つまりジュール・サンドーを訪問したときの目撃者である。ラルシェは、ボードレールよりわずか後に控えの間に入る。「私は……朝早く着いたのだが、奇妙なものが目に入って先客のいることがわかった。控えの間の洋服掛けに深紅色の長い襟巻が、当時下層の女工たちが夢中になっていたあのモール糸で編んだ襟巻が一つ、ぐるぐる巻きついていたのだ。」L・L〈ロレダン・ラルシェ、前掲書〉、七ページ

[J12a, 7]

頽廃の風景。「わが国の大都会を見るがよい、霧のように立ち込めるタバコの煙に覆われ、どん底は酒で神経が麻痺し、上部はモルヒネで損なわれている。まさしくそこで人類が変調を来たしているのだ。確信するがよい、そこからは、詩人よりも癲癇患者や、白痴や人殺しのほうが多く出て来るだろう。」モーリス・バレス『シャルル・ボードレールの狂気』パリ、〈一九二六年〉、一〇四—一〇五ページ

[J13, 1]

「この試論を終えるにあたり私は、われわれがホッブズに従って思い描くような政府が、市民を生み出さない分だけ、病人や反乱分子を作り出すこうした主張を、何か強力な健康法によって押しとどめることに腐心するだろうと、想像したい気持ちだ。……しかし、賢明な専制君主が、熟考の末、ある好ましい哲学の伝統に忠実に、再び乗り出して来るだろうと思う。「後は野となれ山となれ」だ。」モーリス・バレス『シャルル・ボードレール

の狂気』パリ、一〇三―一〇四ページ　[J13, 2]

「ボードレールはおそらく、ポーを通じて新しいものを感じとり理解して、一生かたくなにそれを専門とした勤勉な精神にすぎなかったのかもしれない。」モーリス・バレス『シャルル・ボードレールの狂気』パリ、九八ページ　[J13, 3]

「これらの詩人たちを性急にキリスト教徒として称えるのはおそらく控えたほうがいいだろう。典礼や天使やサタン……は、絵になるもの（ピトレスク）はまさにミサに匹敵すると判断する芸術家にとっては、演出にすぎないのだ。」モーリス・バレス『シャルル・ボードレールの狂気』パリ、四四―四五ページ　[J13, 4]

「彼の作品の最良の部分はわれわれを圧倒する。彼は、みごとな散文を難しい韻文にしているのである。」モーリス・バレス『シャルル・ボードレールの狂気』パリ、五四ページ　[J13, 5]

「金銀にきらめく種のように空に点在して、夜の深い闇からくっきりと浮かび上がって輝く星々は、［ボードレールにとって］人間の想像力の激しさと強さを象徴するものである。」エリザベト・シンツェル『自然とポーの自然象徴論――ボードレールとフランス象徴派』デューレン（ラインラント）、一九三一年、三二ページ　［J13, 6］

「彼の声は……キルティング張りの閨房の闇の中に聞こえてくる馬車の走る音のようにかすかだった。」モーリス・バレス『シャルル・ボードレールの狂気』パリ、二〇ページ　［J13, 7］

「ボードレールの作品は、初めはあまり豊かでないように見えた。軽薄才子たちは、彼の作品を、暗く靄に覆われた場所に骨折って掘った狭い池にたとえた。……ボードレールの影響は……一八六五年、……『現代高踏詩集』にはっきりと現われた。……三人の人物が際立っている。……ステファヌ・マラルメ、ポール・ヴェルレーヌ、モーリス・ロリナの三氏である。」モーリス・バレス『シャルル・ボードレールの狂気』パリ、六一、六三、六五ページ　［J13, 8］

「それに総合文で、えり抜きの語が屑のような語の間で占める位置！」モーリス・バレ

ス『シャルル・ボードレールの狂気』パリ、四〇ページ　[J13a, 1]

フローベールのボードレールへの手紙。「あなたは、肉体を愛することなく、これを陰鬱に超然と歌っておられて、そのやり方に私は共鳴するのです。ああ！　あなたは、生活とはうんざりするものだということを理解しておられます、あなたは！」モーリス・バレス『シャルル・ボードレールの狂気』パリ、三一ページに引用　[J13a, 2]

ボードレールがユウェナリスを好むのは、もしかするとユウェナリスを最初の都会詩人の一人と見ているからかもしれない。次のティボーデの指摘と比較すること。「偉大な都市生活時代には、都市が詩人と人間に、知的、精神的生活を提供すればするほど、詩は都市から強く排除されることがわかる。ギリシア世界の……そうした知的、精神的生活の中心がアレクサンドリアやシラクザといった大国際都市であったとき、そうした都市から田園詩が生まれた。アウグストゥスのローマが同じ地位を占めると、同様の羊飼いの詩、……爽快な自然の詩が、ウェルギリウスの『牧歌』と『農耕詩』とともに現われるのである。そして、フランス一八世紀の、パリの生活が……もっとも華々しい時期に、牧歌が古代回帰を伴ってもどって来るのだ。……ボードレール的都市主義（とさらに他のボードレール的なもの〕の筆致がすでに幾分か見られる唯一の詩人は、おそらく、気が向いたときのサン＝タマンだろう。」アルベール・ティボーデ『内面の作家たち』パリ、〈一九二四年〉、七―九ページ

[J13a, 3]

「これらロマン派の詩人たちすべてからボードレールへと移っていくと、自然の書き割りから石と肉の書き割りへと移っていくことになる。……ロマン派たちにとっては、自然との親密さの一部をなしていた、自然に対する宗教的畏敬が、ボードレールでは、自然の嫌悪となった。」〔?・〕

[J13a, 4]

ボードレールのミュッセ評。「初聖体の年頃、すなわち、娼婦や絹の縄梯子〔女性の部屋に忍び込んだり、そこから逃げるための道具〕に関係のあることなら何でも宗教のような効果のある年頃は別として、私は、このきざ者どもの親方には、たかが〔定食テーブルでの〕下らない情事のために天国や地獄を引き合いに出す、甘やかされた子どものような彼の厚かましさには、泥水のように次から次とあふれて来る彼の文法と韻律法の間違いには、それに、夢想が芸術品となる働きを理解する能力が彼にまったく欠如していることには、かつて我慢できませんでした。」〔一八六〇年二月一八日付ボードレールのアルマン・

フレース宛て書簡〕ティボーデは、この評価を引用して（『内面の作家たち』一五ページ）、次のブリュンティエールのボードレール評と好一対をなすとしている（一六ページ）。「これは、家具付き安ホテルのサタン、定食テーブルでのばか話に出て来るベルゼブル〔新約聖書における悪魔の呼称のひとつ〕にすぎない。」　　［J13a, 5］

「「通りすがりの女(ひと)に」のようなソネット、このソネットの最終行のような一行は、……人々が互いに無縁で、互いにそばにいながら過客同士の関係で一緒に生活している大都市のただ中でなければ生まれえない。そしてあらゆる大都市のうちでも、パリだけがそうしたものを自然な果実として生み出すことになる。」アルベール・ティボーデ『内面の作家たち』二二ページ（「ボードレール」）　　［J14, 1］

「彼が、痛ましい戦利品としてもたらしたものは……いくつもの思い出がなす厚みとでも呼べばいいだろう。その厚みのゆえに彼は、絶えず記憶錯誤の中で生きているように見えるほどだ。……詩人は、自分の中にある生きた持続を保っていて、においがこれを呼び覚まし、……これとにおいとが混じり合うのである。……この都市……、それはひとつの持続であり、生というもののひとつの根強い形態であり、ひとつの記憶である。

……彼はジャンヌ・デュヴァルのような女性……の中の何か太古からの夜といったところを愛したが、……それは、パリの生および存在と一体になっている……そうした真の持続の……象徴にすぎないことになろう。首都そのものと同じく、思い出の無尽蔵のかたまり、層を作っているはずと彼に思われる、あの年老いたしわだらけの人物たちの持続の象徴である。」(「小さな老婆たち」を指している。) アルベール・ティボーデ『内面の作家たち』パリ、二四―二七ページ(「ボードレール」)

[J14, 2]

ティボーデは、ゴーティエの『死の喜劇』、ユゴーの「蛆虫の叙事詩」を「腐屍」(『悪の華』)に引き寄せて解釈している〈前掲書、四六ページ〉。

[J14, 3]

ティボーデが、ボードレールにおいては告白と韜晦(とうかい)の間に相関関係があると言っているのはとても適切な指摘である。韜晦のおかげで、彼の自尊心は、告白しても傷を負わずにすむのだ。「ルソーの『告白』以来、わが国の私的文学はすべて、壊れた典礼家具、倒壊した告解室から出て来たように思われる。」ティボーデ『内面の作家たち』パリ、四七ページ(「ボードレール」)。韜晦とは原罪の一つの形姿だ。

[J14, 4]

ブリュンティエールが、ボードレールを、「怪物のように奇怪で、異様な色彩のためにもともとの奇怪さが一層際立って見える東洋の偶像のようなもの」と見ている一八八七年の文を、ティボーデは引用している（『内面の作家たち』三四ページ）。 [J14, 5]

ミストラルの『ミレイユ』が一八五九年に出た。ボードレールはこの本が当たりをとったことに大変憤慨した。 [J14, 6]

ボードレールのヴィニー宛ての手紙。「この本に対して賛辞を述べて下さるのなら、唯一お願いしたいのは、これがただの詩帖(アルバム)ではなく、首尾をそなえたものだということを認めて下さることです。」〔一八六一年一二月一六日頃のもの。「この本」とは『悪の華』第二版〕ティボーデ『内面の作家たち』パリ、五ページに引用 [J14, 7]

ティボーデは、そのボードレール論を、セーヌ右岸のラスティニャックの丘〔バルザック『ゴリオ爺さん』の末尾に、主人公ラスティニャックが、セーヌ右岸にあるペール・ラシェーズ墓地の高台からパリを見おろし、パリに一騎打ちを宣言する場面がある〕にあって、左岸のサント＝ジュヌヴィエーヴの丘と対をなしている病気の美神(ミューズ)のアレゴリーで締め括っている

（六〇、六一ページ）。 [J14, 8]

ボードレールは、「もしアルフレッド・ド・ヴィニーがいなかったとしたら、わが国の大詩人のうちで一番の悪文家だ」。ティボーデ『内面の作家たち』パリ、五八ページ（「ボードレール」） [J14, 9]

プーレ＝マラシは、当時はパサージュ・ミレスと呼ばれたパサージュ・デ・プランスに店（ブティック）を持っていた。 [J14a, 1]

「紫色の襟巻の上に手入れの行き届いた白髪まじりの長い髪がカールしていて、そのために彼はどこか聖職者風な容貌になっていた。」シャンフルーリ『青年時代の思い出と人物像』パリ、一八七二年（「ボードレールとの出会い」）、一四四ページ [J14a, 2]

「彼は、当時自分が孤立する原因となる誤解を生むことに、それも必ずしも意識せずに、専念した。そうした誤解がすでに自分に生まれれば生まれるだけ一層彼はそれに専念するのだった。死後に刊行された私的な覚え書は、この点、痛ましいほどに真相を明かしてくれる。……自分自身について語り始めるや否や、この比類なく繊細な芸術家は、驚くほど不器用になるのだ。取り返しがつかぬほど自尊心がなくなってしまう。ばかどもを驚かすためにせよ、憤慨させるにせよ、また、ばかどもなどまったく考慮に入れていないとばかどもに告げるためにせよ、ばかどもを考慮に入れるほど自尊心がなくなってしまうのだ。」アンドレ・ジッド「シャルル・ボードレール」、エドゥアール・ペルタン編『悪の華』序文、パリ、一九一七年、XIII―XIVページ　[J14a, 3]

「「この書物が書かれたのは、私の妻たち、私の娘たち、あるいは私の姉妹たちのためにではない」〔「火箭」一一〕とボードレールは『悪の華』について述べている。何でこれをわれわれに知らせる必要があるというのか。なぜこのような文が書かれたのか。おお！　それはと言えば、ただ、いかにも無頓着にそこに挿入したこの「私の妻たち」という言い方によってブルジョワ道徳に立ち向かう楽しみのためにすぎない。もっとも彼はその内面の日記〔ボードレールの二つの遺稿「火箭」と「赤裸の心」を普通こう呼ぶ〕の中に、「これに私の妻たちも、私の娘たちも、私の姉妹たちも憤慨するはずがない」〔「火箭」一一〕と書いているところを見ると、この言い方にこだわっているのだ。」アンドレ・ジッド「シャルル・ボードレール」、エドゥアール・ペルタン編『悪の華』序文、パリ、一九一七年、XIVペ

ージ　[J14a, 4]

「ボードレールはおそらく、罵詈雑言が一番多く書かれた芸術家だろう。」アンドレ・ジッド「シャルル・ボードレール」、エドゥアール・ペルタン編『悪の華』序文、パリ、一九一七年、XIIページ　[J14a, 5]

「『悪の華』は、フランス文学の魔術師、純粋芸術家、完全無欠な作家という自負どおりのゴーティエに献呈されている。――そしてこれは、間違わないでほしい、私が崇拝するのは技巧であって、思想ではない、私の詩篇に価値があるのは、運動によってでも、情念によってでも、精神によってでもなく、形態によってなのだ、と言う代わりなのである。」アンドレ・ジッド「Ch・B」、エドゥアール・ペルタン編『悪の華』序文、パリ、一九一七年、XI―XIIページ　[J14a, 6]

「小声で、今では彼はわれわれ一人一人と話す。」アンドレ・ジッド「Ch・B」、エドゥアール・ペルタン編『悪の華』序文、パリ、一九一七年、XVページ　[J14a, 7]

ルメートルは、もと『ジュルナル・デ・デバ』紙の「演劇評」に発表した「ボードレール」論で次のように述べているが、これは、クレペ編『遺稿と未発表書簡』の刊行に際して書かれたものである。「最悪なのは、私は、この不幸な人物にはこれらの謎めいた覚え書を発展させる能力がないような気がすることだ。ボードレールの「思想」は、たいてい勿体ぶって堪え難い片言の類いにすぎない。……これ以上哲学的でない頭脳は想像できない。」ジュール・ルメートル『同時代人たち』第四巻、パリ、一八九五年、二一ページ（「ボードレール」）。沈思（グリューベライ）！ [J15, 1]

カルカッタ行きの後。「帰国すると彼に七万フランの遺産が入る。二年で彼はその半分を使ってしまう。……したがって彼は、二〇年間、残った三万五〇〇〇フランの金利で暮らしたのである。……ところで彼は、この二〇年間に一万フラン以上の新たな借金はしていないのである。このような状態では、彼がネロがやったような遊蕩にたびたび耽ったはずもないと判断すべきだ！」ジュール・ルメートル『同時代人たち』第四巻、パリ、一八九五年、二七ページ [J15, 2]

ブールジェはレオナルド〔・ダ・ヴィンチ〕とボードレールを比較している。「危険な好奇心ゆえに関心が生まれ、画家あるいは詩人のそうした謎を前に長い夢想に誘われるのだ。長く見つめていると、謎はその秘密を明かしてくれる。」ポール・ブールジェ『現代心理論集』I、パリ、一九〇一年、四ページ(「ボードレール」)　[J15, 3]

「彼は次のように、悲劇的かつ感傷的なほど荘重な、忘れ難い言葉で詩篇を始めることに秀でている。「君が貞淑であろうがなかろうが僕にはどうでもよい！／美しく、悲しくあってほしい。……」また別の例。「短刀の一突きのように、不平がちな／僕の心の中に入り込んで来た君。……」さらに別の例。「物思いにふける家畜のように砂の上に横たわり／女たちは果てしない海の方へ目を向ける。……」」ポール・ブールジェ『現代心理論集』I、パリ、一九〇一年、三―四ページ　[J15, 4]

ブールジェは、バンジャマン・コンスタン、アミエル、ボードレールに、類似の性質を、つまり分析精神によって規定された知性、頽廃(デカダンス)の刻印を捺された典型を見ている。「ボードレール」論の長い補遺は『アドルフ』を扱っている。ブールジェにあっては、倦怠(アンニュイ)は分析精神と並んで頽廃の要素と見なされている。――ボードレール論の第三章つまり最終章「頽廃論」は、ローマ帝国末期の状態を拠り所としてこの説を展開している。

[J15, 5]

一八四九年か一八五〇年に、ボードレールは、記憶によってブランキの顔を描いている。(フィリップ・スーポー『ボードレール』パリ、〈一九三一年〉、図版部、一五ページ参照)

[J15, 6]

「これは技巧の、故意の矛盾の一大総体である。そのいくつかを指摘してみよう。ここには現実主義と理想主義が混じり合っているのが見られる。それは肉体の現実のこの上なく不愉快な細部の、大げさで得々とした記述であり、同時に、肉体からわれわれが受ける直接的印象をはるかに越える観念と信仰の洗練された表現でもある。——それはもっとも激しい快楽追求とキリスト教的禁欲主義の結合だ。「生の嫌悪、生の恍惚」とボードレールはどこかに書いている。……それはまた、愛においては、女性に対する軽蔑と崇拝の結びつきである。……女性を奴隷と見なし、獣と見なすのだが、……にもかかわらず、無垢の聖母にささげるのと同じ賛辞、同じ祈りを女性にささげるのだ。あるいは、女性をあらゆる悪への罠と見なし……その不吉な力ゆえに女性を崇拝する。それだけではない。この上なく激しい情熱を表現しているのだと言っているまさにその時、形態を……この上なく意外な……形態を、すなわち最大限の冷静と情熱の欠如そのものを思わせる形態を探し求めることに専念するのだ。……悪魔を信じている、というか信じている振りをする。悪魔を、《悪》の父と見なすかと思えば、偉大な《敗者》で偉大な《犠牲者》であると見なし、あるいは同時に両者であると見なす。そして、信者……の言葉で自らの不信心を表現して喜ぶのである。《進歩》を呪い、今世紀の産業文明を憎悪する……が、それと同時に、この文明が人間生活に持ち込んだ独特の画趣（ピトレスク）を楽しむ。……こういったところが、まさしくボードレール主義が本質的に専念していることだ、と私は思う。すなわち、常に、相反する二種類の感情を……そして、結局のところ対立する二つの世界観・人生観、つまりキリスト教的な世界観・人生観と別の世界観・人生観とを、あるいはこう言ってよければ、過去と現在とを結びつけるということである。これは《意志》〔Volonté〕（ボードレールと同じく私も頭文字を大文字にしておく）の傑作、感情に関する捏造の極致だ。」ジュール・ルメートル『同時代人たち』Ⅳ、パリ、一八九五年、二八―三一ページ（「ボードレール」）　[J15a, 1]

ルメートルは、ボードレールが計画どおり実際紋切り型（ポンシフ）を創り出したと指摘している。　[J15a, 2]

「血まみれとなった、《破壊》の道具立て」――この表現は、ボードレールのどこにあるか。「破壊」(『悪の華』)にある。　[J15a, 3]

「彼を、パリの悲観論者の完璧な見本として挙げることができる。パリと悲観論者という二語の組み合わせは、昔だったらひどくそぐわないものだったろう。」ポール・ブールジェ『現代心理論集』I、パリ、一九〇一年、一四ページ　[J15a, 4]

ボードレールは一時、H・ラングロワの「死者たちの舞踏」を、『悪の華』第二版の口絵に使おうと考えたのだった。　[J15a, 5]

「この人物の中には同時に三人の人物が住んでいる。……これら三人は大変現代的(モデルヌ)であるが、さらに現代的なのは彼らの結びつきである。信仰の危機、パリ生活、当時の科学精神、……これら三つが不可分と思えるほど結びついている。……信仰は消えてしまうだろうが、神秘主義はたとえ知性から排除されても感覚の中には留まり続けるだろう。……快楽を称賛する……のに典礼の用語が用いられているのを……例に挙げることができる。……あるいは、彼が「ワガふらんきすかヘノ讃歌」〔『悪の華』〕と題し、ラテン頽唐期の文体で奇妙に練り上げた、あの「続誦（プローズ）」を挙げることができる。……これに対して、彼の放蕩者的趣味はパリから受け継いだものだ。彼の詩篇……の中には、パリの悪徳の舞台装置がまるまる揃っている一方で、カトリックの典礼の舞台装置もそっくり揃っているのだ。彼が、猥褻な都会の最悪の宿を転々としたのは、見てのとおりだし、また、その際どれほどきわどい経験をしたかは察しがつく。おしろいを塗りたくって、顔はまるで鉛白の仮面のようで、口が血だらけのように見える娼婦たちのわきで定食を食べたのである。売春宿で眠り、朝日が射して、色あせたカーテンとともに、身を売った女の顔がさらに色あせているのを見て恨めしい気持ちを味わったのだ。彼は思考の困難を癒してくれる……思慮を伴わぬ痙攣を……求めた。そして同時にこの都会のあらゆる街かどで話をした。……彼は文学者の生活をし……自分の精神の刃を……研いだのであるが、他の者たちだったらこの場合、精神を永久に鈍らせてしまったであろう。」ポール・ブールジェ『現代心理論集』〈I〉、パリ、一九〇一年、七―九ページ（「ボードレール」）　[J16, 1]

リヴィエールは、ボードレールの詩の手順について一連のきわめて適切な批評をしている。「不思議な言葉の運びだ！　声が疲れているといった風に……言葉がすっかり虚脱していることがある。「それに誰が知ろう、私の夢見る新しい花々が／河原のように洗われたこの土壌に／それらの活力となるような神秘的な糧を見出すかどうか。」そうかと思えば次のような場合もある。「彼らを愛でる大地の女神が地の緑をさらに茂らせ」……思いどおりに自分の言いたいことが言えると完全に自信を持っている者たちと同じように、彼はまずきわめて隔たりの大きい言葉を探し、それからそれらの言葉を調停し、和解させて、それらに、これまで知られていなかった性質を注入するのである。……このような詩は思いつきではできないものだ。……湧き上がってくる思考が……それまでの不明瞭な状態からどうにかゆっくりと抜け出て来るのと同じく、詩の噴出も、その永い潜在期のある種の緩慢さを保持している。「あなたの切れ長の目の緑がかった光が好きだ」といった風にである。……ボードレールの詩篇はどれもひとつの運動である。……彼の詩篇はどれも、一つの意味を持った、ある種の楽句であり、問いであり、想起であり、祈りであり、献辞なのだ。」ジャック・リヴィエール『研究』パリ、一四一—一八ページ

[J16, 2]

『漂着物』（一八六六年刊行のボードレールの詩集）のロップスによる口絵。これは複雑なアレゴリーを呈している。——『悪の華』口絵用にブラックモンのエッチングを用いるプ

ラン。ボードレールはそのエッチングを次のように描写している。「骸骨が喬木状になっていて、両脚と肋骨が幹をなし、十字に広げた腕には葉と芽が繁って、庭師の温室の中で見られるように、きちんと並べた数列の小さな鉢に植わった有毒植物を守っているのです。」〔一八五九年五月一六日付、ナダール宛て書簡〕

[J16, 3]

スーポーの珍妙な説。「ほとんどすべての詩篇が、程度の差はあれ、直接版画か絵から着想を得ている。……彼は流行に迎合したのだと書くことができようか。彼は一人になるのを怖れたのだ。……気弱なために彼は拠り所を求めざるを得なかったのだ。」フィリップ・スーポー『ボードレール』パリ、〈一九三一年〉、六四ページ

[J16a, 1]

「壮年に達し、諦観の年齢に達すると、彼はそうした幼年時代を惜しみ悲しむような後悔のことばを一言も言わなかった。」アルトゥール・ホリッチャー「シャルル・ボードレール」〔『文学』第一二巻〕、一四—一五ページ

[J16a, 2]

「これらのイメージは……われわれの想像力を心地よく刺激しようとはしない。それらは、強調する時の声のあの婉曲な調子のように、間接的で周到なものだ。……予期せぬ

時に耳打ちするように、いきなり詩人がわれわれのすぐそばでこう言うのだ。「覚えているか。私の言ったことを覚えているか。われわれはどこでそれを一緒に見たのだろう。お互い見ず知らずのわれわれは。」」ジャック・リヴィエール『研究』パリ、一八―一九ページ

[J16a, 3]

「ボードレールは、感じている事柄をすっかり許容するわけではない、あの心の洞察力というものを知っていた。……それは、ためらいであり、未決定の気持ちであり、慎みの眼差しである。」ジャック・リヴィエール『研究』パリ、二一ページ

[J16a, 4]

「あまりに完璧で、あまりに計算された詩句であるから、当初はそれらにその意味のすべてを認めるのがためらわれるほどだ。期待がしばらく目覚めているが、詩句の意味の深さに疑惑が生まれて来る。しかし待ちさえすればよいのだ。」ジャック・リヴィエール『研究』パリ、二二ページ

[J16a, 5]

「朝の薄明」について。「「朝の薄明」の一行一行は、うめくような調子はないが、敬虔な気持ちがこめられていて、不幸の感情を呼び覚ます。」ジャック・リヴィエール『研究』

二九ページ　[J16a, 6]

「虚脱ゆえに恍惚に浸っている心の敬虔。……その心がこの上なく恐ろしい事柄を語ることになるのだが、激しい崇敬を抱くがゆえにそれに微妙な節度が備わることになる。」ジャック・リヴィエール『研究』パリ、二七―二八ページ　[J16a, 7]

シャンフルーリによれば、ボードレールは、『一八四五年のサロン』の売れ残りを買い占めたという。　[J16a, 8]

「脱走した流刑囚のように、ボードレールは顔を変えるのはお手のものだった。」シャンフルーリ『青年時代の思い出と人物像』パリ、一八七二年、一三五ページ（「ボードレールとの出会い」）。――クールベはボードレールの肖像画を仕上げることができないとこぼしていた。ボードレールは毎日違う顔をするというのである。　[J16a, 9]

ボードレールが黒ビールを好んだこと。　[J16a, 10]

「ボードレールの気に入りの花は、マーガレットでも、カーネーションでも、薔薇でもなかった。獲物に飛びかかる蛇とかうずくまったはりねずみのように見える葉の厚い植物の前で彼は大喜びで立ち止まるのだった。不規則な形、目立つ形、これが詩人の理想だったのである。」シャンフルーリ『青年時代の思い出と人物像』パリ、一八七二年、一四三ページ

[J16a, 11]

ジッドは、『悪の華』序文で、ドストエフスキーと同じくボードレールも、自らの内に「遠心的でものを崩壊させる」(XVIIページ)力があるのを察知し、それが自分の創作力と拮抗しているのを感じていたのだと強調している。

[J17, 1]

「ボードレールのそうしたボワロー好み、ラシーヌ好みは、見せかけではなかった。……『悪の華』には、「新しい戦慄」とは別のものがあり、伝統的なフランス詩句への回帰があるのだ。……神経系に不安がある場合でも、ボードレールはどこか健康的なものを維持しているのである。」レミ・ド・グールモン『文学散歩』第二巻、パリ、一九〇六年、八五―八六ページ(「ボードレールとアタリーの夢」)

[J17, 2]

ポーはこう述べる（レミ・ド・グールモン『文学散歩』パリ、一九〇四年、三七一ページに引用——「エドガー・ポーとボードレールについてのマルジナリア」）。「ある行為に罪や過ちが含まれていると確信することが、多くの場合、唯一抑えがたい力となってその行為を成し遂げるようわれわれを駆り立てる。」

[J17, 3]

ルネ・ラフォルグ『ボードレールの失敗』（パリ、一九三一年）の構成。ボードレールは子どもの時に、乳母か母がその夫（最初の夫か二番目の夫か）と交接するのを目撃したのだという。こうして彼は第三の愛の立場に置かれた。彼はこれに固着して、窃視者となった。おそらく彼は、おもに窃視者として淫売屋に通ったのだ。こうした視線への固着のゆえに、彼は「何ものも「見失わ」ないためには」客観性が必要であると感じる批評家となったのである。彼は、病因のはっきりしたタイプの患者に属するという。「見るということは、そうした患者たちにとって、鷲のように、すべての上をまったく安全に飛んで、同時に男女両方と同一化することにより一種の全能を実現することを意味する。……まさしくそのような者たちは、その際、絶対へのあの不吉な好みを発展させ、……純粋な想像力の領域に逃避することによって心情の機能を失ってしまうのである。」（二〇一、二〇四ページ）

[J17, 4]

「無意識にボードレールはオーピック〔ボードレールの義父〕を愛したのであり、また……絶えず義父を挑発したというのは、義父から愛してもらうためだったのだろう。……詩人の感情に対して、ジャンヌ・デュヴァルがオーピックと似た役を果たしたということであれば、なぜボードレールが……性的に彼女のとりこになったか、われわれには理解できる。とすれば、この結びつきは……むしろ同性愛的結びつきに当たるはずであって、そこでボードレールは、特に受動的な役、すなわち女性の役を果たしたのである。」ルネ・ラフォルグ『ボードレールの失敗』パリ、一九三一年、一七五、一七七ページ [J17, 5]

ボードレールの友人たちは、時おり彼をブランメル殿下と呼んだ。 [J17, 6]

ボードレールにおける虚偽への強迫について。「自発的、直接的に真実を表現するということは、「良識（ボン・サンス）〔正常な官能〕」で簡単に実現できるものなのに、こうした鋭敏で苦悩に満ちた意識にとってそれは、近親相姦で……成功することと等価になるのである。……ところで、正常な性欲が抑圧されている場合、良識はその目標を失う羽目になる。」ルネ・ラフォルグ『ボードレールの失敗』パリ、一九三一年、八七ページ [J17, 7]

アナトール・フランス（『文学生活』Ⅲ、パリ、一八九一年）のボードレール評。「彼の賛美者たちや友人たちによって作られた彼の伝説は、悪趣味な言動にあふれている。」（二〇ページ）「夜、怪しげな路地の暗がりで出会ったこの上なく哀れな女性でも、彼の頭の中では悲劇的な偉大さを帯びる。七匹の悪魔が彼女たち（！）の中にいて、神秘的な天全体が、魂が危険に瀕しているこの罪深い女性を見つめているというのだ。この上なく卑しい接吻も未来永劫に響きわたるだろうと彼は呟き、一時間の出会いに一八世紀分もの悪魔劇を加えるのである。」（二二ページ）「彼が女性に好みを抱くのも、確実に堕落するのにそれが必要だからにすぎない。これでは決して愛する男ということにはならないし、放蕩もきわめて不敬虔なものでないなら、放蕩でさえないことになろう。……女性を手段にして神に背き、天使たちを嘆かせることが出来ると思わないなら、彼は女性をかまったりしないだろう。」（二二ページ）

[J17a, 1]

「結局彼には半分しか信仰がなかった。精神だけが彼の中で完全にキリスト教的だった。心と知性は空虚なままだったのである。伝えられるところによれば、ある日友人の一人の海軍士官が、アフリカから持って来た小さな神像（マニト）を彼に見せた。哀れな黒人が木片に彫った怪物めいた小さな頭像だった。――「とても不恰好だ」と海軍士官は言った。そして軽蔑するようにそれを放り出してしまった。――するとボードレールが不安げに言った。「用心したまえ！　もしそれが本物の神だったらどうする！」これは、彼が言った一番深遠な言葉だ。彼は未知の神々を信じていたのであり、それも特に冒瀆して楽しむためだった。」アナトール・フランス『文学生活』Ⅲ、パリ、一八九一年、二三ページ（「シャルル・ボードレール」）　[J17a, 2]

一八六〇年二月一八日のプーレ＝マラシ宛て書簡〔この日付の書簡はアルマン・フレース宛てしかないので、これと混同か〕　[J17a, 3]

「ボードレールが〔梅毒による〕進行性麻痺だったという仮説は、あれほど反論があったにもかかわらず、半世紀を経てもまだ信じている者が多い。しかしそれは容易に見分けられる粗雑な誤りであって、真実の根拠はひとかけらもない。……ボードレールの死は、進行性麻痺によるものではなく、脳軟化症、発作の後遺症、……脳動脈の損傷が原因である。」ルイ＝アントワーヌ＝ジュスティーヌ・コベール『ボードレールの神経症』ボルドー、一九三〇年、四二―四三ページ。レモン・トリアルも、ある論文（テーズ）で、同じく「進行性麻痺」

説に反対している(『ボードレールの病気』パリ、一九二六年、六九ページ参照)。ただし、彼が、ボードレールの脳疾患に梅毒の結果を認めているのに対し、コベールは、ボードレールの梅毒は、完全に証明済みというわけではないと見ている(四六ページ参照)。彼は、四一ページに、ルモンとヴォワヴネル(『文学的天才』パリ、一九一二年)の「ボードレールは……脳動脈硬化症で死んだ」という説を引用している。

[J17a, 4]

カバネスは、『医学時評』一九〇二年一一月一五日号に発表した論文「ボードレールにおけるサディズム」の中で、ボードレールは「サディストの狂人」〈七二七ページ〉だったという説を立てている。

[J18, 1]

デュ・カンは、ボードレールの「インド」旅行についてこう述べている。「彼は、イギリス軍に家畜を納入し……象に乗って散策し、詩作した。」この箇所には次のような注が付されている。「この逸話は信用できないと人から言われたが、私はこれをボードレールから聞いたのであって、私にはこれの信憑性を疑う権利はない。しかし、おそらく、空想の方が勝っているという難点はあるだろう。」マクシム・デュ・カン『文学的回想』Ⅱ、パリ、一九〇六年、六〇ページ

[J18, 2]

テオフィル・ゴーティエの次のような発言は、重要な作品を刊行する以前のボードレールの前評判がどのようなものだったかをよく表わしている。「私は、ボードレールもペトリュス・ボレルと同じことになるのではないかと危惧している。われわれが若かった頃、こう言ったものである、……ユゴーは用心しなくてはならない、ペトリュスが出版すればたちまちユゴーは消えてしまうだろうと。……今日われわれは、ボードレールは怖いぞとおどされ、ボードレールが詩を出版したらミュッセもラプラドも私も、雲散霧消してしまうだろうと言われている。私はまったくそうは思わない。ボードレールなどペトリュスと同じで不発に終わるだろう。」マクシム・デュ・カン『文学的回想』Ⅱ、パリ、一九〇六年、六一―六二ページ [J18, 3]

「ボードレールには、作家として、大きな欠陥があったが、それにはほとんど自分では気づいていなかった。それは彼が無知だったことである。知っていることなら大変よく知っていたが、知っていることは少なかった。歴史、生理学、考古学、哲学は、彼の理解を超えていた。……彼は外界にはほとんど関心がなかった。なるほどそれは目には見えただろうが、研究しなかったことは間違いない。」マクシム・デュ・カン『文学的回想』

Ⅱ、パリ、一九〇六年、六五ページ
[J18, 4]

ルイ・ル・グラン中学校の教授たちがボードレールに下した評価から。「才気あり。誤った趣味幾分あり」(修辞学)。「時々かなり注意力散漫な振舞。この生徒は、本人自身の述べるところだが、歴史はまったく無益だと確信しているようである」(歴史)。――バカロレア合格後の一八三九年八月一一日の義父宛ての手紙。「僕の試験は、かなりひどいものでした。ラテン語とギリシア語は別です――こちらはとてもよかったのです。――それで救われました。」シャルル・ボードレール『ラテン詩』ジュール・ムケ編、パリ、一九三三年、一七、一八、二六ページ
[J18, 5]

ペラダンの「アンドロギュノス造形論」(『メルキュール・ド・フランス』誌、第二一巻、六五〇ページ、一九一〇年)によれば、アンドロギュノスはロセッティやバーン・ジョーンズに現われる。
[J18, 6]

エルネスト・セリエールの「芸術家の死」(『悪の華』)に対する見解(『ボードレール』パリ、一九三一年、二六二ページ)。「この詩篇を読みなおしながら私は、新人作家の作だったら

これは注目されないのみならず、不器用ぐらいの評価しか受けないだろうと思うのだった。」 [J18, 7]

セリエールは、『ラ・ファンファルロ』を、ボードレールの伝記に十分活用されなかった資料だとしている〈前掲書、七二ページ〉。 [J18, 8]

「ボードレールは、時おり見せるこうした不器用さから最後まで抜け出せないだろう。このような不器用さは、ユゴーのような詩人の輝くばかりの技巧にはまったく無縁だったことである。」エルネスト・セリエール『ボードレール』七二ページ [J18a, 1]

芸術には情熱が相応しくないことについて述べた主なる箇所。ポーについての第二の序文、ゴーティエ論。 [J18a, 2]

ブリュッセルでの第一回講演会はゴーティエについてのものだった。カミーユ・ルモニエは、これを、師を賛えるために執り行われるミサになぞらえている。ボードレールには、「《理想》の前で祭式を執り行う文学の枢機卿といった厳粛な気高さ!」が見られた

という。セリエール『ボードレール』パリ、一九三一年、一二三ページに引用 [J18a, 3]

「ボードレールは、〔ユゴーの〕熱烈な弟子という触れ込みでロワイヤル広場のサロンに入れてもらったが、帰り際、客たちに喜ばれるようにもっていくことが普段大変巧みだったユゴーも、この青年の「人工主義的」な性格とパリへの偏愛を理解できなかった。……とはいえ、ユゴーは、『一八四六年のサロン』はおそらく読まなかったものの、二人の間に心のこもった交流が続いた。それに、ボードレールは、『わが同時代人の数人についての省察』で、ユゴーに対して大いに称賛の念を示しているし、あまり深みはないが慧眼なところを見せている。」エルネスト・セリエール『ボードレール』パリ、一九三一年、一二九ページ [J18a, 4]

セリエールの伝えるところ（一二九ページ）によれば、ボードレールは好んでよくルルク運河沿いを散歩したという。 [J18a, 5]

ボードレールの母方の先祖デュファイ家のことは何も知られていない。 [J18a, 6]

「一八七六年、クラデルは「亡き師の家にて」と題する記事の中で……詩人の容貌の不気味な特徴に言及することになる。……この目撃者の言うところでは彼は、陽気に見せたいと思っている時ほど気味が悪いことはなかったという。というのは、彼は当惑させるような話し方をするし、その話し方の喜劇的効果〔vis comica〕が人を身震いさせたからである。すすり泣くような悲痛な爆笑の合い間合い間に、聴く者たちを大いに笑わせるためだと言って、何か死後の話をして、血も凍る思いをさせるのだった。」エルネスト・セリエール『ボードレール』パリ、一九三一年、一五〇ページ [J18a, 7]

人間の顔は星の輝きを反射するために作られているという箇所は、オウィディウスのどこにあるのか。 [J18a, 8]

セリエールは、ボードレール作とされている作者の定かでない詩篇にはみな、屍姦的な性質があると指摘している。(一五二ページ) [J18a, 9]

「要するに情動の異常が、周知の通り、ボードレールの芸術の中で、少なくとも、その相の一つであるレスボスという相のもとに、しかるべき地位を占めているのである。他の相はまだ道徳上の自然主義の蔓延のために公言できるには至っていなかった。」エルネスト・セリエール『ボードレール』パリ、一九三一年、一五四ページ

[J18a, 10]

ボードレールが、おそらく一八三九年か一八四〇年ころ、リヨンのある少女に捧げたソネット「僕はと言えば、もし僕にイチイの植わった美しい庭園があったなら……」の最終行――「そして君もそれを知っている、あまりに如才ないまなざしの美女よ」――は、ソネット「通りすがりの女(ひと)に」の最終行を想わせる。

[J19, 1]

『パリの憂鬱』の中の詩篇「天職」には、それもとりわけ次に示す三人目の子どもの話には大いに注目しなくてはならない。「〔彼は……〕声を低くして話した。――「変な気持ちがするもんだぜ、いいかい、ひとりで寝るんじゃなくて、女中と一緒に暗闇の中で一つのベッドに入っているというのはさ。……できたら君たちも僕がやったようにやってみたまえ、よくわかるよ！」この驚嘆すべき啓示の話をした少年は、話をしている最中も、まだ感じているものがあって、そのために一種茫然として目を見開き、落日の光線が、もじゃもじゃ髪の赤い巻き毛に射し込んで、そこに情熱の硫黄くさい後光のようなものが光って見えるのだった。」このくだりは、ボードレールの罪に対する考え方の特

徴も、公然たる告白のもつアウラの特徴をも同様によく表わしている。　[J19, 2]

一八五八年一月一一日にボードレールが母に宛てた手紙（シャルル・ボードレール『ラテン詩』ムケ編、パリ、一九三三年、一三〇ページに引用）。「『悪の華』の中には、お母さんにかかわるというか、少なくとも僕たちの昔の生活の、不思議なとても悲しいものとして僕の記憶に残っているあのやもめ暮らしの頃の内輪の思い出を暗示しているものが二篇入っていることに、いったいお気づきにならなかったのですか。一つは、「忘れてはいない、町（ヌイイ）に近い」で、もう一つは、これのあとに来る、「あなたも嫉妬した心の気高い女中（マリエット）」です。僕は、家の内輪のことを安売りするのは大嫌いなので、この二篇には題も付けず、はっきり分かるようなことは書かなかったのです。……」　[J19, 3]

ボードレールはまず散文で書いた詩を韻文に移しかえたというルコント・ド・リールの見解を、ピエール・ルイスも採りあげている（『全集』XII、LIIIページ「続・詩学」パリ、一九三〇年）。ジュール・ムケは、この見解について、シャルル・ボードレール『ラテン詩』（ジュール・ムケによる序文と注、パリ、一九三三年、一三一ページ）で次のように指摘している。「ルコント・ド・リールとピエール・ルイスは、『悪の華』のキリスト教詩人に対する反感に駆られて、彼に詩才があることを認めないのだ！――ボードレールは、青年時代の友人たちの証言によれば、まず、「どんな題でもかまわずに」、流暢な韻文を何千行も書いたというが、これは、彼が「韻文で考え」たのでなければ、できるはずのなかったことである。まず『レスボスの女たち』という、次いで『冥府』という総題をつけることになる詩篇を二二歳ころに書き始めた……時期には、彼は自分の流暢さを故意に抑えたのだ。……詩人がすでに自分が韻文で扱った主題を再び採り上げた……『小散文詩』の創作は、『悪の華』の少なくとも一〇年後のことである。ボードレールが韻文詩を創作するのに苦労したというのは、おそらく彼自身が……一役買って広めた伝説なのである。」　[J19, 4]

レモン・トリアル『ボードレールの病気』（パリ、一九二六年、二〇ページ）によれば、最近の研究によって先天性梅毒と後天性梅毒は相容れないわけではないことが明らかになったという。したがって、ボードレールの場合にも、父親から感染し、二人の息子と妻に半身不随となって現われた先天性梅毒に、後天性梅毒が付け加わったということである。　[J19a, 1]

ボードレールの一八四六年の文。「読者は味わったことがあるだろうか、遊歩者の好奇心から、よく何かの騒乱に首を突っ込んだことがある諸君みな、巡査というか市警官というか〔……〕公衆の眠りの番人が共和主義者を殴るのを見て私と同じ喜びを味わったことがあるだろうか。そして私と同じように諸君も心の中で言ったのだ、殴れ、もう少し強く殴れ。……君の殴っている男は芸術〔正しくは「薔薇」〕と香水の敵、台所用具の狂信者だ、ヴァトーの敵、ラファエッロの敵だ、と。」R・トリアル『ボードレールの病気』パリ、一九二六年、五一ページに引用 [J19a, 2]

「……『悪の華』を批評するのに阿片のことも、ジャンヌ・デュヴァルのことも語らないこと。」ジルベール・メール「ボードレールの人格」(『メルキュール・ド・フランス』誌、第二一巻、一九一〇年一月一六日号、二四四ページ) [J19a, 3]

「伝記に頼らずにボードレールを理解すること、これがわれわれの方法の本質的な意図であり、最終目的である。」ジルベール・メール「ボードレールの人格」(『メルキュール・ド・フランス』誌、第二一巻、一九一〇年一月一六日号、二四四ページ) [J19a, 4]

「ジャック・クレペ氏は、生活上の真摯さがわれわれに対して作品の価値を保証することになるように、人に同情することによって作品を愛する術を学ぶことになるように、ボードレールを考察せよというのだろうか。」ジルベール・メール「ボードレールの人格」（『メルキュール・ド・フランス』誌、第二一巻、一九一〇年二月一日号、四一四ページ）

[J19a, 5]

メールは、バレスの「たぐいまれなる感受性」はボードレールの薫陶を受けて生まれたと書いている。（四一七ページ）

[J19a, 6]

一八六五年のアンセル宛て書簡。「人は特別な才能を持ちながら、同時にばかであるということもありうるのです。ヴィクトール・ユゴーはそれをわれわれに見事に証明してくれました。……大西洋だってユゴーにうんざりしたのです。」

[J19a, 7]

ポー。「「死の息が《美》の息に混じっているのでなければ私は愛することができなかった！」とポーは後にはっきりと述べている。」エルネスト・セリエール『ボードレール』パリ、一九三一年、二三九ページに引用。セリエールの指摘によれば、ポーは一五歳のとき、ジェーン・スタナード夫人の死後、雨の日にもよく墓地へ行って彼女の墓のそばで長い夜を過ごしたという。 [J19a, 8]

ボードレールが母宛ての書簡で『悪の華』について語った箇所。「この書物……は……不吉で冷たい美で飾られています。これは怒りと忍耐で書いたものです。」〔一八五七年七月九日付〕 [J19a, 9]

一八六六年二月のアンジュ・ペクメジャのボードレール宛て書簡。この手紙を書いた人物は、特にボードレールの文章の官能的な艶やかさに感服していると述べている。〔エルネスト・セリエール『ボードレール』パリ、一九三三年、二五四―二五五ページ参照〕 [J19a, 10]

ボードレールは、「問いかけることを好む」(……)詩的性格〔正しくはここまでが「ヴィクトール・ユゴー」からの引用〕をユゴーに認めている。 [J20, 1]

ボードレールの意志の弱さと、状況によってはある種の麻薬が意志に与える全能との間にはおそらく相関関係がある。「わが夢幻境の建築家となって、／私は、思い〔意志〕のままに、／宝石のトンネルの中に／手なずけた大海を通しもした。」〔『悪の華』「パリの夢」〕　[J20, 2]

ボードレールの内面の体験──「「万物照応」のソネットの中に示されている万物の類似関係（アナロジー）の理論を強調しすぎ、ボードレールが豊かに備えていたあの夢想の能力を無視することによって、このソネットの意味が幾分ゆがめられて来た。……彼の生活には、非人格化の時、自我の忘却の時、「啓示された楽園」との交流の時があったのだ。……晩年……、彼は自分の「夢想への好み」を精神の破滅と批判して……夢を否認することになる。」アルベール・ベガン『ロマン派の魂と夢』Ⅱ、マルセイユ、一九三七年、四〇一、四〇五ページ　[J20, 3]

テリーヴは、著書『高踏派』の中で、ボードレールの多数の詩篇に絵画や版画が決定的に影響していることを強調している。彼はそこに高踏派特有の性質を認めている。さらに後の箇所では、ボードレールの詩を、高踏派と象徴派という両傾向の相互浸透と見な

している。　[J20, 4]

「自然をも他の者たちが表現した見方を通して思い描く傾向。「巨大な女」はミケランジェロだし、「パリの夢」は、マーティン〔ジョン・マーティン、19世紀イギリスの画家〕だし、「マドンナ」〔正しくは「あるマドンナに」〕はスペインの小礼拝堂のバロック像である。」アンドレ・テリーヴ『高踏派』パリ、一九二九年、一〇一ページ　[J20, 5]

テリーヴは、ボードレールに「不器用さ」を見出しているが、「これは現在では崇高な特徴なのではないかと考えられている」としている。アンドレ・テリーヴ『高踏派』パリ、一九二九年、九九ページ　[J20, 6]

シャトールーの新聞すべてに目を通したエルネスト・ゴベールは、「捏造されたボードレール逸話」と題して、『メルキュール・ド・フランス』誌一九二一年五月一五日号の「隔週時評」で、ボードレールがシャトールーに滞在し、保守系の新聞の仕事をしたということに異議を唱えている。彼は、ボードレールのシャトールーの友人であるA・ポンロワがこの逸話をつくり上げ、クレペが彼からそれを受け継いだのだという。〔『メル

キュール・ド・フランス』誌、第一四八巻、二八一―二八二ページ）　[J20, 7]

ドーデがボードレールについて述べているうまい言葉。「秘密に耐えている口調――これはハムレット王子の口調でもある。」レオン・ドーデ『エンマウスの巡礼者たち』（『オランダ通信』第四巻）、パリ、〈一九二八年〉、一〇一ページ（「ボードレール／不安と「アウラ」」）　**[J20, 8]**

「事物の背後にも魂の奥にも神秘的な存在の気配、《永遠》の存在の気配があると主張すること……の……テーマ〔書き抜きの際の省略が不自然なので翻訳が困難〕。そこから、時計の強迫観念と、祖先の記憶と前世を無限に延長して自分自身の生活から抜け出そうという欲求が生まれる。」アルベール・ベガン『ロマン派の魂と夢』II、マルセイユ、一九三七年、四〇三ページ　[J20a, 1]

『シャルル・ボードレール詩作品集、ギヨーム・アポリネール序文・注』（パリ、「蒐集家叢書」）の序文に反論するロジェ・アラール。アポリネールは、その序文で、ボードレールは、現代精神（エスプリ・モデルヌ）を創始したが、その発展にはほとんど寄与しなかったと主張している。

ボードレールの影響は消滅しつつある。ボードレールは、ラクロとポーの交雑だというのである。アラールの反論はこうだ。「われわれの考えでは、二人の作家が、というよりむしろ二つの作品が、ボードレールに深い影響を与えたのである。……一つは、カゾットの『恋する悪魔』であり、もう一つは、ディドロの『修道女』である。」この箇所には次のように注が二つ付されている。「(1)アポリネール氏は、ソネット「憑かれた人」の最終行に関する注で次のように『恋する悪魔』の著者の名を挙げるほかなかった。「カゾットは光栄にも、ボードレールの頭の中で、大革命の作家たちの精神とエドガー・ポーの精神とを結びつける橋渡しの役を果たしたのだと考えておそらく間違いないだろう。」(2)アポリネール氏が出した版には、ボードレールがサント=ブーヴに宛てた手紙に添えられた次の詩篇が載っている。

……その猥褻で悲痛な物語は万人が知る
《修道女》よりも黒く青い目をして。

数行後には、「レスボス」(『漂着物』)の一詩節の最初の草案が見られる。」ロジェ・アラール『ボードレールと「新精神」』パリ、一九一八年、一〇ページ [J20a, 2]

レオン・ドーデは、「ボードレール／不安と「アウラ」」で、ボードレールは、ある程度

オーピックと母に対してハムレット役を演じたのではないかと考えている。 [J20a, 3]

ヴィニーが「橄欖山(オリーヴ)」を書いた目的の内には、自分が深く影響を受けたジョゼフ・ド・メーストルを論駁することが含まれていた。 **[J20a, 4]**

ジュール・ロマン(『善意の人々』Ⅱ『キネットの犯罪』〈パリ、一九三二年〉、一七一ページ)は、遊歩者(フラヌール)を、「「波間に恍惚となる」(『悪の華』「高翔」。「上手な泳ぎ手」も同詩篇の中の表現)ボードレールの上手な泳ぎ手」になぞらえている。 [J20a, 5]

「いつも花咲きたいと願っている不死の心の中に」(「太陽」)と「私たちの心がひとたび取り入れをすませてしまえば、／生きることは一つの悪」(「イツモ同ジク」)とを比較すること。これらの表現は、開花はディレッタントをつくり、果実は巨匠をつくるという、ボードレールの芸術意識の高揚と関係がある。 **[J20a, 6]**

デュポン論は、編集者からの注文で書かれた。 [J21, 1]

一八三九年頃の、サラに捧げた詩。

「靴ほしさに魂を売った彼女だ。
だがこの卑しい娘の傍で、私が偽善者風に振る舞ったり、
　高潔ぶったなら、神様はお笑いだろう、
　思想を売り物にし、作家になりたい私だから。」

[J21, 2]

「無能なガラス屋」――ラフカディオの「無償の行為」と比較すること。

[J21, 3]

「「希望と勇気に胸をふくらませて、
　あれらのさもしい商人どもをみな力いっぱい鞭打った日、
　ついに君が支配者となった日を！――〔「！――」は正しくは「？・」〕悔恨が
　槍よりも深く君の脇腹を貫いたのではないのか？」
すなわち、プロレタリア独裁を宣言するのにこれほどよい機会を見過ごしてしまったことへの悔恨ということだ！」これが、セリエールが〈『ボードレール』パリ、一九三一年〉、一九三ページ〉、「聖ペテロの否認」（『悪の華』）につけているおめでたい注釈である。

[J21, 4]

「己を冒瀆した日に死んだサッフォー、
　自らつくり上げた儀式と祭礼をないがしろにして！」（傍点はセリエール）

の二行について、セリエール（前掲書、二二六ページ）は、「したがって伝統的な儀式に対する冒瀆と侮辱によって完全になる、この「厳かな」宗教の信仰対象たる「神」は、悪魔にほかならないことが容易にわかる」と述べている。「冒瀆」と言っているのは、若者に対する恋のことではないだろうか。

[J21, 5]

『街（リュ）』紙一八六七年九月七日号に掲載された、ジュール・ヴァレスの追悼記事「シャルル・ボードレール」から。「彼には不朽の名声が一〇年続くだろうか。」（一九〇ページ）「もっとも今は、教会や酒場の聖書信奉者たちには具合の悪い時勢だ！　現代は陽気で疑い深い時代だから、悪夢の話や、忘我の見世物ぐらいで、その流れを長く押しとどめることはできはしないのだ。ボードレールがそのような作戦を始めた頃には、そうしたことを企てるということがすでに、そうしてもあまり鼻であしらわれずにすむことの証しだったのである。」（一九〇―一九一ページ）「仰天した者たちの猿まねをしようとしたこの教育者は、プリュドムをびっくりさせようとしたあの古典主義者、デュゾリエの言った通りヒステリーのボワローにすぎない、あちこちのカフェへ行ってダンテ気取りをしたあの古典主義者は、なぜ修辞学教師かスカプラリオ〔修道者が首から前後に垂らす布〕売りにはならなかったのだろうか。」〔一九二ページ〕ボードレールの作品の重要性については決定的に評価が誤っているにもかかわらず、この追悼記事には、慧眼な箇所が含まれており、とりわけボードレールの容姿についての箇所はそうである。「彼には司祭のようなところと、老女のようなところと、大根役者めいたところがあった。とりわけ大根役者だった。」〔一八九ページ〕この記事は、アンドレ・ビイー『闘う作家たち』パリ、一九三一年に収録。初出は『ラ・シチュアシオン』紙　[J21, 6]

ボードレールの作品の中の、星に関する主なる箇所〔ル・ダンテック版〕。「どれほどお前が気にいるだろう、おお夜よ！　輝いては／ありふれた言葉を話すあの星々がなかったら！／なぜなら私が求めるのは、空虚と闇と赤裸だから！」〔「妄想」〈I〉、八八ページ〕――「顔の約束するもの」の末尾〈I〉、一七〇ページ〕。「巨大な髪／……その濃さたるやお前に匹敵する、／星のない《夜》よ、暗い《夜》よ！」――「しかも空の低いあたりにさえ／星ひとつなく、太陽の名残りもない。」「パリの夢」〈I〉、一一六ページ――「たとえ空も海も墨のように黒くとも。」「旅」〈I〉、一四九ページ――これに対して、「ベルトの眼」、これは唯一重要な例外（〈I〉、一六九ページ）を参照。必要とあれば、「デルフィーヌとイポリット」（〈I〉、一六〇ページ）や「旅」（〈I〉、一四六ページ）に見られるような、星とエーテルの組み合わせも参照。逆に、「夕べの薄明」が星にまったく言及していないのはきわめて注目すべきことである。 [J21a, 1]

「陽気な死人」は、ポーの腐敗の夢に対する返答に当たるのかもしれない。「そして教えてくれ、まだ何か責め苦があるのかどうか。……」 [J21a, 2]

星が語られている箇所には皮肉な調子が入り込んでくる。「無垢な星たちが／重くなった眼を閉じる時刻に。」（「埋葬」） [J21a, 3]

ボードレールは、抒情詩に、街頭で対象をさがす性的倒錯の形象を持ち込んでいる。しかも、きわめて特徴的なのは、彼のもっとも完成度の高い恋愛詩の一つである「通りすがりの女（ひと）に」の中の「異常者のようにひきつった」一行によってそれを行っていることだ。 [J21a, 4]

そこの住民が大伽藍に怯えるという大都市の形象。「大木の森よ、お前らは大伽藍のように私を怯えさせる。」(「妄想」) [J21a, 5]

「旅」のⅦ。「さあここへ来て、決して終わることのない／この午後の不思議な快さに酔うがよい！」一日の〔午後という〕この時間帯の特徴となっているこの調子に、大都市に特有の調子を認めるのは大胆すぎるだろうか。 [J21a, 6]

「露台（バルコン）」の鍵となっている隠れた形象。日没の後、夜明けに想いを寄せる恋人たちを包む夜は、星のない夜だ。「夜はまるで壁のように厚くなり。」 [J21a, 7]

「通りすがりの女（ひと）」に向けられる視線に、ゲオルゲの対照的な詩篇「ある出会いについて」を引き寄せて解釈すること。

「私の眼は私を道から逸れさせた

……

……

……

私の眼は、狂おしい抱擁の中で、
ほっそりと弓なりの妙なる肉体が動くのに気づき、
それから、欲望に濡れながら、横をむいてしまった、
あなたの眼の中に入り込みもせずに。」

シュテファン・ゲオルゲ『頌歌、巡礼、アルガバル』ベルリン、一九二二年、二二一―二三ページ

［J22, 1］

「「浮かれ女の独特のまなざしは／揺れる月が震える湖面に投げる／白い光にも似てわれわれの方へとしのび寄り。」このように最後の歌は始まり、ベルクは、この独特のまなざしに長々と、むさぼるように応じた。このまなざしは無防備にこれに出会う人物の目に涙をあふれさせるのだ。ところが、ボードレールと同じくベルクにとっても、この売りもののまなざしは、太古の世界に由来するまなざしとなった。大都市の月であるアーク灯〔の光〕は、ベルクには古代の遊女の時代からやって来るように思えるのである。アーク灯は、湖のようにその古代の遊女の時代を反映しさえすればよく、そうすれば、月並みなものも遠い過去のものとして現われてくる。この一九世紀の商品は自らの神話的タブーを漏らすのである。ベルクはこうした精神に基づいて『ルル』を作曲した。」

ヴィーゼングルント＝アドルノ「演奏会用アリア「ぶどう酒」〔ベルクの作品〕」（ヴィリー・ライヒ〔編〕『アルバン・ベルク、ベルク自身のテクストおよびテオドーア・ヴィーゼングルント＝アドルノおよびエルンスト・クシェネックの論考を含む』ウィーン／ライプツィヒ／チューリヒ、〈一九三七年〉）一〇六ページ　[J22, 2]

メリヨンの版画では、空の広がりはどうなっているだろうか。　[J22, 3]

「朝の薄明」は〔『悪の華』の中で〕鍵となる地位を占めている。朝の風が神話の雲を吹き払ってしまう。人間たちとその営為に向けられた視線を妨げるものはない。三月前期〔三月革命前の時代〕という夜明けがこの詩篇で明けそめている。（ただしこれは、おそらく一八五〇年以後に書かれたものである。）　[J22, 4]

アレゴリーと神話の対立を明瞭に展開しなくてはならない。ボードレールが、その歩む道の傍らでいつもぽっかり口を開けていた神話の深淵に陥らなくてすんだのは、アレゴリーの才能のおかげである。　[J22, 5]

「「深いものは群衆である」、だからヴィクトール・ユゴーの孤独は、〔群衆で〕ふんだんに満たされた孤独となる。」ガブリエル・ブヌール「ヴィクトール・ユゴーの深淵」三九ページ（『ムジュール』誌、一九三六年七月一五日号）。この論文の筆者は、ユゴーにおける群衆体験の受動的性質を強調している。［J22, 6］

ゲーテの「夜想」。「不運な星たちよ、私はどれほど君たちを哀れむことか、／もっとも君らは大変に美しく、かくもみごとに輝き、／難破した船乗りたちを喜んで照らしてやるが、／神々からも人間たちからも償いを受けない。／なぜなら君たちは愛することもなく、愛したこともないからだ！／広大な天空では、悠久の時が／刻々と君たちの隊列を導いてくれる。／君たちはどれほどの旅をしてきたことだろうか！／愛する女性に抱かれて、／私が君たちと《真夜中》を忘れてしまってから。」［J22a, 1］

次の論法は、絵画の衰退よりも明らかに早く、彫刻の衰退がはっきりしてきた時代のものだが、たいへん参考になる。なにしろ、ボードレールが、絵画の観点から彫刻に対して展開している理屈は、まさしく今日、映画の観点から絵画に適用されている理屈とまったく同じだからである。「一枚のタブローとは、それが自ら欲するところのものでしかない。それ本来の視点とは別な風にみる方法はないのだ。絵画には一つしか視点がない。排他的で専制的である。だから画家の表現の方がはるかにより強力なのである。」ボードレール『作品集』II、一二八ページ(『一八四六年のサロン』)。これの直前にはこう書かれている(一二七―一二八ページ)。「見る者は像のまわりをまわって、百もの様々な視点を選ぶことができるが、よい視点はその内に入っていないのだ。」[J4, 7]〈を参照〉

[J22a, 2]

一八四〇年頃のユゴーについて。「同じ頃、彼は、人間が孤独を好む動物だとすれば、孤独を好む者とは、群衆の人だということを次第に悟るようになる[三九ページ]。……群衆のまばゆいばかりの活気という感情を植えつけ、「群衆と孤独とは、同等で、しかも、活動的で多産な詩人なら変換可能な語だ……」ということをボードレールに教えたのはヴィクトール・ユゴーである。とはいえ、ふさぎ込んだ(アン・スプリーン)大芸術家が、ブリュッセルで、「譲ることができない個人的安らぎを獲得する」ためにしつらえた孤独と、同じころ暗い幻に取り憑かれていたジャージー島の祭司の孤独との間にはなんという相違があることだろう！……孤独とは、覆いとか、ワタシニ触レテハナラヌとか、個人が自分の差異の中に籠って内省することではない。それは、宇宙の神秘への参加であり、原始の力の王国に入っていくことなのである。」〔四〇—四一ページ〕ガブリエル・ブヌール「ヴィクトール・ユゴーの深淵」(『ムジュール』誌、一九三六年七月一五日号)、三九—四一ページ

[J22a, 3]

レミ・ド・グールモンが『ジュディト・ゴーティエ』(パリ、一九〇四年、一五ページ)に引用している『過ぎし日々の首飾り』の一節。「……私たちが話していると呼び鈴が鳴って、間もなく大変奇妙な人物が、音もなく、会釈しながら入って来た。私には、法衣(スータン)を脱いだ司祭のように見えた。ああ！ ボードレールだ！ と父は叫んで、その新しく来た人物に手を差し伸べた。」この後ボードレールは、ジュディトのあだ名の「暴風雨(ウーラガン)」にからめて不吉な冗談を言う。

[J23, 1]

「ディヴァン・ルペルティエ(東洋風カフェの名)——に座っているボードレールは」「テオドール・ド・バンヴィルの目には、柔和なアスリノーの傍で非社交的で、「怒ったゲーテのように」見えた。」レオン・ドーデ『愚劣な一九世紀』パリ、一九二二年、一三九—一四〇ページ

[J23, 2]

L・ドーデは「高潔な心のあの女中……」と「おお死よ、老いたる船長よ……」(『悪の華』「旅」)についてロンサール流の高揚(アンヴォル)だと言っている。(『愚劣な一九世紀』一四〇ページ参照)　[J23, 3]

「私の父は、ボードレールに少しだけ会ったことがあって、彼のことを、不作法者たちに囲まれた気難しく風変わりな君主のようだと私に言うのだった。」レオン・ドーデ『愚劣な一九世紀』パリ、一九二二年、一四一ページ　[J23, 4]

ボードレールは、ユゴーを「境界をもたぬ天才」(「ヴィクトール・ユゴー」三)と呼んでいる。　[J23, 5]

ボードレールが、ユゴーの一詩篇と対をなす詩を書こうとして、ユゴーの詩篇の内でも一番平凡な「幽霊たち」(『東方詩集』)を選んだのは偶然ではない。この六篇構成の詩の第一詩篇は、「悲しいかな！　なんと多くの娘たちが死んでいくのを見たことか！」で始まる。第三詩篇の冒頭は、「わけてもひとり――天使のように美しい、スペイン娘！」である。そしてさらに「彼女はあまりに舞踏会が好きだった、そのために死んだのだ」

と続き、なぜ彼女が夜明けに寒気がしてついには死んでしまったのかが語られる。第六詩篇は、モリタート〔大道芸人が手回しオルガンの伴奏などで語り歌う恐ろしい絵物語〕の結末と似てくる。「楽しい舞踏会の気晴らしに心動かされている娘たちよみな、／死んで帰らぬ身となったスペイン娘のことを思いたまえ。」

[J23, 6]

「声」〔『漂着物』〕を、ヴィクトール・ユゴーの「山上で聞こえるもの」〔『秋の葉』〕と比較すること。この詩人は世界のささやきに耳を傾ける。

「やがて私は、漠然とまた不明瞭ながら、
この声の中に二種の声が混じり合っているのを聞き分けた、
……
……
そして私はその二つを深いざわめきの中に聞き分けた、
水面下で二つの流れが交差し合うのを見分けるように。
一方は海から聞こえて来るのだった、栄光の歌！　幸せな賛歌だ！
それは語り合う波の声だった。

もう一つは、われわれの住む地上からわき上がって来るもので、悲しげだった。人間たちのつぶやきだったのである。」

この詩篇がテーマにしているのは、第二の声の不協和音が第一の声の和音から際立っているということである。詩篇の末尾はこうだ。

「……何故主は……

いつも変わらず人類の叫びに自然の歌を混ぜて

宿命の婚姻とし給うのか？」 [J23, 7]

バルベ・ドールヴィイの「シャルル・ボードレール氏」の中のいくつかの表現。「アテネのティモンにアルキロコスの才能があったなら、人間の本性について同じように書いたかもしれないし、人間の本性を語ってこれを罵ったかもしれないと……思われることがよくあるくらいだ！」(三八一ページ)「詩的であるよりもさらに造形的で、ブロンズや石材のように扱われて切り出された、文に螺旋装飾や溝彫りのある言葉というものを思い浮かべて頂きたい。」(三七八ページ)「あの深遠な夢想家は……詩が、たとえばカリグラやヘリオガバルスの頭脳と同じような出来の頭脳を経たならどのようになるだろうか……と考えた。」(三七六ページ) ――「だから、『西東詩集』でトルコの飴売りに姿を変えた老ゲーテのように……『悪の華』の著者は、頭の中で極悪人や冒瀆者や不信心者になったのである。」(三七五―三七六ページ) バルベ・ドールヴィイ『一九世紀、作品と人』Ⅲ『詩人たち』パリ、一八六二年　[J23a, 1]

「先日ある批評家(『世界周報』紙のティエリ氏)がすぐれた評論の中でそう述べていた。すなわち、この冷厳な詩に何か類縁性を見出すには……ダンテにまで遡らなくてはならない……のだ！と。」(三七九ページ) この筆者はこの類比を次のように迫力ある形で自分のものとしている。「ダンテのミューズは夢見るように地獄を見たが、『悪の華』のミューズは砲弾のにおいをかぐ馬の鼻孔のように、鼻孔を引きつらせて地獄のにおいをかぐのだ！」(三八〇ページ) バルベ・ドールヴィイ『一九世紀、作品と人』Ⅲ『詩人たち』パリ、一八六二年　[J23a, 2]

バルベ・ドールヴィイはデュポンについてこう書いている。「カインは、そうした才能とそうした考えをもっている点で優しいアベルに勝っている。粗野で、飢えていて、ねたみ深く、凶暴なカインは、都会へ行って、そこに蓄積している怒りの澱を飲み、そこで幅をきかせている誤った思想に染まったのだ！」バルベ・ドールヴィイ『一九世紀、作品

と人』Ⅲ『詩人たち』パリ、一八六二年、二四二ページ（「ピエール・デュポン氏」）　[J23a, 3]

ゲーテの「夜想」の原稿には、「ギリシア風に」という注がついている。　[J23a, 4]

一一歳の時、ボードレールは、現地リヨンで一八三二年の絹織物工の暴動を目撃した。その時に受けたはずの印象の痕跡が彼に残っているようには思われない。　[J23a, 5]

「彼〔ボードレール〕が弁護士に提案している論法の一つは大変奇妙だ。彼には「新ナポレオン体制は、戦争の顕揚のあと、文芸と芸術の顕揚に努めなければならない」と思われるのである。」アルフォンス・セシェ『悪の華』の生涯』パリ、一九二八年、一七二ページ　[J23a, 6]

「深遠な」意味（ジン）は「意義（ベドイトゥング）」と定義されねばならない。それは常にアレゴリー的な意味である。　[J24, 1]

ブランキにおいては、宇宙空間が深淵となった。ボードレールの深淵には星がない。それは宇宙空間と定義してはならない。ましてや神学の異国的な深淵でもない。それは世俗化された深淵、すなわち知と意義（ベドイトゥング）の深淵なのである。これの歴史的指標（インデクス）となっているものはなんだろうか。ブランキにおいては、深淵は機械論的自然科学という歴史的な指標をもっている。ボードレールでは、深淵は、新しさ（ヌヴォテ）という社会的指標をもっているのではないだろうか。アレゴリーの恣意性とは流行（モード）の恣意性の双子の兄弟ではないだろうか。 [J24, 2]

アレゴリー的想像力の働きと照応（コレスポンダンス）との間に連関があるのかという問いを追究してみること。ともかくこれらはボードレールの作品のまったく相異なる二つの源泉である。確かなのは、アレゴリー的想像力が、彼の詩の特質に大いに寄与しているということである。意義（ベドイトゥング）のつながりというものは、紡ぎ糸のつながりと似通っているかもしれない。詩人には糸紡ぎの仕事と機織りの仕事があるとすれば、アレゴリー的想像力は前者に属する。――他方、少なくともある語があるイメージを呼び覚ます場合には、照応がこの想像力に関与することもありえないことではない。この場合には、イメージが語の意味を規定することもあろうし、逆に語がイメージの意味を規定することもあろう。 [J24, 3]

ヴィクトール・ユゴーにおけるアレゴリーの欠落。 [J24, 4]

花には感情がないのだろうか。これは『悪の華』という表題にも関係があるのだろうか。言い換えれば、花は売春婦の象徴の一つなのか。あるいはこの表題によって花はその真のあり場所を示されたと言うべきだろうか。この点については、『フォンテーヌブロー――風景、伝説、回想、幻想』（一八五五年）に掲載するためフェルナン・デノワイエに二つの「薄明」を送った際に添えた手紙を参照すること。 [J24, 5]

長大な詩にポーがまったく無関心なこと。彼にとってフーケ（18―19世紀独の後期ロマン派の作家・詩人）一人だけでモリエール五〇人にあたる。『イーリアス』にもソフォクレスにも彼は興味がない。こうした観点は、芸術のための芸術（ラール・プール・ラール）の理論と密接な関係があろう。ボードレールはどうだったのだろうか。 [J24, 6]

フェルナン・デノワイエ編『フォンテーヌブロー』（パリ、一八五五年）に掲載するため二つの「薄明」をデノワイエに送ったことに関して。「拝啓、あなたの小さな本のために詩を、《自然》についての詩を送るようにとおっしゃるわけですね。森や、樫の大木や、叢や、虫や、もしかして太陽についての詩というわけですか。しかし、貴兄もよくご存知のように、私は、植物に感動することができないし、私の心はあの奇妙な新《宗教》を受け入れることができないのです。……私は《神々》の魂が植物に宿っているなどと信じることは決してないでしょう。……それどころか私はずっと、生気にあふれ若がえった《自然》には、何か嘆かわしく、堪え難く、残酷なもの――何かわからないけれどほとんど破廉恥に近いものがあると思ってきました。」A・セシェ『『悪の華』の生涯』〈アミアン、一九二八年〉、一〇九―一一〇ページに引用　[J24a, 1]

「盲人たち」〔『悪の華』〕――クレペは、盲人たちの顔の向け方に関して〔ホフマンの〕『従兄弟の隅窓』のある箇所が発想源になっているとしている。ホフマンは、上に向けられたまなざしを敬虔な気持ちにさせるものと考えている。〔[T4a, 2]参照〕　**[J24a, 2]**

ルイ・グダルは、『両世界評論』に発表された詩篇に関して、一八五五年一一月四日にボードレールを批判している。「死体置場と屠殺場の、吐き気を催させるような、冷淡な……詩。」フランソワ・ポルシェ『シャルル・ボードレールの苦悩の生涯』〔「偉人の物語叢書

六」)、パリ、〈一九二六年〉、二〇二ページに引用　[J24a, 3]

バルベ・ドールヴィイとアスリノーの批評は、それぞれ『祖国』紙と『フランス評論』誌に掲載を拒否された。　[J24a, 4]

ボードレールについてのヴァレリーの名高い所見の起源は、実はサント゠ブーヴがボードレールの弁護のために彼に送った次のような提案にある。「詩の領域では分轄がすべて決まっていました。ラマルティーヌが天をとり、ヴィクトール・ユゴーが大地と大地以上のものをとってしまっていました。ラプラドが森をとってしまっていました。ミュッセが、情念と目も眩む大饗宴をとってしまっていました。他の者たちが、家庭や田園生活等をとってしまっていたのでした。テオフィル・ゴーティエがスペインとその鮮やかな色彩をとってしまっていました。何が残っていたでしょうか。ボードレールがとったところのものです。彼はいわば余儀なくそうしたのです。……」ポルシェ『シャルル・ボードレールの苦悩の生涯』〈パリ、一九二六年〉、二〇五ページに引用　[J24a, 5]

ボードレールが詩篇の実に多くの決定的な表現を思いついたのは、仕事机に向かってい

たときではなかったと、ポルシェが指摘しているのはまったく正しい。（ポルシェ、一〇九ページを参照）

[J24a, 6]

「ある晩彼がダンスホールに来ていたところ、シャルル・モンスレがこう話しかけた。「そこで何をしているんだい。」――するとボードレールはこう答えた。「いや君、髑髏が通るのを眺めているんだ！」」アルフォンス・セシェ『『悪の華』の生涯』〈アミアン〉、一九二八年、三二ページ

[J25, 1]

「彼の一生の総収入は、一万六〇〇〇フランに達しなかったと算定されている。（『悪の華』の）著者は、文学の仕事の報酬として一日あたり約一フラン七〇サンチーム受け取ったことになるはずだとカチュル・マンデスは計算した。」アルフォンス・セシェ『『悪の華』の生涯』〈アミアン〉、一九二八年、三四ページ

[J25, 2]

セシェによれば、ボードレールが「青すぎる」――と言うよりむしろ澄みすぎた――空を嫌ったのは、モーリス島に滞在したことに原因があるという。（セシェ、四二ページを参照）

[J25, 3]

セシェは、ドーブラン嬢宛ての手紙とサバティエ夫人宛ての手紙が非常に似ていると言っている。（五三ページ参照）　[J25, 4]

セシェによれば（六五ページ）、ボードレールと並んでシャンフルーリが『サリュ・ピュブリック』紙の創刊に参加したという。　[J25, 5]

プラロンは、一八四五年ころのことについてこう述べている。「私たちは、仕事をしたり、考えたり、創作したりするために机を使うことはほとんどありませんでした。……私自身、彼〔ボードレール〕が街路を歩きながら詩句をすかさずつかまえるのをたしかに見たものです。彼が原稿用紙を前にして座っているのを見ることはありませんでした。」（セシェ『『悪の華』の生涯』一九二八年、八四ページに引用）　[J25, 6]

カミーユ・ルモニエ『ベルギー生活』に描かれた、ブリュッセルでゴーティエについて講演している最中のボードレールの態度。「ボードレールは聖職者を思わせ、説教壇でする美しい身ぶりを連想させた。柔らかい布地のカフスが修道服の悲壮感〔を帯びた袖

――ただしセシェでも欠落〕のように揺れていた。彼は、ほとんど福音的な情感をこめて話を展開していた。教書を読み上げる司教のような典礼風の声で敬う師への愛を公けにしていたのである。明らかに彼は、自分自身のために壮麗なイメージのミサを執り行っていた。彼には《理想》の前で祭式を行う文学の枢機卿といった厳粛な美しさがあった。ひげのない青白いその顔は、明かり窓から入ってくるハーフトーンの光の中で半影に見えた。眼は黒い太陽のように動いているのが見てとれた。口は、顔の生気と表情の中にあって別の生気をもち、薄くて、言葉の弓で弾かれて繊細な顫動で震えていた。そして頭全体が、聴衆が面食らって関心を向けているのを塔の上から見おろしているという風だった。」セシェ『『悪の華』の生涯』一九二八年、六八ページに引用 [J25, 7]

ボードレールは、アカデミー・フランセーズに立候補した際、初めスクリーブ〔19世紀仏の劇作家〕の空席（フォートゥイユ）を狙ったが、ラコルデール〔19世紀仏の神学者〕の空席に鞍替えした。 [J25a, 1]

ゴーティエはこう述べている。「ボードレールは多音節の長い語を好み、そうした語を三つか四つ用いて詩句をつくることが多いのだが、そうした詩句は大変長く見え、その響きのよい音で、その韻律が長くなる。」A・セシェ『『悪の華』の生涯』〈アミアン〉、一九二八年、一九五ページに引用　[J25a, 2]

ゴーティエはこう述べている。「彼は詩から雄弁をできるだけ排除するのだった。」A・セシェ『『悪の華』の生涯』一九二八年、一九七ページに引用　[J25a, 3]

『評論』誌に発表した論文の中でE・ファゲはこう述べている。「一八五七年以来、わが国では神経衰弱はあまりおさまっておらず、あるいはむしろいくぶん進行したと言えるかもしれない。したがって、ボードレールにまだ信奉者がいることに対して、ロンサールが言っていたように、「仰天してはならない」。……」アルフォンス・セシェ『『悪の華』の生涯』一九二八年、二〇七ページに引用　[J25a, 4]

『フィガロ』紙は、ギュスターヴ・ブールダンがビヨーにそそのかされて書いた記事を掲載した(何日号か?)。ビヨーは——裁判官あるいは検事として——、ほんの最近、『ボヴァリー夫人』裁判の際にフローベールの無罪判決で痛手を負ったばかりだった。数日後、ティエリの記事が『世界周報』紙に発表された。「なぜサント＝ブーヴは……『世界周報』の読者たちに『悪の華』について語る役を、ティエリに委ねたのだろう。サント゠ブーヴは、『ボヴァリー夫人』について書いた記事のせいで政府内に生まれた悪い印象を消すには、十分慎重に振る舞わなくてはならないと判断したから、ボードレールの著作について書くのを断わったのだろう。」アルフォンス・セシェ『『悪の華』の生涯』一九二八年、一五六―一五七ページ
[J25a, 5]

ブールダンの記事では、まさしく告発しようとする詩篇を称賛（エロージュ）するかのように見せかけるという陰険なやり方で、告発が行われている。ボードレールのテーマがうんざりするほど列挙された後、こう語られる。「そしてそういったものすべての内でもとりわけ四篇、「聖ペテロの否認」「レスボス」および「地獄堕ちの女たち」と題された二篇は、情念と芸術と詩の傑作である。――二〇歳の時なら詩人の想像力がこのようなテーマをつい扱ってしまうこともありうると納得できるにしても、三〇を過ぎた人物が、このようなひどい内容の著作を公けにしたことを正当化しうるものは何もない。」アルフォンス・セシェ『『悪の華』の生涯』一九二八年、一五八ページに引用
[J25a, 6]

エドゥアール・ティエリの『悪の華』評（『世界周報』紙、一八五七年七月一四日?）から。

「フィレンツェの老詩人は、このフランス詩人に一度ならず、自らの激情と恐ろしい言葉と冷酷なイメージと、自らの堅固な詩句の響きを認知することだろう。……私は彼の著作と才能をダンテの厳格な保証に委ねることとする。」アルフォンス・セシェ『『悪の華』の生涯』一九二八年、一六〇―一六一ページに引用　［J26, 1］

ボードレールは、自分の指示に従ってブラックモンが試作した口絵（フロンティスピス）（［J16, 3］参照）に大変不満だった。詩人は、イアサント・ラングロワの『死の舞踏の歴史』からその着想を得たのだった。そのボードレールの指示は次の通りである。「骸骨が喬木（きょうぼく）状になっていて、両脚と肋骨が幹をなし、十字に広げた腕には葉や芽が繁って、庭師の温室の中で見られるように、きちんと並べた数列の小さな鉢に植わった有毒植物を守っている。」ブラックモンはあきらかに面倒なことを言い、しかも詩人の意図をとらえそこなっている。というのも、骸骨の骨盤を花で覆い隠し、腕を枝の形に描いていないからである。ボードレールの言うところによれば、ブラックモンはまた、「骸骨が喬木状になってい る」とはいったいどういうことなのか理解しておらず、どうやって花の形で悪徳を表現していいのかもわからないのである（Ch・ボードレール）『書簡集』から、アルフォンス・セシェ『『悪の華』の生涯』〈アミアン〉、一九二八年、一三六―一三七ページに引用）。結局、ブラックモンによる詩人の肖像画がこの案の代わりに採用された。プーレ＝マラシが『悪の華』豪華版の刊行を考えた一八六二年ころ、同様の案が再び出て来ることになる。彼がその装飾を委ねたのもブラックモンにだった。それは明らかに輪郭閉花形と装飾図案から成り、そこに書かれた銘句が重要な役を果たしていた（セシェ、一三八ページ参照）。ブラックモンではうまくいかなかったテーマは、フェリシアン・ロップスによって『漂着物』（一八六六年）の口絵に再び採り上げられた。

[J26, 2]

『悪の華』の書評を書いてくれるものと〔ボードレールが〕当てにした批評家たちと、彼らが書くはずとボードレールが考えた新聞・雑誌のリスト。ビュローズ―ラコッサード―ギュスターヴ・ルーラン（『ヨーロッパ評論』誌）―ゴズラン（『モンド・イリュストレ』紙）―サント＝ブーヴ（『世界周報』紙）―デシャネル（『〔ジュルナル・ド・〕デバ』紙）―ドールヴィイ（『祖国』紙）―ジャナン（『ル・ノール』紙）―アルマン・フレース（『サリュ・ピュブリック』紙――リヨンの）―ギュタンゲール（『ガゼット・ド・フランス』紙）（セシェ、一四〇ページによる）。

[J26, 3]

ボードレールの著作権は、彼の死後、競売で、ミシェル・レヴィが一七五〇フランでま

とめて買った。 [J26, 4]

「パリ風景」という題は第二版で初めて現われる。 [J26, 5]

最終的に採用された〔『悪の華』という〕表題は、カフェ・ランブランでイポリット・バブーによって提案されたものである。 [J26a, 1]

「愛の神と髑髏」〔『悪の華』〕について。「この詩篇は、ボードレールが、版画家ヘンドリック・ホルツィウス〔16—17世紀オランダの版画家〕の二枚の作品から着想したものである。」アルフォンス・セシェ『『悪の華』の生涯』〈アミアン〉、一九二八年、一一一ページ [J26a, 2]

「通りすがりの女(ひと)に」について。「クレペ氏は、ペトリュス・ボレルの『シャンパヴェール』に収められている「美しきユダヤ女性ディナ」の一節が、この詩の発想源かもしれないとしている。……「私にとって、そのように、電光のように突然現われて私たちを魅了し、たちまち消えてしまったその人に決して再び会うことはないだろうと考えること、……現世で、また来世で一緒に幸福になるために……つくられた二人の人間が永遠に切り離されてしまった……と考えること……私にとってそのように考えることは心底悲しいことである。」」A・セシェ『『悪の華』の生涯』一〇八ページに引用〔正確には、「私にとって……悲しいことである」というボレルの一節が『『悪の華』の生涯』一〇八ページに引用されているという意味。「クレペ氏」以下の全体が『『悪の華』の生涯』からの抜き書き〕 [J26a, 3]

「パリの夢」について。この詩篇に出て来る詩人（ポエト）と同じく、コンスタンタン・ギースも正午になってようやく起きる。ボードレールによれば――一八六〇年三月一三日のプーレ＝マラシ宛て書簡――それがこの詩篇をギースに献呈した理由だという。 [J26a, 4]

ボードレールは『アエネーイス』第三巻から「白鳥」の着想を得たと言っている――どこでか。（セシェ、一〇四ページを参照） [J26a, 5]

バリケードの右につくか左につくか。きわめて特徴的なのは、ブルジョワ階級の大部分にとって、どちらを選ぶかは紙一重の差にすぎなかったことだ。ルイ・ナポレオンの登場で初めて事態が変わる。ボードレールが――現在こうしたことを理解するのは容易でないにせよ──ピエール・デュポンの友人であり、プロレタリアの側について六月蜂起に参加し、彼の友人であるノルマンディー派のシェヌヴィエールとル・ヴァヴァスールに出会ってもまったく不愉快な思いをせず、その彼らにしても国民軍(ガルド・ナシオナル)と一緒にいるということがありえたのである。──まさしくこれとからめて、オーピック将軍を一八四八年に、コンスタンティノープル特命全権大使に任命したのが、当時外務大臣だったラマルティーヌだったのを思い起こすことができる。 [J26a, 6]

初版刊行までに『悪の華』創作にかけた歳月、一五年。 [J26a, 7]

ブリュッセルのある薬剤師によるプーレ＝マラシへの提案。『人工天国』を二〇〇〇部予約で買い取るのと引き換えに、自分のところで製造したハシッシュをその巻末で読者に紹介するというのだった。ボードレールはこれを断わるのに苦労する。 [J26a, 8]

一八五九年二月四日、バルベ・ドールヴィイがボードレールに宛てた書簡から。「……天才的な悪者め！ 貴兄が詩の中で女郎や売女〔この二つの語はバルベの手紙ではそれぞれGouges、garces だが、ベンヤミンはセリエールの引用でそれぞれ g…、g…と伏せ字にされているのをそのまま抜き書きしている〕の乳房に毒を吐くとんでもない蝮だということは知っていました。……しかし今や蝮に翼が生え、きわめて美しい怪物となって雲を次々と越えて上昇し、太陽の目にまで毒を放つのです！〔感嘆符はセリエールの引用のまま、本来これはない〕」エルネスト・セリエール『ボードレール』パリ、一九三一年、一五七ページに引用　[J27, 1]

オンフルールで、彼〔ボードレール〕は自分のベッドの上に、二枚の油絵を掛けていた。――一枚は、父親がもう一枚と対になるように描いたもので、みやびな愛の情景を表わしていた。もう一枚の方は、もっと昔の画家のもので、聖アントワーヌの誘惑が描かれていた。父親作の絵の中央には、バッカス神の巫女が一人見える。　[J27, 2]

「サンドはサドに劣る！」〔ボードレール「『危険な関係』に関する覚え書」〕　[J27, 3]

「われわれは告白をしてはそこからたっぷりと報酬を得る」〔『悪の華』「読者へ」の第五行〕――これをボードレールの手紙の書き方と比較すること。　[J27, 4]

セリエールはドールヴィィイを引用している（二三四ページ）。「ポーの密かな目的は、……

当時の想像力を打ちのめすことだった。ホフマンにはそうしたすさまじい力はなかった。」これはおそらくボードレールにも当てはまる。 [J27, 5]

セリエールによる〔ボードレールの〕ドラクロワ観（二一四ページ）。「ドラクロワは、現代の女性について、地獄的という方向でも神的という方向でも、その英雄的な発現を表現する天分にもっとも恵まれた芸術家である。……この色彩は、それが包んでいる対象から独立して、それ自ら思考しているように見える。その全体の印象はほとんど音楽的となる。」 [J27, 6]

フーリエがその「細密な発見」を提示したやり方は「仰々し」すぎたという。〔ボードレール「ヴィクトール・ユゴー」二に見られる見解——引用符内はボードレールの表現、ベンヤミンの原文には引用符はなく、フランス語になっているのみ〕 [J27, 7]

セリエールは、一般に何がボードレールの文学の規範であるかを明らかにすることが自分の意図だと言っている。「私が本書で特に研究しようと意図していることは、事実、シャルル・ボードレールがその生の体験によって達した理論上の結論なのである。」エ

ルネスト・セリエール『ボードレール』パリ、一九三一年、一ページ

[J27, 8]

一八四八年の奇矯な行動。「ド・フロット〔フランスの海軍士官、ブランキの支持者、六月蜂起の際、流血回避のために奔走する〕が逮捕されたところだ、と彼は言うのだった。彼の手が火薬のにおいがしたからかって？　ぼくのをかいでみたまえ！」セリエール『ボードレール』パリ、一九三一年、五一ページ〔ボードレールの友人ル・ヴァヴァスールの証言をセリエールが引用したもの〕

[J27, 9]

セリエールが、ナポレオン三世の出現を、〔ジョゼフ・〕ド・メーストルの言う意味で「摂理的観点から」〔一八五二年三月二〇日のボードレールのプーレ゠マラシ宛て書簡からセリエールが引用したものを、ベンヤミンはフランス語のまま引用、原文では引用符なし〕解釈しなくてはならないというボードレールの基本的見解を、「クーデタに対する私の憤慨。私はどれほど銃撃を受けたことか！　またボナパルトだ！　何という恥辱！」という彼のもうひとつの見解に対置しているのは当然だ（五九ページ）。両方とも「赤裸の心」で述べられていることである〔「摂理的観点から」は前記書簡中の表現だが、セリエールは実際二つの見解を「赤裸の心」五から引用している〕。

[J27a, 1]

セリエールの著作には、人文・社会科学アカデミーの議長を務める〔セリエールは一九三五年より同アカデミー終身書記〕著者の立場が完全に浸透している。特徴となっている基本テーマは、「社会問題は精神問題だ」〔六六ページ〕ということである。ボードレールの文ひとつひとつにたえず著者の注釈が付けられている。 [J27a, 2]

ブールダン——ヴィルメサン〔『フィガロ』紙の編集長〕の娘婿。『フィガロ』は一八六三年、ボードレールを激しく攻撃するポンマルタンの記事を掲載した。一八六四年には、同紙は「小散文詩」〔と題して散文詩篇〕を二号にわたって掲載した後、〔予告していた続きの〕掲載を中止する。ヴィルメサンはこう言うのだった。「あなたの詩には皆うんざりしていたのです。」フランソワ・ポルシェ『シャルル・ボードレールの苦悩の生涯』〔「偉人の物語叢書六」〕、パリ、〈一九二六年〉、二六一ページを参照 [J27a, 3]

ラマルティーヌについて。「少々売女的で、少々売春婦的です。」〔ボードレール、一八六一年一二月二五日付、母宛て書簡〕フランソワ・ポルシェ『シャルル・ボードレールの苦悩の生涯』〔「偉人の物語叢書六」〕、パリ、二四八ページに引用 [J27a, 4]

ヴィクトール・ユゴーとの関係。「彼はヴィクトール・ユゴーにゴーティエ研究の序文を書いてくれるよう求めたことがあったし、しかも、ユゴーを牽制するつもりで詩篇を献じたこともあった。」フランソワ・ポルシェ『シャルル・ボードレールの苦悩の生涯』(「偉人の物語叢書六」)、パリ、二五一ページ
[J27a, 5]

『人工天国』が一八五八年、『同時代評論』誌に初めて発表された時の表題は、「人工の理想について」だった。
[J27a, 6]

サント＝ブーヴが一八六二年一月二〇日、『コンスティテュシオネル』紙に発表した論文(「来るべきアカデミー選挙について」を指す)。ボードレールが、初めスクリーブの空席を狙ってアカデミー・フランセーズに立候補しようとしたのをラコルデールの空席に鞍替えするつもりでいたところ、早くも同年二月九日、サント＝ブーヴは彼に次のように勧める。「衝撃を受けたというより意表をつかれたアカデミーを、もとのままにして置いてやって下さい。」ボードレールは立候補を取り下げる。ポルシェ『シャルル・ボードレールの苦悩の生涯』パリ、二四七ページを参照
[J27a, 7]

「この改革者には新しい考え方がまったくないことに注意を向けてほしい。ヴィニーのあとシュリ・プリュドムが現われるまで、フランスの詩人に新しい考え方は生まれなかったのである。ボードレールは、言い古されてよれよれになった常套的なことしか決して扱わない。不毛な月並みの詩人なのだ。「祝福」(『悪の華』)では、芸術家はこの世では殉教者である。「あほう鳥」(同)では、詩人は現実生活でつまずいている。「灯台」(同)では、芸術家は人類の光明なのだ。……ブリュンティエールが、「腐屍」(同)には人ノ死モ、家畜ノ死モ同ジという『集会の書』(正しくは『伝道の書』)の言葉しかないと述べているのは正しい。」エミール・ファゲ「ボードレール」『評論』誌、八七号、一九一〇年、六一九ページ [J28, 1]

「彼には想像力がまったくないも同然だ。霊感が驚くほど乏しいのである。」E・ファゲ「ボードレール」『評論』誌、八七号、一九一〇年、六一六ページ [J28, 2]

ファゲはセナンクールとボードレールには類似性があるという――もっとも前者に味方してのことだが。 [J28, 3]

J‐J・ヴァイスは（『同時代評論』誌、一八五八年一月号で）こう述べている。「詩句は……どぶ溝の中でぶんぶん唸ってまわっている独楽（こま）にかなり似ている。」カミーユ・ヴェルニィヨル「ボードレール以後五〇年」（『パリ評論』誌、第二四年、一九一七年、六八七ページ）に引用

[J28, 4]

ナルジョによるボードレールの肖像画を批判してポンマルタンはこう述べている。「この版画に描かれている顔は、凶暴で、陰気で、憔悴して、悪意がある。重罪裁判所のヒーローか、ビセートル精神病院の入院患者の顔だ。」[B2a, 6]の「すっぱりと切り落とされたばかりの首」というフィッシャーの表現を参照

[J28, 5]

一八八七年と一八八九年のブリュンティエールのボードレール評は好意的ではない。これが改められるのは一八九二年と一八九三年のことである。その著作の順序は、『批評の諸問題』（一八八七年六月）――『現代文学論』（一八八九年）――『続・現代文学論』（一八九二年）――『フランスにおける抒情詩の変遷』（一八九三年）である。〔J・ラコストの『パサージュ論』仏語訳の注によると四著とも刊行年が誤っていて、正しくは『批評の諸問題』第二版が

一八八九年、以下一八九二年、一八九五年、一八九四年だという。〕 [J28, 6]

ボードレール晩年の容貌。「顔つき全体にあの枯渇したようなところがあるのだが、それが鋭い目つきと痛ましくも対照をなしている。特に、もはや痛恨ばかり噛みしめることだけにずっと前から慣れっこになった口もとには、あの独特の皺がある。」フランソワ・ポルシェ『シャルル・ボードレールの苦悩の生涯』〔「偉人の物語叢書六」〕、パリ、〈一九二六年〉、二九一ページ [J28, 7]

一八六一年。自殺の衝動に襲われる。『同時代評論』誌のアルセーヌ・ウーセは、同誌に掲載されたばかりの散文詩のいくつかが、すでに『幻想派評論』誌に発表されたものであることを知る。〔予定されていた続きの〕掲載は中止となる。〔これは一八六一年ではなく一八六二年秋の出来事だし、アルセーヌ・ウーセは『同時代評論』ではなく『ラ・プレス』紙の編集長、散文詩が掲載されたのも『ラ・プレス』〕――『両世界評論』はギース論の掲載を拒否する〔その事実はない〕。――『フィガロ』紙が、ブールダンの「編集者覚え書」付きでこれを掲載した。〔一八六三年一一月、一二月の出来事〕 [J28, 8]

ベルギーで行った第一回と第二回の講演は、それぞれドラクロワとゴーティエについてだった。 [J28a, 1]

内務省は、『人工天国』に対して検印を拒否する（ポルシェ、二二六ページ参照）。どういうことか。〔ボードレールは、『人工天国』刊行の二カ月以上後、一八六〇年八月一八日に、版元のプーレ＝マラシに、「ポンマルタン氏に対して用いた道徳の大変な狂気という言葉のために、内務省は検印を拒否してきました」と書いている。『人工天国』に収録された「阿片吸引者」第五章末尾に付されたトマス・ド・クインシー追悼の覚え書の中で、論敵ポンマルタン攻撃のために件の表現を用いているのだが、「検印」についての詳細は不明。書店で販売する書物には検印は不要だから、ボードレールらは、それを必要とする行商販売の許可を内務省に申し出て拒否されたということか。〕 [J28a, 2]

ボードレールは生涯、御曹司気質のままだったとポルシェは指摘している（二三三ページ）。この点について次の文はたいへん参考になる。「すべて変化というものには、浮気や引っ越しに似た何か忌まわしくかつ快いところがある。これだけでフランス革命は十分説明がつく。」〔「赤裸の心」四〕この発言から、やはり御曹司だったプルーストのことが想い起こされる。歴史的なものが私的なものの中に投影されているわけだ。

[J28a, 3]

一八四八年、『人民の代表者』新聞社でのボードレールとプルードンの出会い。この出会いは偶然だったが、ヌーヴ・ヴィヴィエンヌ街で夕食をともにすることで終わる。

[J28a, 4]

ボードレールが、一八四八年――後にポンロワが編集長を務めることになる――保守系の新聞『アンドル県の代表者』発刊に参加したという仮説を提起したのは、ルネ・ジョアネである。同紙はカヴェニャックの〔大統領選〕立候補を支持した。ボードレールがこれに執筆したとしても、そのときはもしかすると〔この新聞の連中に〕一杯喰わせようとするものだったのかもしれない。ボードレールは知らなかったが、彼のシャトールーへの旅費は、アンセルを介してオーピックが出したのだった。

[J28a, 5]

ル・ダンテックによれば、「サレド女ハ飽キタラズ」の第二の三行連句は、場合によっては『レスボスの女たち』〔『悪の華』に対してボードレールが最初に想定した表題〕に結びつけ

て考えなくてはならないという。 [J28a, 6]

プラロンによれば、『悪の華』の詩篇の多くは、すでに一八四三年には書かれていた。 [J28a, 7]

一八四五年、『英国評論』誌に、アルフォンス・ボルゲール訳の「黄金虫」が発表される。翌年、『ラ・コティディエンヌ』紙に「モルグ街の殺人」の翻案が頭文字の署名で発表されるが、ポーの名は記されていない。アスリノーによれば、ボードレールにとって決定的だったのは、『平和的民主主義』紙に掲載(一八四七年)されたイザベル・ムーニエ訳の「黒猫」だったという。発表時期から判断して、ボードレールが最初に訳したポーの作品が「催眠術の啓示」だったことは意義深い。 **[J28a, 8]**

一八五五年、ボードレールはジョルジュ・サンドに書簡で、マリー・ドーブランを〔サンド作の芝居に〕使ってくれるようとりなす。 [J28a, 9]

「いつもたいへん礼儀正しく、たいへん気高く、しかもたいへん物柔らかだった彼の内には、修道士的なところと、兵士的なところと、社交家的なところがあった。」ジュディト・クラデル『人物像』パリ、一八七九年、ウジェーヌ・クレペ／ジャック・クレペ『シャルル・ボードレール』パリ、一九〇六年、二三七ページに引用〔この出典の表記は誤り。これは、ジュディトの父、レオン・クラデルの「亡き師の家にて」の一節。「亡き師の家にて」は著者自身によって修正され拡大されて中篇小説「デュクス」となり、『人物像』(一八七九年)に収録される。〕 [J29, 1]

「弁護士のための覚え書と資料」では、ボードレールは、『週報』紙でバルザックがイポリット・カスティーユに宛てた芸術と道徳性についての書簡を引き合いに出している。 [J29, 2]

リヨンは、濃い霧で知られている。 [J29, 3]

一八四五年の自殺未遂。胸にナイフを刺したのである。 [J29, 4]

「私が少しは偉くなったのは暇だったせいだ。——もっとも、財産がなくて暇だと借金……が増えるから困った。しかし、感性と、物を考えること……に関しては大いに得をした。他の文士たちは大部分、とても無知なあさましいがむしゃらどもだ。」ポルシェ〈『シャルル・ボードレールの苦悩の生涯』パリ、一九二六年〉、一一六ページに引用〔「赤裸の心」三二〕

[J29, 5]

『両世界評論』への〔ボードレールの〕詩篇発表を扱った、『フィガロ』紙一八五五年一一月四日号掲載のルイ・グダルの記事によって、ミシェル・レヴィはプーレ＝マラシに『悪の華』刊行を譲る気持ちになった。

[J29, 6]

一八四八年、シャンフルーリ、トゥーバンと共同で『サリュ・ピュブリック』紙〔を発行〕――第一号は、二月二七日、二時間足らずで編集された。そこには――おそらくボードレールの筆になると思われる――次のような箇所がある。「錯乱した同志何人かが印刷機を打ち壊した。……いかなる機械も芸術品と同じく神聖なものだ。」〔ポルシェ、一二九ページに引用〕――「血まみれとなった、《破壊》の道具立て」〔『悪の華』「破壊」第一四行〕という表現を参照。

[J29, 7]

一八四九年、『アンドル県の代表者』紙――ボードレールが執筆したかどうかは確証がない。「目下の状況」という記事が彼の書いたものだとすれば、この新聞の保守系の編集依頼人たちに一杯喰わせたこともありえないことではない。 [J29, 8]

一八五一年、デュポン、ラ・シャンボーディとともに『民衆の共和国、民主年鑑』に執筆、「ボードレール、発行責任者」とある。ここで、彼の署名があるのは、「酒の魂」のみ。 [J29, 9]

一八五二年、シャンフルーリ、モンスレとともに『演劇週報』紙に執筆。 [J29, 10]

〔ボードレールの〕住所。

一八五四年二月　オテル・ド・ヨーク、サン＝タンヌ街
　　　　　五月　オテル・デュ・マロック、セーヌ街
一八五八年　オテル・ヴォルテール、ヴォルテール河岸街
一八五八年一二月　ボートレィイ街二二番地
一八五九年夏　オテル・ド・ディエップ、アムステルダム街 [J29, 11]

ボードレールは、二七歳で鬢が白髪まじりだった。　[J29, 12]

シャルル・アスリノー「ボードレール、逸話集」〈クレペ〈『シャルル・ボードレール』パリ〉、一九〇八年、〈二七九ページ以下〉に全文収録〉に収められたアスリノーのハンカチの話。ボードレールのひとりよがり。彼の「駆け引き」の挑発的効果。彼の人を驚かす癖。　[J29a, 1]

『世界周報』紙一八六七年九月九日掲載のゴーティエによる〈ボードレール〉追悼文から。「彼はインド生まれで英語に精通し、エドガー・ポーの翻訳でデビューした。」テオフィル・ゴーティエ『現代人の肖像』パリ、一八七四年、一五九ページ　[J29a, 2]

ゴーティエによる追悼文は、まるまる半分がポーの話である。『悪の華』に触れた箇所は、ゴーティエがホーソーンの物語から借りた隠喩に頼っている。「われわれはCh・ボードレールの『悪の華』を読むとかならずホーソーンのあの物語のことをつい考えてしまうのだった。この詩集には、あの暗く金属的な色彩と、あの緑青色の葉と、あの頭をくらくらさせるにおいがある。ボードレールのミューズは、いかなる毒も効かないが、顔色に血の気がなくくすんでいるために、その生活環境がわかってしまう博士の娘と似ている。」テオフィル・ゴーティエ『現代人の肖像』パリ、一八七四年、一六三ページ〔[J3a, 2]を参照〕

[J29a, 3]

『ロマン主義の歴史』におけるゴーティエによるボードレールの性格描写は、一連の怪しげな隠喩にすぎない。「各詩篇は、この濃縮の才能によって、無数の切り子面を刻まれたクリスタル・ガラスの小瓶に閉じ込められた一滴のエッセンスに還元されている」等々(三五〇ページ)。分析全体に次のような陳腐さが浸透している。「バルザックがそうだったようにパリが好きだとはいえ、照明が反射して、たまった雨水が血の海に変わり、さまざまに高さの異なる黒い屋根の上を、黄色味の強い象牙色の古い髑髏さながらの月がめぐる時刻に、脚韻を探して、パリのこの上なく不気味に謎めいた路地を辿るのを常とするとはいえ、いかがわしい酒場の煙草の煙でくもった窓ガラスの前で時おり立ち止まり、飲んだくれのしゃがれた声の歌や娼婦のかん高い声に耳を傾けるとはいえ、……彼は思いをめぐらせたあげく、心はインドへと向かうことが多いのである。」テオフィル・ゴーティエ『ロマン主義の歴史』パリ、一八七四年、三四九ページ(「一八三〇年以後のフラン

ス詩の発展」〕。ロリナを参照！　[J29a, 4]

ピモダン館の室内。食器棚もなく、食堂テーブルもなく、窓はすりガラスだった。当時ボードレールには使用人が一人いた。　[J29a, 5]

一八五一年、『議会通信』紙に新たな詩篇数篇を発表。サン＝シモン系の『政治評論』誌に原稿を持ち込んで断わられる。ポルシェは〔特に文学的ではないそうした雑誌名から判断して〕、どう見てもボードレールには、詩篇を発表できる雑誌を選ぶことがほとんどできなかったようだと推定している。〔ポルシェ『シャルル・ボードレールの苦悩の生涯』パリ、一九二六年、一五六ページ〕　[J30, 1]

一八四二年、ボードレールが手にした遺産は七万五〇〇〇フラン（一九二六年の四五万フランに相当）に達する。彼は仲間たち――バンヴィル――からたいへん裕福と見なされた。間もなく彼はひそかに実家から遠ざかる。　[J30, 2]

ポルシェのみごとな表現〈『シャルル・ボードレールの苦悩の生涯』パリ、一九二六年〉、九八ページ)によれば、アンセルは〔ルイ・フィリップ治下の制限選挙制度における〕選挙権所有階級の権化だった。 [J30, 3]

一八四一年、駅馬車で、その最後に残った一台で、ボルドーへ。——サリスを船長とする商船「南海号」上でボードレールが遭ったたいへん激しい暴風雨も、作品にはごく僅かな痕跡しか残さなかったようだ。 [J30, 4]

一八一九年に、ボードレールの母は二六歳、父は六〇歳で結婚した。 [J30, 5]

ピモダン館で、ボードレールは赤い鵞ペンで書いていた。 [J30, 6]

「催眠術の啓示」は、ポーの作品の中ではあきらかに重要でないが、ボードレールが著者の存命中に翻訳した唯一の短篇小説である。一八五二年、『パリ評論』誌にポーの伝記発表、一八五四年、翻訳作業開始。 [J30, 7]

ジャンヌ・デュヴァルが、ボードレールの最初の恋人だったことを心にとめておくこと。

ボードレールは、〔義父〕オーピックと仲たがいしている時期にも、ルーヴル美術館で母と会っている。

[J30, 8]

フィロクセーヌ・ボワイエが主催した晩餐会。ボードレールは、「腐屍」「人殺しの酒」「デルフィーヌとイポリット」を朗読する。（ポルシェ〈『シャルル・ボードレールの苦悩の生涯』パリ、一九二六年〉、一五八ページ）

[J30, 9]

ポルシェは、ボードレールが、サリス、アンセル、オーピックと典型的な出会い方をしたことに注意を喚起している（九八ページ）。

[J30, 10]

「怪物の教え」「熱愛される破廉恥女」「白痴男の情婦」「同性愛の女たち」「女を囲う男」といった小説草案の題が示している性に関する先入観。

[J30, 11]

[J30, 12]

ボードレールが、アンセルと長い会話をするとき、しばしば柄の悪い態度をとるのを好んだことに注目しなくてはならない。その点でも彼は御曹司なのである。さらにこのことについては次のような彼の訣別の手紙がある。「多分僕はきびしい生活を余儀なくされるでしょうが、それでも気分はよくなるでしょう。」〔日付なしの母への手紙〕　[J30, 13]

クラデルは、言語の骨相学、つまり言葉のもつ色彩、光源としてのその特徴、そして最後にその道徳的な特性に関するボードレールの「高貴で卓抜な論述」に言及している〔『亡き師の家にて』〕。　[J30a, 1]

一八六三年三月六日のシャンフルーリの〔ボードレール宛て〕書簡は、おそらく作家同士ではそう珍しくない口調の特徴をよく示している。現在行方がわからない手紙でボードレールは、ボードレールとポーの作品を賛美する女性と近づきになるようにというシャンフルーリの提案を体面を口実に断わったが、これに対してシャンフルーリは次のように返事を書くのである。「私の体面が損なわれたとおっしゃるけれど、そのようなことはありません。もっとひどい所に行かないでほしいですね。私の普段の仕事の仕方を真似てみて下さい、私と同じように自立して下さい。決して他人を必要としないようにして下さい、その時なら体面のことを言ってもいいですよ。／もっとも、この言葉の件は貴兄の自然かつ不自然な奇癖のせいということにして、これ以上大袈裟に扱うことはやめます。」（ウジェーヌ・クレペ／ジャック・クレペ〈『シャルル・ボードレール』パリ、一九〇六年〉、「補遺」、三四一ページに引用）ボードレールは即日返事を書いている。（『書簡集〔一八四一―一八六六年〕』〔第四版、パリ、一九一五年〕、三四九ページ以下）

[J30a, 2]

一八五七年八月三〇日付ユゴーのボードレール宛て書簡。『悪の華』を受け取ったことを次のように知らせている。「芸術は青空と同じで、果てしない領域です。貴兄がそれを証明されたばかりです。御高著『悪の華』は星のように光り輝き、目もくらむばかりです。」クレペ〔『ボードレール』〕、一一三ページに引用。決まり文句と進歩への信条が書かれている一八五九年一〇月六日の〔ユゴーがボードレールに宛てた〕長い手紙を参照。

[J30a, 3]

一八六〇年五月一四日付ポール・ド・モレーヌのボードレール宛て書簡。「貴兄にはあの新しいものの天賦の才能があって、それは私にいつも貴重なものと思われたし、ほとんど神聖なものと言ってもいいくらいです。」クレペ、四一三ページに引用

[J30a, 4]

一八六六年二月一一日―二三日付〔ユリウス暦による〕で、アンジュ・ペクメジャがブカレストから〔ボードレールに〕書いた手紙。詩人を大いに称賛する気持ちが表現されたこの長い手紙には、純粋詩（ポエジー・ピュール）に関する次のような正確な洞察が見られる。「別のことを申しましょう。この種の詩句の構成に寄与している文字が、類推（アナロジー）によってそれらひとつひとつに与えられる幾何学的な形や色あいで翻訳されたなら、それらの詩句は、目に快い織物の様相と、たくさんのペルシャ絨毯やインドのショールを並べたような美しい色調を呈することでしょう。／私の考えは貴兄には滑稽に思われるでしょう。私は時おり、貴兄の詩を描き色づけしたい気持ちになるのです。」クレペ、四一五ページに引用　[J30a, 5]

一八六二年一月二七日付ヴィニーのボードレール宛て書簡。「……多くの場合これほど甘美に春らしい香りに満ちた花束に相応しくない表題をお付けになって、あなたはこれになんと不当な態度をとったことかと私は思いますし、ときどき何か『ハムレット』の墓地から発散する臭気のようなもので、空気が汚染されることに対して、どれほどあなたを恨めしく思うことでしょう。」クレペ、四四一ページに引用　[J30a, 6]

一八五七年一一月六日、ボードレールの皇后宛て書簡から。「しかし、罰金は、私には理解できない訴訟費用が加わって、伝説化している貧しい詩人の支払い能力を越えており、……皇后陛下の御心が、あらゆる苦難、精神的な苦難に関しても金銭的な苦難に関しても、御同情下さるものと確信いたしまして、一〇日間逡巡し思い迷った後、陛下の御慈悲に頼り、内務大臣に対してお取り成し下さるようお願い申し上げることに致しました。」H・パトリ「『悪の華』裁判後日譚、皇后宛てボードレール未発表書簡」(『フランス文学史評論』第二九年、一九二二年、七一ページ)　[J31, 1]

ショナール『回想録』パリ、一八八七年(クレペ、一六〇ページに引用)から。「ボードレールは、オンフルールからなぜ急いで逃げ出すのか説明してこう言うのだった。田舎は、特に天気のいい時は僕は嫌いだ。太陽がずっと出ているのには僕はまいる。……ああ！いつも変わりやすくて、風の加減で笑ったり泣いたりするパリの空の話をしてほしい、パリの空が暑くなったり、湿ったりと変わっても、くだらない穀物の役に立つことは決してない。……僕はもしかすると君の風景画家としての信念を傷つけるかもしれないが、僕は、自由に流れている水には我慢がならないということも言っておこう。僕は水というものは、首かせをつけて、河岸の幾何学的な壁の中に閉じ込めておいてほしい。僕が気に入っている散歩の場所は、ルルク運河の堤防だ。」　[J31, 2]

クレペは、このショナールの証言に〔ボードレールの〕デノワイエ宛て書簡を引き寄せて解釈して、結論として次のように指摘している。「以上すべてからどう結論を下すべきか。おそらく、単純に、ボードレールは、自分にないものしか望まず、自分が今いないところしか好まない不幸せな人種に属していただけだということだろう。」クレペ、一六一ページ〔この抜き書きは、一八六四年一〇月一三日、アンセル宛てに、ボードレールが南方旅行の際に海や空と初めて親しんだことを懐かしみつつ、初冬のブリュッセルでの辛い生活を伝えている箇所にクレペが付けた注である。〕 [J31, 3]

ボードレールの真摯さ（サンセリテ）については多くの論争があった。クレペにもまだこの議論の痕跡が見られる。（一七二ページ参照） [J31, 4]

「子どもの笑いは花が開くのと同じようなものだ。……これは植物の喜びである。だから、一般に、これはむしろ微笑であり、犬が尻尾を振ったり猫がごろごろ喉を鳴らすのと似たようなものである。とはいえ、子どもの笑いが動物の満足の表現とはやはり異なるのは、この笑いにも、人間の端くれ、すなわち未熟の《サタン》に相応しく、野心がまったく含まれていないわけではないからだ。」「笑いの本質について」『作品集』Ⅱ、ル・ダンテック編、一七四ページ　[J31, 5]

キリストは怒りを知り、涙も知っていたが、笑わなかった。ヴィルジニーは風刺画を見ても笑わないだろう。賢者は笑わないし、無垢な者も笑わない。「滑稽は劫罰に値し悪魔的起源をもつ要素である。」「笑いの本質について」『作品集』Ⅱ、ル・ダンテック編、一六八ページ　[J31a, 1]

ボードレールは有意義的滑稽（コミック・シニフィカティフ）と絶対的滑稽（コミック・アプソリュ）とを区別している。後者のみが、考察に値するもの、つまりグロテスクである。〔「笑いの本質について」五末尾〕　[J31a, 2]

『一八四六年のサロン』における現代の男性の服装のアレゴリー的解釈。「現代の英雄の衣服たる燕尾服はといえば……苦悩する現代、その黒い痩せた肩にまで果てることのない喪の象徴を荷っている現代の必然的な衣服ではないだろうか。黒い燕尾服やフロックコートには、普遍的平等の表現というそれなりの政治的な美しさのみならず、公共的精神の表現というそれなりの詩的な美しさもあるということにとくと留意していただきたい。——政治の葬儀人夫、恋する葬儀人夫、ブルジョワ葬儀人夫という具合に葬儀人夫の大行列だ。われわれは皆、何かの埋葬を挙行しているのだ。」『作品集』Ⅱ、ル・ダンテック編、一三四ページ　[J31a, 3]

ポーの群衆描写の比類ない能力。トランプクラブや日没後の群衆を描いたゼネフェルダー〔18—19世紀のプラハ生まれの石版画の発明者〕の初期の石版画が想い起こされる。「暮れてゆく日の光と争って初めは弱かったガス灯の明かりも、今や優勢になって、あらゆる物にきらめき揺れ動く光を投げかけていた。かつてテルトゥリアヌス〔西方教会の最初の教父〕の文体がたとえられたあの黒檀のように——あたり一帯は暗いながらに、光り輝いていた。」エドガー・ポー『続・異常な物語』シャルル・ボードレール訳、パリ、〈一八八六年〉、九四ページ■遊歩者■　[J31a, 4]

「想像力とは空想ではない。……想像力は……事物同士の内面的かつ密かな関係と、照応（コレスポンダンス）と、類似（アナロジー）を感知する神的と言ってもいいほどの能力だ。」〈ボードレール〉「エドガー・ポーに関する新たな覚え書」（『続・異常な物語』一三—一四ページ）　[J31a, 5]

一八六二年ごろ企画された『悪の華』豪華版のためにブラックモンがデザインした、純粋に寓意的で銘句の入った装飾。〔それらの装飾のいくつかを〕一冊に綴じたものが、シャンフルーリのコレクションの競売で出てきたが、これは後に〔ニューヨークの〕エイヴリーのコレクションに入った。

[J31a, 6]

「夢想の坂道」〔『秋の葉』に収められた一詩篇〕の中のヴィクトール・ユゴーの群衆観をよく表わした二箇所。

「名もない群衆！　混沌！　声、目、足音。
会ったこともない者たち、知らない者たち。
すべての生者たち！――アメリカの森や
　蜜蜂の巣よりもざわめく都市。」

続く箇所では、ユゴーの群衆描写はまるで銅版画家のビュラン〔のみの一種〕で彫ったかのようだ。

「このおぞましい夢の中で、闇が群衆とともに
やって来て、どちらも一緒に深まり密になるのだった、
そして目ではまったく様子の探れないそれらの領域では

人の数が多くなっただけ、闇が深まるのだった。
すべてが曖昧模糊となるのだった。ただ、
絶えず通り抜けていく微風が、
まるで巨大なひしめきを私に見せるためといった風に、
闇の中遠くに光の小さな谷を切り開き、
さながら一陣の風が、揺れる波間に
白い泡を立てたり、小麦畑に一すじの波を起こすかのようだった。」

ヴィクトール・ユゴー『全集――詩二』(『東方詩集』『秋の葉』)、パリ、一八八〇年、三六三、三六五―三六六ページ [J32, 1]

ジュール・トルバ――サント゠ブーヴの秘書――が、一八六六年四月一〇日、プーレ゠マラシに宛てた手紙。「つまり詩人はいつもこんな風に死んでいくというわけですね！社会機構が、ブルジョワや、熟練工や、労働者……のために回転し調整されても、こうした、規律がなく、どんな束縛にも耐えられない性格の者たちに、せめて、自分のベッドで死ぬことができるのに必要なものを与える慈悲深い法は決してできないでしょう。――でも火酒（オー・ド・ヴィ）がある、と人は言うのではないでしょうか――それがどうだというのでしょう！　あなた、ブルジョワ、食料品屋よ、あなたもそれを飲むし、あなたにも、詩人と同じだけ、それどころか詩人以上に悪癖がある。……バルザックはコーヒーの力を借りて燃え立ち、ミュッセはアブサントで頭がぼうっとなってもやはりこの上なく美しいあの詩節を創作し、ミュルジェールは、今のボードレールと同じように、何でも飲んで療養所で死んでいったのです。そして、こうした作家たちのうち誰ひとりとして社会主義者ではありません！」〈クレペ〈『ボードレール』パリ、一九〇六年〉、一九六―一九七ページに引用〉文学市場　[J32, 2]

ジュール・ジャナンへの〔公開〕書簡の草案〔一八六五年〕で、ボードレールは、ホラティウスに対抗してユウェナリス、ルカヌス、ペトロニウスを引き合いに出している。　[J32, 3]

ジュール・ジャナンへの〔公開〕書簡。「美の感情と常に不可分なメランコリー。」『作品集』Ⅱ、ル・ダンテック編、六一〇ページ　[J32, 4]

「およそ叙事的な意図というものは……芸術に対する不完全な感覚に由来する。」〈ボードレール〉「エドガー・ポーに関する新たな覚え書」(『続・異常な物語』パリ、〈一八八六年〉、一八ページ)。ここに純粋詩(ポエジー・ピュール)理論全体が芽生えている。(不動化!) [J32, 5]

クレペ〈『ボードレール』パリ、一九〇六年〉(一五五ページ)によれば、ボードレールが残したデッサンの大部分は、「不吉な情景(セーヌ・マカブル)」を描いたものだという。 [J32a, 1]

「世界のすべての書物のうちで、今日、聖書を除いて、『悪の華』が一番多く出版され、あらゆる言語に一番多く訳されている。」アンドレ・シュアレス『三人の偉大な生者』パリ、〈一九三八年〉、二六九ページ(「ボードレールと『悪の華』」) [J32a, 2]

「ボードレールの生涯は、奇談にしては索漠としたものである。」アンドレ・シュアレス『三人の偉大な生者』パリ、二七〇ページ(「ボードレールと『悪の華』」) [J32a, 3]

「ボードレールは記述しない。」アンドレ・シュアレス『三人の偉大な生者』パリ、二九四ページ(「ボードレールと『悪の華』」) [J32a, 4]

「一八五九年のサロン」における新ギリシア派(エコール・ネオ゠グレック)批判に際しての愛の神(アムール)に対する激しい罵言。「しかしながらわれわれは、絵具や大理石が……この助平爺のために浪費されるのを見るのはうんざりではないでしょうか。……彼の髪は、御者のかつらのように濃くて縮れています。丸々とふくらんだ頰は鼻孔と目を圧迫しています。彼の身体は、というよりむしろ彼の肉は、肉屋の鉤に下がった脂身(あぶらみ)のように、詰め物がされ、筒状で、空気を入れてふくらまされており、おそらく普遍的な牧歌的恋愛の溜め息によって膨張させられているのでしょう。山のようなその背中には、蝶の羽が二枚引っ掛けてあります。」Ch・B『作品集』Ⅱ、ル・ダンテック編、パリ、二四三ページ　[J32a, 5]

「みな何でも知っていて、何についてでも論じ、執筆者がみな……次々と政治、宗教、経済、美術、哲学、文学を教えることができる立派な新聞があります。ピサの斜塔のように未来のほうに傾いていて、人類の幸福が作り上げられる、この愚行の巨大な記念碑で。……」Ch・B『作品集』Ⅱ、ル・ダンテック編、パリ、二五八ページ(「一八五九年のサロン」)(『ル・グローブ』紙のことか)〔実は『シエクル』紙を指している。〕　[J32a, 6]

リカール〔19世紀仏の肖像画家〕を弁護して。「模倣とは柔軟で図抜けた精神の眩暈ですし、優越性の証左であることさえ多いのです。」Ch・B『作品集』Ⅱ、ル・ダンテック編、二六三ページ(「一八五九年のサロン」)。自己弁護（プロ・ドモ）だ！ [J32a, 7]

「あの……無邪気さにいつも混じっている何か知れぬいたずらっぽいもの。」Ch・B『作品集』Ⅱ、ル・ダンテック編、二六四ページ(「一八五九年のサロン」)。リカールについて。 [J32a, 8]

「橄欖山」の中でヴィニーは、ド・メーストルに反論してこう述べている。

「われらは、いくつもの時代の彼方に、冷酷な支配者どもが、
偽の賢者を引き連れ現われて、
各国民の精神を鈍らせ
わが贖罪の意味を歪曲するだろうことを知っている。」 [J33, 1]

「そうした幸福の欠如、そうした悲嘆の強さを経験したのは、おそらくレオパルディ、エドガー・ポー、ドストエフスキーだけである。この世紀は、他のところでは繁栄し多様に見えるのに、彼〔ボードレール〕のまわりでは砂漠のような恐ろしい姿をとるのであ

る。」エドモン・ジャルー「ボードレール生誕一〇〇年」七七ページ（『週刊評論』誌、第三〇年、二七号、一九二一年七月二日）

[J33, 2]

「詩を分析の方法にし、内省の形式にしたのはボードレールだけである。その点、彼はフローベールやクロード・ベルナールとまさしく同時代の人なのである。」エドモン・ジャルー「ボードレール生誕一〇〇年」（『週刊評論』誌、第三〇年、二七号、一九二一年七月二日）、六九ページ

[J33, 3]

ジャルーにおけるボードレールのテーマのリスト。「孤独を運命づけられた個人の神経質な怒りっぽさ、……人間の条件に対する恐怖と、宗教ないし芸術によってこれに尊厳を与える必要性、……自分を忘れるため、あるいは自分を罰するための遊蕩への好み、……旅、未知のもの、新しいものに対する情熱、……死を思わせるもの（薄明、秋、不吉な光景）への愛着、……人工的なものの崇拝、憂鬱（スプリーン）の中での自己満足。」エドモン・ジャルー「ボードレール生誕一〇〇年」（『週刊評論』誌、第三〇年、二七号、一九二一年七月二日）、六九ページ。もっぱら心理的事柄のみを考察しているために、ボードレールの真の独創性を見抜けないでいるのが、ここではっきりわかる。

[J33, 4]

一八八五年ころのロップス、モロー、ロダンへの『悪の華』の影響。 [J33, 5]

「万物照応(コレスポンダンス)」のマラルメへの影響。 [J33, 6]

レアリスムへの、次いで象徴主義へのボードレールの影響。モレアスは、『フィガロ』紙、一八八六年九月一八日号の象徴派宣言の中でこう述べる。「ボードレールは、今日の詩の運動の真の先駆者と見なされなければならない。」 [J33, 7]

クローデルは、こう述べている。「ボードレールは、一九世紀が真摯に抱くことができた唯一の情熱、すなわち悔恨を歌った。」『シャルル・ボードレール死後五〇年』パリ、一九一七年、四三ページに引用 [J33, 8]

「ダンテ的な悪夢。」『シャルル・ボードレール死後五〇年』パリ(メゾン・デュ・リーヴル)、一九一七年、一七ページに引用されたルコント・ド・リールの言葉 [J33a, 1]

エドゥアール・ティエリは『悪の華』を、ミラボーがヴァンセンヌ刑務所で書いたオードにたとえている。（『シャルル・ボードレール死後五〇年』パリ、一九一七年、一九ページに引用）　[J33a, 2]

ヴェルレーヌはこう述べている（どこで？）（ヴェルレーヌ「シャルル・ボードレール」II）。「ボードレールの深い独創性とは、……現代人（オム・モデルヌ）を力強く、本質的に描いていることである。……私はここで肉体上の現代の（モデルヌ）人間のことを言っているにすぎない、……感覚が鋭くなり、高ぶっている、精神が痛ましくも繊細な、脳がタバコの煙でいっぱいの、血がアルコールで燃えている現代人である。……いわばそうした神経過敏者の個性を、ボードレールは……典型の資格で、こう言ってよければ《英雄》の資格で描いているのである。どこにも、ハインリヒ・ハイネにおいてさえ、こうした個性がこれほど強く際立って描かれてはいない。」『シャルル・ボードレール死後五〇年』パリ、一九一七年、一八ページに引用　[J33a, 3]

バルザック（『金色の眼の娘』）、ゴーティエ（『モーパン嬢』）、ドラトゥーシュ（『フラゴレッタ』）における女性同性愛のテーマ。　[J33a, 4]

マリー・ドーブランに捧げた詩、「秋の歌」「秋のソネット」。 [J33a, 5]

メリヨンとボードレールは同年に生まれ、メリヨンは、ボードレールよりも一年あとに死んでいる。 [J33a, 6]

プラロンによれば、ボードレールは、一八四二年から一八四五年頃、ルーヴルでエル・グレコの女性像に魅惑されたという。〔クレペ〈『シャルル・ボードレール』パリ、一九〇六年〉、七〇ページに引用〕 [J33a, 7]

一八四六年五月の計画『ルカヌスの愛と死』。〔『ル・ムーヴマン』紙、見本号に、ボードレール＝デュファイス著として『ルカヌスの愛と死』の広告が出たことを指す。この著作は書かれなかった。〕 [J33a, 8]

「二二歳になり、すぐ〔パリ〕七区の区役所の「死亡課」に職が見つかったと、彼は得々と繰り返し言うことが多かった。」モーリス・ロリナ『作品の終わり』〈ギュスターヴ・ジェフ

ロワ〔による序文〕「モーリス・ロリナ、一八四六年—一九〇三年」〕パリ、一九一九年、五ページ [J33a, 9]

バルベ・ドールヴィイは、ロリナをポーとボードレールの間に位置づけ、「ダンテ一族の詩人」と言っている。前掲書、八ページ [J33a, 10]

ロリナによるボードレール風の詩篇の構成。 [J33a, 11]

「声」〔『漂着物』の中の一篇〕。「深淵のもっとも暗いところに、／私は異様な世界をはっきりと見る。」 [J33a, 12]

シャルル・トゥーバンによれば、一八四七年、ボードレールは二つ住居をもっていて、それぞれセーヌ街とバビロンヌ街にあった。家賃の支払い期日には友人のところを三つ目の住居として夜を過ごすことが多かった。〔クレペが引用したトゥーバンの証言では、「家賃の支払い期日には」は「借金の支払い期限が来ると」になっている。〕（クレペ〈『シャルル・ボードレール』パリ、一九〇六年〉、四八ページに引用） [J34, 1]

オンフルールといくつかの臨時の住居は別にして、クレペは、一八四二年から一八五八年までのボードレールの住所を一四列挙している（四七ページ）〔クレペが挙げているのは一三〕。彼は、タンプル地区、サン＝ルイ島、サン＝ジェルマン地区、モンマルトル地区、レピュブリック地区に住んだ。

[J34, 2]

「貴君が、文明の中で年老いたある大都会を、普遍の生のもっとも重要な記録を留めている大都会の一つを横切るとします、すると貴君の目は、上へと、上方ヘト、星々ノ方ヘト〔「上方ヘト、星々の方ヘト」の部分はベンヤミンの書き抜きでは強調されていないが、ボードレールの原文ではイタリック。後出の「生命ノ松明」についても同じ〕惹かれます。というのも、広場で、交差点の角で、足もとを歩く者たちよりも背の高い不動の人物たちが、貴君に、沈黙の言語で、栄光や、戦争や、学問や、殉教の壮麗な伝説を語るからです。ずっと熱望してきた天を指している者もいれば、自分たちが躍り出てきた地面を指し示している者もいます。それらの人物たちは、かつては自分の人生の情熱だったが、今やその情熱の標章（エンブレム）となったものを振りかざし、あるいは凝視している。道具、剣、書物、松明、生命ノ松明を！　たとえ貴君が、人間のうちでもっとも呑気であるにせよ、もっとも不幸あるいはもっとも卑しいにせよ、乞食あるいは銀行家であるにせよ、石の亡霊は、数分の間貴君を支配して、過去の名において、地上のものならぬ物事に想いを馳せるよう命令するのです。／これが彫刻の神聖な役割です。」Ch・B『作品集』Ⅱ、ル・ダンテック編、二七四―二七五ページ（「一八五九年のサロン」）。ボードレールはここで彫刻について、まるでそれが大都市にしか現われないかのように語っている。通行人を立ち止まらせるのが彫刻なのだ。この描写の中には、何かきわめて予言的なところがある。たとえ彫刻そのものは、その予言の実現に、ごくわずかしか関与しないにしてもそうである。都市にしか彫刻はないのだ。　［J34, 3］

ボードレールは、「ロマネスクな風景画」（原文に引用符はないが、ボードレールからの引用）が好きなのに、なおざりにされていると語っている。彼の記述によれば、彼が考えているのは、基本的にバロック的作品であることがわかる。「わが国の風景画家たちはあまりにも草食動物です。彼らは進んで廃墟を糧とすることはありません。……私は懐しく思います、……陰気な池に姿を映す銃眼のある僧院を、巨大な橋を、錯乱が宿るニネヴェの建造物を、それに、存在しないなら造り出す必要のあるものすべてを！」Ch・B『作品集』Ⅱ、ル・ダンテック編、二七二ページ（「一八五九年のサロン」）　［J34, 4］

「想像力は……森羅万象を分解し、魂のもっとも深いところからしか生まれない規則に従って集められ配置された素材を用いて、新しい世界を造り出し、新たなるものの感覚を生み出すのです。」Ch・B『作品集』Ⅱ、一二二六ページ（「一八五九年のサロン」）　[J34a, 1]

特にトロワイヨン〔19世紀仏の風景画家〕を引き合いに出しながら示される、画家の無教養についての見解。「彼は描きに描きます。そして自分の魂に栓をして、さらに描き、ついに流行芸術家に似て来るようになります。……模倣者の模倣者はそのまた模倣者を見つけ、各々がこのようにして、ますます上手に自分の魂に栓をして、とりわけ何も読まず、『完全な料理人』さえ読まずに偉くなろうとする夢を追うのです。ともかくもこれを読めば、これほど金儲けにはならないだろうが、もっと光栄ある道が開けて来たかもしれないのに。」Ch・B『作品集』Ⅱ、二二九ページ（「一八五九年のサロン」）　[J34a, 2]

「群衆の中にいる楽しみは、数の増大の喜びの不思議な表われである。……数はすべてにある。……陶酔は数である。……大都会の宗教的陶酔。」Ch・B『作品集』Ⅱ、六二六―六二七ページ（「火箭」）。人間の逆希釈！　[J34a, 3]

「アラベスク模様は、もっとも精神主義的な模様だ。」Ch・B『作品集』Ⅱ、六二九ページ（「火箭」）　[J34a, 4]

「私に言わせれば、愛の唯一最高の楽しみは、悪を行っているという確信にある。そして男女は、生まれながらに、悪の中にあらゆる楽しみがあるということを知っているのだ。」Ch・B『作品集』Ⅱ、六二八ページ（「火箭」）　[J34a, 5]

「ヴォルテールは、あの不滅の魂が九カ月間糞と尿の間に宿っていたのだと冗談を言っている。……せめて彼は、〔糞尿にかこまれた子宮に胎児が、従って魂が宿るという〕こうした位置決定に、愛に対する神（プロヴィダンス）のいたずらあるいは皮肉を、生殖の方式に、原罪の徴（しるし）を見抜くことができたろうに。事実、われわれは、排泄器官を使ってしか性交できないのだ。」Ch・B『作品集』Ⅱ、六五一ページ（「赤裸の心」）。ここで、ロレンスによるチャタレー夫人の弁護を想起すること。　[J34a, 6]

ボードレールには、売淫が自分に及ぼす魅力の誤った合理化の萌芽が見られる。「愛は高邁な感情、すなわち売淫への好みから生まれることもある。しかし、それはやがて所有への好みによって堕落する。」(『火箭』)「人間の心の中にある売淫へのしつこい(inamovible、ただし一九三八年以降は「抗い難い invincible」と解読される)好みがあって、そこから孤独への怖れが生まれる。……天才は一、でありたいと、したがって孤独でありたいと望む。栄光は、一にとどまったままで、特殊なやり方で売淫することだ。」(『赤裸の心』)、Ⅱ、六二六ページ、六六一ページ [J34a, 7]

一八三五年、カゾットの『恋する悪魔』が、ジェラール・ド・ネルヴァルの序文付きで出版される。「わが愛しのベルゼブルよ、お前を崇める」(『悪の華』「憑かれた男」第一四行)は、明らかにボードレールがカゾットから引用したものである。「ボードレールの詩は、ルイ=フィリップ時代の悪魔主義とはまったく無縁な悪魔的響きを発している。」クローディウス・グリエ『一九世紀文学における悪魔』リヨン/パリ、一九三五年、九五―九六ページ [J35, 1]

一八五三年一二月二六日付の母宛て書簡。「そもそも僕は肉体的な苦痛にはとてもよく慣れており、風が吹きぬける破れたズボンと燕尾服の下でワイシャツを二枚とても上手に重ね着することができるし、穴のあいた靴に藁の底、あるいは紙の底さえも巧みに取りつけることができますから、僕はほとんど精神的な苦痛しか感じません。とはいえ、打ち明けなくてはなりませんが、これ以上破けるのが心配で、もう急な動きをする気にもなれないし、あまり歩く気にもなれないほどになっています。」シャルル・ボードレール『続・母への未刊の手紙』ジャック・クレペ序文・注、パリ、一九二六年、四四―四五ページ

［J35, 2］

ゴンクール兄弟は、一八八三年六月六日付の日記で、ある青年が訪ねて来たことを伝えている。この青年から彼らは、中学校(レトレ・デュ・コレージュ)の文学青年たちがその当時二派に分かれていることを知る。未来の高等師範学校生(ノルマリアン)はアブー〔19世紀仏の作家〕とサルセ〔19世紀仏の批評家〕を手本にし、他の者たちはエドモン・ド・ゴンクールとボードレールを手本にしているというのだった。『ゴンクールの日記』Ⅵ、パリ、一八九二年、二六四ページ

［J35, 3］

一八六〇年三月四日の彼の母宛ての手紙には、メリヨンの銅版画集について次のような記述がある。「口絵になっている醜い巨大な像は、ノートル＝ダム寺院の外部を飾っている像の一つです。背景になっているのは、上から見おろしたパリです。この男はいっ

たいどうやって、下を見れば奈落に落ちるかに思われる高みで、平然と描けるのか、僕にはわかりません。」Ch・B『続・母への〔未刊の〕手紙』ジャック・クレペ序文・注、パリ、一九二六年、一三二―一三三ページ　[J35, 4]

『続・手紙』〔一四五ページ〕には、ジャンヌ〔・デュヴァル〕について「不具者に変わった老いた美女」という表現が見られる〔一八六〇年一〇月一一日付母宛て書簡〕。――彼は死後ジャンヌに年金を残したがっている。　[J35, 5]

一八五九年一一月一七日、ユゴーがヴィルマンに宛てた手紙の次の一文は、ボードレールとユゴーを対置する決め手になろう。「私は、時々幾晩もまるまる、深淵を前にした自分の運命を夢想して過ごし、……ついには、星だ！　星だ！　星だ！　と叫ぶことしかできなくなります。」クローディウス・グリエ『交霊術者ヴィクトール・ユゴー』リヨン／パリ、一九二九年、一〇〇ページに引用　[J35, 6]

ユゴーにおける群衆（ミュルティテュード）。「予言者は孤独を求める。……彼は砂漠へ考えに行く、誰のことを？　群衆のことを。」ユゴー『ウィリアム・シェークスピア』〈第二部、第〉六〈篇〉

［J35, 7］

ジャージー島の交霊術の記録に見られるアレゴリー。「マリーヌ＝テラス〔ユゴーが亡命中イギリス領ジャージー島で住んだ家の名称〕には、純粋な抽象概念さえよくやって来た。《観念》《死》《劇》《小説》《詩》《批評》《ほら》と言ったものである。そうした抽象概念は……好んで昼間現われたのに対し、死者たちは夜やって来るのだった。」クローディウス・グリエ『交霊術者ヴィクトール・ユゴー』リヨン／パリ、一九二九年、二七ページ　［J35a, 1］

ユゴーにおける群衆（ミュルティテュード）は、『懲罰詩集』〔「キャラバン」Ⅳ、『全集――詩四』パリ、一八八二年、〈三九七ページ〉〕では、「暗がりの奥」という形で現われる。

「われわれの略奪者たち、われわれの無数の暴君たちが
　誰かが暗がりの奥で動くのを知る日。」　［J35a, 2］

『悪の華』について。「ハシッシュや阿片による幻覚についての直接的言及はどこにもない。その点、自分の詩篇の哲学的構成にのみ没頭する詩人の最高の趣味に敬服しなくてはならない。」ジョルジュ・ローデンバック『選ばれた者たち』パリ、一八九九年、一八一一

九ページ　[J35a, 3]

ローデンバックは、ベガンと同じく、ボードレールにおける照応〔コレスポンダンス〕の経験を強調している（一九ページ）。　[J35a, 4]

ボードレールからドールヴィイへ〔の問い〕。「貴兄はけんか腰で聖体拝領しなければならないのですか。」ジョルジュ・ローデンバック『選ばれた者たち』パリ、一八九九年、六ページ〔に紹介された会話〕　[J35a, 5]

「ノートル＝ダムの華麗な復興」をめぐって、三つの世代が動いている（ジョルジュ・ローデンバック『選ばれた者たち』パリ、一八九九年、六―七ページ）。第一世代は、いわば外的なサークルを形成し、ユゴーに代表される。第二世代は、敬虔な内的なサークルを形成し、ドールヴィイ、ボードレール、エロ〔19世紀仏のカトリック作家〕がこれを代表する。第三世代は、ユイスマンス、グワイタ〔19世紀のイタリア系フランス人の神秘詩人〕、ペラダンらの悪魔主義者のグループから成る。　[J35a, 6]

「家というものは、どんなに美しかろうと、ともかく、――その美しさが証明される以前に――縦何メートル、横何メートルである。――同様に、文学も、もっとも評価が困難な分野であるが、――ともかく欄を埋めることである。そして文学の建築家は、その名だけでは儲かる見込みはないのだから、いくらででも売らなくてはならない。」Ch・B『作品集』Ⅱ、三八五ページ(「若い文学者たちへの忠告」) [J35a, 7]

「火箭」の中の覚え書。「セネカによるセレヌスの描写、聖ヨアネス・クリュソストモスによるスタゲイロスの描写。acedia〔嫌悪感〕、修道士の病気。厭世(タエディウム・ウィタエ)」シャルル・ボードレール『作品集』Ⅱ、六三二ページ [J35a, 8]

シャルル＝アンリ・イルシュは、ユゴーと比較してボードレールについてこう述べている。「〔ボードレールは〕観念、感覚、語を的確に理解するから、きわめて多様な気質に適応する能力がはるかに高い……。ボードレールの教えが長続きするのは、……それを熟考するよう迫る厳密な形態の力によるものである。」『シャルル・ボードレール死後五〇年』パリ、一九一七年、四一ページに引用 [J36, 1]

ナダールは回想録の中で、一九一一年頃（ナダールは一九一〇年に没している）、ある新聞切り抜き請負業者から、ユゴー、ミュッセ、ナポレオンの名と同じぐらい頻繁にボードレールの名が新聞に出て来ると聞いたと語っている。（『シャルル・ボードレール死後五〇年』パリ、一九一七年、四三ページを参照）　[J36, 2]

クレペがボードレール筆と見ている『サリュ・ピュブリック』紙の一記事。「市民たちは……バルテルミー（19世紀仏の風刺詩作者）先生や、ジャン・ジュルネ（19世紀仏のフーリエ主義者）先生やその他、最悪の詩で《共和国》を歌う連中を信用しないでほしい。皇帝ネロには、無能な詩人をみな円形競技場に集めて、残酷に鞭打たせるというあっぱれな習慣があった。」クレペ（『シャルル・ボードレール』パリ、一九〇六年）、八一ページに引用　[J36, 3]

クレペがボードレール筆と見ている『サリュ・ピュブリック』紙の一記事。「理解力が増大した。もう悲劇はけっこう、ローマ史もけっこうだ。われわれは今日、ブルートゥスよりも偉大なのではなかろうか。……」クレペ、八一ページに引用　[J36, 4]

クレペは、次のような「シャンフルーリ氏の覚え書」〔ベンヤミンの原文には引用符はないが、クレペの表現どおりなのでこのように扱う〕を引いている（八二ページ）。「ボードレールが、読んだ本や、当時の事件や、ある人物たちが突然かちとった名声に応じて建てた、いささか奇妙なパンテオンに、ド・フロットも、ウロンスキー〔18―19世紀のポーランド生まれの数学者・哲学者。フランスで活躍〕、ブランキ、スウェーデンボリらとともに列せられうる。」 [J36, 5]

「エドガー・ポーの作品から美しい詩篇数篇をマイナスしたものが、ボードレールが魂を吹き込んだ芸術の肉体に当たる。」アンドレ・シュアレス『生について』Ⅱ、パリ、一九二五年、九九ページ（「エドガー・ポーに関する見解」） [J36, 6]

ボードレールにおける想像力（イマジナシオン）の理論は、短い詩と短篇小説の理論と同じく、ポーの影響を受けている。芸術のための芸術（ラール・プール・ラール）の理論は、その表現の仕方からして、剽窃（プラジア）と思われる。 **[J36, 7]**

バンヴィルは弔辞で、ボードレールの古典的技術に言及している。 [J36, 8]

「天才ならいかにして借金を払うか」は一八四六年に出た。そこには、「第二の友人」という暗号のもとにゴーティエの姿が次のように描かれている。「第二の友人は、肥って、怠惰で、リンパ質だったし、今でもそうだ。しかも彼には思想がなく、オーセージ族の首飾りみたいに語に糸を通して、真珠を連ねるようにするすべしか知らない。」Ch・B『作品集』Ⅱ、三九三ページ　[J36a, 1]

ユゴー。「そして私は、自分の魂の中の深淵に星がきらめくのを感じる。」「女神ヨ、ゴ挨拶中シアゲル。ヤガテ死ヌデアロウ者ガアナタニ挨拶ヲ送ル。ジュディト・ゴーティエに。」ヴィクトール・ユゴー『選集——詩と韻文劇』パリ、〈一九一二年〉、四〇四ページ
[J36a, 2]

カミーユ・ルモニエは、ボードレールがブリュッセルで行ったゴーティエについての講演の有名な記述の中で、この講演者があまり手放しにゴーティエを賛美するので聴衆が途方にくれた様を、魅惑的に描いている。聴衆は、ボードレールが、それまで述べてきたことのすべてが見せかけにすぎなかったことを独特の皮肉によって明らかにして、別

の詩観へと方向を転じるのを、いまかいまかと心待ちにするようになった。そしてこの期待のために聴衆は身動きができないのだった。

[J36a, 3]

ボードレール――カミーユ・ペルタン〔19―20世紀仏のジャーナリスト・政治家。急進社会党の機関紙『ラ・ジュスティス』の初代編集長〕お気に入りの詩人。ロベール・ド・ボニエール（『今日の回想録』Ⅲ、パリ、一八八八年、二三九ページ）はそう伝えている。

[J36a, 4]

ロベール・ド・ボニエールは、『今日の回想録』Ⅲ（パリ、一八八八年、二八七―二八八ページ）に、『自由主義評論』誌の編集長〔E・ルバルビエ〕が一八六四年一月一九日にテーヌに宛てた苛立った様子の手紙を公表したが、この手紙の中で編集長は、「天職」（『パリの憂鬱』）の一部を削除できるかどうか交渉した際、ボードレールが彼に示した頑固さに不満を述べている。

[J36a, 5]

次のローデンバックの一節には、都市の描写に典型的なもの――つまりわざとらしい隠喩――が見られる。

「空高く逃げることを夢見る（！）鉄の鳥である、

風見鶏の合唱隊が悲しい思いをさせているそれらの都市で。」G・トゥルケ＝ミルンズ『フランスとイギリスにおけるボードレールの影響』ロンドン、一九一三年、一九一ページに引用――パリの現代性（モデルネ）！　[J36a, 6]

『一八四六年のサロン』からは、当時すでにボードレールの芸術政治学の概念がいかに綿密だったかがわかる。第一二章「折衷主義と懐疑について」と第一四章「数人の懐疑家たちについて」を読めば、ボードレールが、芸術創作をあるいくつかの定点につなぎとめる必要性を早くから自覚していたことが明らかになる。ボードレールは、第一七章「流派（エコール）と職人たちについて」で、〔凡庸で個性のない芸術家までが独立して活動する〕個人化を衰弱の徴候だと言い、次のように流派を称揚する。「一方に流派があり、もう一方に解放された職人がいる。……――流派とはすなわち……懐疑の不可能性だ。」Ch・ボードレール『作品集』Ⅱ、一三一ページ。紋切り型（ポンシフ）〔『一八四六年のサロン』第一〇章「シックとポンシフについて」を指すか〕を参照！　[J36a, 7]

女性の人物像が一つと男性の顔二つが描かれた紙に、古い字で次のような記述がある。「本当によく似た（オーギュスト・）ブランキの肖像、一八五〇年にボードレールが記憶で描いたもの、あるいは一八四九年か。」フェリ・ゴーティエ『シャルル・ボードレール』ブリュッセル、一九〇四年、LⅡページに複製掲載　[J37, 1]

「彼は驚きを取り出すために自分の脳味噌をかき混ぜるのだった。」ルコント・ド・リールのこの言葉は、ジュール・クラルティが〔ボードレールの〕『墓』に寄せた――無題の――文に出てくる。この文は、主として自分が書いたボードレールの追悼記事の抜粋から成っている。『シャルル・ボードレールの墓』パリ、一八九六年、九一ページ。詩篇の末尾の効果！　**[J37, 2]**

「おお詩人よ、あなたはダンテの作品をひっくり返し
サタンを上に置き、神の方へと下って行ったのだ。」

ヴェラーレンの詩篇「シャルル・ボードレールへ」の末尾。『シャルル・ボードレールの墓』パリ、一八九六年、八四ページ　[J37, 3]

『シャルル・ボードレールの墓』（パリ、一八九六年）には、アレクサンドル・ウルソフの論文「『悪の華』の秘密の構造（アルシテクチュール）」が載っている。これは、〔『悪の華』の〕さまざまな

詩群をはっきり区分けしようとする試みで、以後たびたび繰り返されることになる。もともとこの試みは、主としてジャンヌ・デュヴァルから想を得た詩篇を選り分けようとして始まった。バルベ・ドールヴィイが一八五七年七月二四日、『祖国』紙に発表した〔実は『祖国』紙が掲載を拒否したため、同年八月刊行の小冊子『『悪の華』の著者シャルル・ボードレールのための弁明論集』に収録〕論文が出たあとに、そうした試みがなされるようになった。この論文において初めて、『悪の華』に「秘密の構造」があると主張されたのだ。 [J37, 4]

「ボードレールにあっては、無意識の影響がきわめて強い。――彼の場合文学の創作が、肉体的努力にきわめて近く、情熱の牽引作用がきわめて強く、きわめて長く、緩慢で、苦痛がともなう。――そこでは彼の心理的な存在全体は彼の肉体的存在とともに生きているのである。」Ch・ボードレール『『赤裸の心』と『火箭』』ギュスターヴ・カーン序文、パリ、一九〇九年、五ページ [J37, 5]

「もしポーがボードレールに本当に影響を与えたのなら、ボードレールの筋立ての……創意にその跡が見られるはずである。ところが彼は、このアメリカの短篇小説家の作品を深く理解するにつれて、そうした空想から離反していくのである。……小説の草案、題は……みな……心理的危機とかかわりがある。どの小説も冒険を想定してはいないのだ。」Ch・ボードレール『「赤裸の心」と「火箭」』ギュスターヴ・カーン序文、パリ、一九〇九年、一二―一三ページ　[J37, 6]

カーンは、ボードレールが「抒情的題材を得るチャンスが自然によって提供されるのを拒否している」と見ている。Ch・B『「赤裸の心」と「火箭」』ギュスターヴ・カーン序文、パリ、一九〇九年、一五ページ　[J37, 7]

モークレールは、ロダンがポール・ガリマールのために挿絵を入れた〈ボードレール〉についてこう書いている。「ロダンが詩集をいじくり、百度もそれを手に取っては置くことを繰り返し、歩きながら読み、疲れた晩、明かりの下で突然それを開け、ある詩節に取りつかれてペンを取ったのが感じられる。彼がどこに目をとめたか、本を大切にすることなどに気を使わず、どのページを皺だらけにした(!)か推察できる。預かったのは美装本ではなかったのだが、傷めるのではないかと心配だった。しかしこうなれば、これは「自分の」ポケット版ボードレールである、彼は自分にそう言い聞かせたのである。」シャルル・ボードレール『ロダン挿絵『悪の華』の二七詩篇』パリ、一九一八年、七ページ（カミーユ・モークレール序文） [J37a, 1]

「各人キマイラを背に」（ボードレールの散文詩。ギリシア神話でキマイラは、ライオンの頭、山羊の胴、蛇の尾をもち、口から火を吐く怪獣だが、これを指すフランス語 chimère は普通名詞としては「妄想」「見果てぬ夢」などを意味する）の最後から二番目の段落の後半は、大いにブランキを思わせる。「そして行列は私の横を通って、地平線の大気の中へと、地球の丸い表面が人間の好奇の眼を避けるところへと沈んで行った。」Ch・B『作品集』Ⅰ、四一二ページ [J37a, 2]

画家ジュール・ノエルについて。「彼はおそらく日々の進歩を自分に課している人種に属する。」『一八四六年のサロン』『作品集』Ⅱ、一二六ページ [J37a, 3]

サント＝ブーヴは、一八五七年［??］月二〇日（七月二〇日と推定されている）にボードレールに宛てた手紙で『悪の華』の特徴を述べる際に、この著作の文体を念頭に置いて次のような表現を思いつく。「奇妙な才能とほとんど気取って（プレシュー）いると言ってもいいくらいな表現の無造作。」このあとすぐに、「細部を丹念に仕上げ、おぞましいものを主題にペトラルカ調を模して」という言い方が続く。エティエンヌ・シャラヴェ『アカデミー・フランセーズ立候補者としてのA・ド・ヴィニーとシャルル・ボードレール』パリ、一八七九年、一三四ページに引用

[J37a, 4]

「多くの面で、貴殿は自分自身の言動にあまり重きを置かれないように私には思われます。」一八六二年一月二七日、ヴィニー〔が〕、ボードレールのアカデミー立候補について〔ボードレールに書いた手紙〕。エティエンヌ・シャラヴェ『アカデミー・フランセーズ立候補者としてのA・ド・ヴィニーとシャルル・ボードレール』パリ、一八七九年、一〇〇―一〇一ページに引用

[J37a, 5]

ジュール・ムケは、自ら刊行した、シャルル・ボードレール『拾遺詩篇、「マノエル」』（パリ、一九二九年）で、ボードレールと、〈G・〉ル・ヴァヴァスール、E・プラロン、A・アルゴンヌ著『韻文集』（パリ、一八四三年）に発表された詩篇との間に見られる関係を検討している。何箇所か符合するところが確認される。第二部に収められ、プラロンの名が署名されているが、実はボードレールの筆になる作品は別にして、いくつかの符

合、特に〔ボードレールの〕「好奇心の強い男の夢」〔『悪の華』〕とアルゴンヌ〔オーギュスト・ドゾンの筆名〕の「夢」との間に見られる符合は重要である。 [J37a, 6]

『悪の華』の中ですでに一八四三年夏に作られていた詩篇——一二三篇が知られている——の内には、「アレゴリー」「忘れてはいない……」「心が気高い女中……」「朝の薄明」が含まれる。 [J38, 1]

「ボードレールは詩を公表することに羞恥心を抱く。彼は、プラロン、プリヴァ・ダングルモン、ピエール・ド・ファイス〔初めの二つは友人の名、三つ目はボードレールの筆名〕の名で次々と詩を発表する。一八四七年一月一日に……出た「ラ・ファンファルロ」は、シャルル・デュファイス〔ムケ自身の表記が不正確で、正しくは「シャルル・ドゥファイス」〕と署名されている。」シャルル・ボードレール『拾遺詩篇』ジュール・ムケ編、パリ、一九二九年、四七ページ [J38, 2]

ムケは、〔『韻文集』の〕プラロンの署名がある詩群の次のソネットをボードレール作と見ている。

「彼は名もない娼婦から《泥沼》で生まれた。
子どもの内からたどたどしく隠語を喋り、
一〇歳で、下水を泥炭で汚したもの。
大人になれば、妹も売りかねず、仕事と言えば何でも屋。

その背は疲れて飛梁のように曲がり、
けちな悪行の道をすべて駆けめぐり、
その眼差しの中の誇りは腹黒さと混ざり、
必要とあれば、暴徒たちの番犬の役も果たす。
タールを塗った糸で靴底を付け直し、
シーツもない彼の粗末なベッドで、汚らしい女が、
この破廉恥なパリス〔トロイアの王子〕にだまされた夫をあざ笑う。

店の奥の庶民雄弁家たる彼は、
角の店で政治を語る。
これがパリっ子というやつだ。」

シャルル・ボードレール『拾遺詩篇』ジュール・ムケ編、パリ、一九二九年、一〇三—一〇四ページ [J38, 3]

フロイントが志すのは次のことである。「詩篇の音楽性は一つの孤立した……技術的特質として現われるのではなく、詩人の真のエートスにほかならない。……音楽性とは、芸術のための芸術が詩においてとる形態なのだ。」カイェタン・フロイント『ボードレールの詩』ミュンヘン、一九二七年、四六ページ [J38, 4]

『議会通信』紙一八五一年四月九日号に『冥府』の表題のもとに詩篇が発表されたことに関して。「『一八四八年の出版界』という小冊子に次のような記述がある。「今日われわれは、『酒屋のこだま』紙に詩集『冥府』の刊行予告が出ているのを見た。これはおそらく社会主義的な詩集、したがって質の悪い詩集だろう。無知すぎたか無知でなさすぎたためにまた一人プルードンの弟子となったのだ。」」A・ド・ラ・フィズリエール／ジョルジュ・ドゥコー『シャルル・ボードレール』(『現代書誌の試み』I)、パリ、一八六八年、一二ページ [J38, 5]

現代性（モデルネ）――反古典主義的にして古典主義的。反古典主義的だというのは、古典主義の反対だからであり、古典主義的だというのは、自らの表現を刻みつけるような時代の英雄的な偉業だからである。 [J38a, 1]

ボードレールがベルギーで冷たく迎えられたことと、彼が密偵（ムシャール）だという評判と、『フィガロ』紙に掲載された、ヴィクトール・ユゴーの宴会についての〔公開〕書簡〔『フィガロ』紙一八六四年四月一四日号に、ボードレールが無署名で発表した「シェークスピア生誕記念祭――『フィガロ』紙編集長への公開状」を指す。同年四月二三日に、亡命中のユゴーを名誉議長に仰いで催される予定だったシェークスピア生誕記念祭に、ユゴーを賛美し民主主義を顕彰する意図があることを、ボードレールはこの記事で告発している。結局、宴会の禁止が政府によって決定されたが、ボードレールの記事がその引き金になった可能性がある〕との間には、おそらく関連がある。 [J38a, 2]

『審美渉猟』という題の厳密さと優雅さを指摘すること。 [J38a, 3]

フーリエの教え。「自然の中には、神聖さの度合が異なる植物があり、……聖なることの程度が違う動物がいるとはいえ、またある国民は……《摂理》によって一定の目的のために用意され……たのだと結論するのが正当だとはいえ、私がここでしたいことは、定義不可能な御方の目から見れば、諸国民は等しく有用なのだと主張することにほかならない。」Ch・B『作品集』Ⅱ、一四三ページ(「一八五五年の万国博覧会」) [J38a, 4]

「ハインリヒ・ハイネのいう、あの美学の「現代免許皆伝教授たち」の一人」――「ペンのためにひきつり麻痺した指が、もはや照応（コレスポンダンス）の広大な鍵盤上を敏捷に走りまわることができない……学問よ！」Ch・B『作品集』Ⅱ、一四五ページ(「一八五五年の万国博覧会」) [J38a, 5]

「芸術の多様な産物の中には、流派の規則や分析を永遠に超えるような何か常に新しいところがある！」Ch・B『作品集』Ⅱ、一四六ページ(「一八五五年の万国博覧会」)。流行（モード）との類縁性 [J38a, 6]

ボードレールは、芸術史における進歩の観念に単子論的な考え方を対置する。「進歩の観念を想像力の次元に移して考えたとしたら、その観念は……途方もなくばかげてみえる。……詩や芸術の次元では、どんな啓示者でも先駆者がいることは滅多にない。どんな開花も自発的であり、個人的である。シニョレリは、本当にミケランジェロの生みの親だったのだろうか。ペルジーノは、ラファエッロを含んでいたのだろうか。芸術家というものは自分自身の支配しか受けない。来るべき時代に対して自分自身の作品だけを約束するのだ。」Ch・B『作品集』Ⅱ、一四九ページ(「一八五五年の万国博覧会」)　[J38a, 7]

進歩の観念一般の批判について。「蒸気と化学マッチの哲学者の弟子たちは進歩というものをこう理解している。すなわち彼らの目には、進歩は際限ない連続の形でしか見えないのだ。その保証はどこにあるのか。」Ch・B『作品集』Ⅱ、一四九ページ(「一八五五年の万国博覧会」)　[J38a, 8]

「ある日、バルザックは……まったくわびしい(メランコリック)、一面霧氷に覆われて、あばら屋と貧相な農夫たちが点在する冬景色を描いた絵を前にして、――細い煙が立ちのぼっている小さな家を眺めた後、こう叫んだという。「何と美しいんだ！　しかし、このあばら屋の中の者たちは何をしているのだろう。何を考えているのだろう、何の心配をしているのだろう。作柄はよかったのだろうか。も、し、か、す、る、と、借、金、の、返、済、期、日、が、来、て、い、る、の、で、は、ないだろうか。」ド・バルザック氏を笑いたいものは笑うがよい。光栄にも、偉大な小説家が心を動かし、思いをめぐらし、心配するという結果をまねいた画家が誰なのか知らないが、彼は、かくしてわれわれに……批評についてすぐれた教訓を与えてくれたものと私は思う。私もこれからしばしば、一枚の絵を、専ら、それが私の頭の中に生みだす観念や夢想の総量によって評価することがあろう。」Ch・B『作品集』Ⅱ、一四七ページ（「一八五五年の万国博覧会」） [J39, 1]

『一八四五年のサロン』の結び。「今日の生活からその叙事的な側面を引き出し、色彩あるいはデッサンによって、ネクタイをつけ、エナメル靴を履いたわれわれがどれほど偉大で詩的であるかをわれわれに示し理解させる術を知るものこそ画家というものであり、真の画家ということになる。――真の探究者たちが、来年は、新たなるものの到来を祝うというこの特異な喜びをわれわれに与えてくれることを祈る！」Ch・B『作品集』Ⅱ、五四―五五ページ [J39, 2]

「現代の英雄の衣服たる燕尾服はといえば、――……これにもそれなりの美しさと固有の魅力がないだろうか。それは苦悩する現代、その黒い痩せた肩にまで果てることのない喪の象徴を荷っている現代の必然的な衣服ではないだろうか。黒い燕尾服やフロックコートには、普遍的平等の表現というそれなりの政治的な美しさのみならず、公共的精神の表現というそれなりの詩的な美しさもあるということにとくと留意していただきたい。――政治の葬儀人夫、恋する葬儀人夫、ブルジョワの葬儀人夫という具合に葬儀人夫の大行列だ。われわれはみな、何かの埋葬をしている。／画一的な、悲嘆の仕着せが平等の証しになっているのである。……これらの皺がよった折り目、痛めつけられた肉体の周りで蛇のように戯れるこれらの折り目にも、それなりの不思議な優美さがあるのではないだろうか。／……というのも、『イーリアス』の英雄たちも、やっとあなた方の足もとにしか及ばないからだ、おおヴォートラン、おおラスティニャック、おおビロトー、――そしてあなた、おおフォンタナレス〔四人ともバルザックの作中人物〕、あなたの苦悩を、われわれみなが着ている陰気で引き攣ったフロックコートに包んで公衆に語ることを敢えてしなかった人よ、――そしてあなた、おおオノレ・ド・バルザック、あなたが自分の胎内から取り出したあらゆる人物たちに混じってさえもっとも英雄的で、もっとも特異で、もっともロマンティックで、もっとも詩的なあなたよ！」Ch・B『作品集』Ⅱ、一三四ページ、一三六ページ、『一八四六年のサロン』（「現代生活の英雄性について」）。最後の文が、この章の結論になっている。〔［J31a, 3］参照〕　［J39, 3］

「ラファエッロやヴェロネーゼのような人々が、その後に現われた優れた資質を貶めようという見えすいた魂胆から、星の高さにまで賞めあげられるのを聞くと、……私は、彼らの資質と少なくとも同等な資質は（仮にまったくのご愛想から、劣っていると認めてもよいが）、敵対的な雰囲気と土地で発揮され、勝利を収めたのである以上、はるかに立派なものではないかと思う。」Ch・B『作品集』Ⅱ、二三九ページ（「一八五九年のサロン」）。ルカーチは、今日ちゃんとしたテーブル一つ作るにも、ミケランジェロがサン＝ピエトロ大聖堂のクーポラ〔丸屋根〕をつくるのに要した才能が必要だと述べている。

[J39a, 1]

ボードレールが進歩に対してとる態度はいつも同じとは限らなかった。『一八四六年のサロン』での発言は、後の発言とはっきり異なっている。とりわけ次のような箇所がそうである。「幸福を求める常套手段と同じ数だけ美がある。進歩の哲学がこれを明確に説明してくれる。……ロマン主義は、完璧な制作に存するのではなく、時代の道徳に類似した着想に存するだろう。」（六六ページ）この同じ著作には次のような発言も見られる。「ドラクロワは、芸術における進歩の最終的な表現なのである。」（八五ページ）Ch・B『作

品集』Ⅱ　[J39a, 2]

芸術家の創造活動にとって理論がもつ重要性を、ボードレールは初めから明確に理解したわけではない。彼は、『一八四五年のサロン』で画家オスーリエについてこう書いている。「彼は、自らの芸術について詳しく知りすぎているああした人たちの仲間なのだろうか。それはとても危険な禍の種である。」Ch・B『作品集』Ⅱ、二三ページ　[J39a, 3]

たとえばボードレールを描写しようとする文脈で必要となるような進歩思想の批判と、ボードレール自身の進歩思想批判とは、きわめて注意深く区別しなくてはならない。同じことは、ボードレールによる一九世紀批判と、彼の伝記で行われるはずの一九世紀批判には一層よく当てはまる。ペーター・クラッセン描くところの、歪められ、はなはだしい無知をさらけ出したボードレール像の特徴は、この詩人が地獄の沼の色彩に塗られた世紀を背景に登場することにある。クラッセンは実際、この世紀で称賛すべきことはと言えば、ある教会的慣習しか思いつかないのだ。つまり彼は、「復興された神の恩寵の王国を思いうかべながら、聖体が、抜き身の剣に取り巻かれて、パリの市街を運ばれた」ときのことしか思いつかないのである。「これは、ボードレールの全生涯のうちで、本質的であるがゆえに、決定的な体験であったかもしれない。」ゲオルゲ一派（クライス）の堕落したカテゴリーを用いて書かれたこの詩人の描写は、このような書き出しになっている。

ペーター・クラッセン『ボードレール』ヴァイマール、〈一九三一年〉、九ページ　[J39a, 4]

ボードレールにおける悪ふざけ（ゴーロワズリ）。「《ユダヤ民族》撲滅のために企てるべき巧みな陰謀。／ユダヤ人、《図書係》にして《贖罪》の証人。」Ch・B『作品集』II、六六六ページ（「赤裸の心」）。セリーヌはこの方針を継承した。（おどけた人殺したち！）　[J40, 1]

「軍隊的隠喩に、さらに付け加えるべきもの。戦闘の詩人。前衛の文学者。軍隊的隠喩を用いるこうした習慣は、戦闘的な気質を示すのではなく、規律向きの、すなわち、付和雷同向きの気質、生まれつき飼い馴らされた気質、団体をなしてしか考えることができないベルギー的気質を示すものである。」Ch・B『作品集』II、六五四ページ（「赤裸の心」）
[J40, 2]

「もし詩人が国家に自分の厩舎にブルジョワを何人か飼っておく権利を求めたら、人はひどく驚くことだろうが、ブルジョワが、ローストされた詩人を求めても、人はそれを

ごく自然なことだと思うだろう。」Ch・B『作品集』Ⅱ、六三五ページ(「火箭」)　[J40, 3]

「この本は私の妻たち、私の娘たち、私の姉妹たち向きのものではない。――私にはそうしたものがあまりない。」Ch・B『作品集』Ⅱ、六三五ページ(「火箭」)　[J40, 4]

時代に対するボードレールの違和感。「どこの客間(サロン)で、どこの居酒屋、どこの社交界の集まりや内輪の集まりで、甘やかされた子どもが才気のある言葉を発するのを聞いたことがおありか言っていただきたい。」(二二七ページの「芸術家は今日……ただの甘やかされた子どもにすぎません。」を参照せよ。)「深遠な……考えさせたり夢想させたりする言葉……を！　もしそのような言葉が発せられたとしても、それを発したのはおそらく政治家や哲学者ではなく、きっと猟師とか船乗りとか、剝製職人といった奇異な職業の人でしょう。芸術家……、ということは決してありません。」Ch・B『作品集』Ⅱ、二二七ページ(『一八五九年のサロン』)。これはいわば「驚くべき旅人たち」(『悪の華』「旅」の第四九行に出て来る表現)の召喚なのである。　**[J40, 5]**

ボードレールにおける悪ふざけ(ゴーロワズリ)。「一番普通に受け入れられている意味では、フランス人とは通俗喜劇作家(ヴォドヴィリスト)を意味する。……上方にだろうと下方にだろうとすべて深淵をなすものと言えば、フランス人はこれから用心深く逃げてしまう。崇高なものはつねに彼に対して暴動と同じ効果をもたらすし、彼はあのモリエールにさえも震えながらでなければ近づかないし、しかも人から愉快な作家だからと説得されたからようやくそうするのである。」Ch・B『作品集』Ⅱ、一一一ページ(『一八四六年のサロン』――「オラース・ヴェルネ氏について」) [J40, 6]

ボードレールは、『一八四六年のサロン』では、「魅力ある仕事の宿命的な掟」を熟知している。Ch・B『作品集』Ⅱ、一一四ページ [J40, 7]

『冥府』という題名については、『一八四六年のサロン』における、ドラクロワの「アルジェの女たち」に関する次の箇所を参照。「……この小さな室内詩〔室内画である「アルジェの女たち」を指す〕は、何やら娼家めいた強い香りを発散し、その香りに導かれやがてわれわれは、悲しみの測り知れぬ〔傍点はベンヤミンによる〕冥府へと向かう。」Ch・B『作品集』Ⅱ、八五ページ [J40, 8]

一八四五年のサロンに出品された、サムソンを描いたドゥカンのあるデッサン〔正確には九点のデッサンから成る『サムソンの物語』〕に関連して。「ヘラクレスとミュンヒハウゼン男爵〔ほら吹き男爵〕のこの古代の従兄弟(いとこ)。」Ch・B『作品集』Ⅱ、二四ページ　[J40a, 1]

「かくしてフランスは、ボードレールが明らかにしたとおり、その本性のゆえに、国民と国家の愚鈍化と「野獣化」の担い手となってしまった。」ペーター・クラッセン『ボードレール』ヴァイマール、〈一九三一年〉、三三ページ　[J40a, 2]

『諸世紀の伝説』Ⅲ、三八〔Ⅰ〕(「深いまなざしの男が通りかかった」)の最終行。「おお、深淵の事柄にのみ通じた者よ！」ヴィクトール・ユゴー『全集——詩九』パリ、一八八三年、二二九ページ　[J40a, 3]

「物思いに耽った人の横顔に見える岩。」ヴィクトール・ユゴー『全集——詩九』パリ、一八八三年、一九一ページ(「田園詩群」「Ⅻダンテ」)　[J40a, 4]

「頂にうずくまる陰鬱なスフィンクス《自然》は、

夢想に耽り、その奈落のまなざしで石にかえしてしまう、
　未曽有に才能天かけるマギ〔ゾロアスター教の祭司〕を、
物思いに耽る青白いゾロアスターの一群すべてを、
恒星を見張る者たちや天体を探る者たちを、
　おびえた者たち、魅惑された者たちを。
　……
　……
スフィンクスのまわりで闇が騒々しくめぐる。――
最近の精神たるニュートンと古代のメルクリウスが
　かわるがわる凝視した
その巨大な足を持ち上げることができたなら、
不気味な足のひらの下、よく見えない爪の下に
　あの《愛》という言葉が見つかるだろうに。」

「人間は思い違いをしている！　人間は自分にとってすべてが暗いと見ているのだ。」

『諸世紀の伝説』Ⅲ（「闇」〔Ⅲ〕）、ヴィクトール・ユゴー『全集――詩九』パリ、一八八三年、一六四―一六五ページ、詩篇の帰結 　[J40a, 5]

「夜！　夜！　夜！」（「闇」Ⅱを指す）の結び。
「おお墓よ！　私には闇の恐ろしいオルガンが聞こえる、
その音(ね)を成すのは、暗い自然のあらゆる叫びと
　あらゆる暗礁のざわめき。
死は枝々の間で震える鍵盤のもの、
そして白黒の鍵は、
　汝の墓石、汝の柩。」
ヴィクトール・ユゴー『全集──詩九』一六一ページ、『諸世紀の伝説』Ⅲ（「闇」）、パリ、一八八三年　［J40a, 6］

『諸世紀の伝説』Ⅲの中の「滝」（〔副題〕「川と詩人たち」）や、「恬淡」──前者はライン瀑布に、後者はモン・ブランに捧げられている──のような詩篇から、一九世紀の自然観がことのほか鮮明に理解できる。これらの詩篇では、アレゴリー的なものの見方と装飾図案(ヴィニェット)の精神が独特に混じり合っている。　**［J40a, 7］**

テオドール・ド・バンヴィル『わが回想録』(パリ、一八八二年、「七、シャルル・ボードレール」)から。最初の出会い。「日が暮れて、澄んだ、甘美な、魅惑的な夜になっていた。われわれは、リュクサンブール公園を出て、外の大通りや街路を歩いていた。『悪の華』の詩人は、そうした大通りや街路の人々の動きや不思議な喧騒を好奇心をもってずっと慈しんで来たのである。プリヴァ・ダングルモンはわれわれから少し離れて、黙って歩いていた。」(七七ページ) [J41, 1]

テオドール・ド・バンヴィル『わが回想録』(パリ、一八八二年)から。「アフリカのどこの国だったかはもう覚えていないが、両親が差し向けたある家庭に滞在していた彼は、間もなくその家の者たちの平凡な精神に退屈して、山に行ってごく若い背の高い有色人種の娘と二人だけで生活するようになった。娘はフランス語は話さず、ぴかぴかに磨いた銅の大鍋で変わった唐辛子味のシチューを煮てくれた。大鍋のまわりでは、裸の黒人の子どもたちがわめき、踊るのだった。ああ! このシチューの話を彼は何と上手にしたことか、それに、何とそれを食べてみたかったことか!」(七九ページ) [J41, 2]

「したがって、ピモダン館の彼の部屋には、私が初めてそこに行ったときは、辞典も、書斎も、筆記具を備えた机もなく、しかも食器棚も食堂もなく、ブルジョワのアパルトマンの家具調度と思われるものもまったくなかった。」テオドール・ド・バンヴィル『わが回想録』パリ、一八八二年、八一―八二ページ　[J41, 3]

ジョゼフ・ド・メーストルは、「形而上学の思い上がりと傲慢に、歴史をもって反駁したのだった。」J・バルベ・ドールヴィイ『ジョゼフ・ド・メーストル、ブラン・ド・サン＝ボネ、ラコルデール、グラトリ、カロ』パリ、一九一〇年、九ページ　[J41, 4]

「ボードレールのように、……悪魔を見分け、よろめきながらも本道に戻って、改めて神を崇めた者たちもいた。しかし、これら先駆者たちに人間的能力の放棄を求めるにしても、たとえば現在われわれが生き始めているらしいこの種の神秘の黎明期に求められているほど完全な放棄を求めるのは不当であろう。」スタニスラス・フュメ『われらがボードレール』(「金の葦叢書八」)、パリ、一九二六年、Ⅲページ　[J41, 5]

「したがって、この詩集の大成功は、この一五〇〇〇部と初版の一〇〇〇部とその増刷を合計すれば、二七九〇〇部〔原著では二七五〇〇部〕――最大発売数――に達することになる。

ヴィクトール・ユゴーを除けば、今日の詩人で誰がこれほどの売れ行きを誇ることができるだろうか。」A・ド・ラ・フィズリエール／ジョルジュ・ドゥコー『シャルル・ボードレール』〔『現代書誌の試み』I〕、パリ、一八六八年、『悪の華』第二版に関する注　[J41, 6]

ポーは「シラノ・ド・ベルジュラックにして、アラゴの弟子」であるとは――『ゴンクールの日記』一八五六年七月一六日の言葉。「もしエドガー・ポーがウォルター・スコットやメリメから王座を奪い、レアリスムとボエームが完全に勝利をおさめて、また、司法が介入している以上、私がとやかく口出しすることはないにせよ、……ある種の詩集をまともな人々が真に受けたとしたら、事態はもはや頽廃どころではなく、乱行というものであろう。」ポンマルタン『スペクタトゥール』紙、一八五七年九月一九日。レオン・ルモニエ『エドガー・ポーと一八四五年から一八七五年までのフランスの批評』パリ、一九二八年、一八七、二二四ページに引用　[J41a, 1]

アレゴリーに関して。「ぐったりとして、役に立たない武器のように投げ出された彼女の両の腕(かいな)も。」〔『漂着物』「禁断詩篇」中の「地獄堕ちの女たち、デルフィーヌとイポリット」第一一行〕　[J41a, 2]

スウィンバーンも、芸術は道徳と何のかかわりもないという説だ。 [J41a, 3]

「『悪の華』は一つの大聖堂である。」エルネスト・レノー『Ch・ボードレール』パリ、一九二二年、三〇五ページ（これはゴンザグ・ド・レノルド『シャルル・ボードレール』に従った見解） [J41a, 4]

「ボードレールは、どんなささいな言葉を産み出すにも苦しみ、腐心する。……彼にとって「芸術とは、芸術家が打ち負かされる前に恐怖の叫びをあげる決闘である」。」〔散文詩「芸術家の告白の祈り」末尾の「美の研究とは、芸術家が打ち負かされる前に恐怖の叫びをあげる決闘である」の主語を言い換えている。〕エルネスト・レノー『Ch・ボードレール』パリ、一九二二年、三一七―三一八ページ [J41a, 5]

レノーは、ボードレールとゴーティエが相容れない関係にあることに気づいている。彼は、この件に長い章（三一〇―三四五ページ）をあてている。 [J41a, 6]

「ボードレールは、詐欺師まがいの編集主幹ども……の要求に耐える。そうした連中は、社交界人士や愛好家や駆け出し作家たちの見栄に付け込み、予約申し込みが取れなければ出版してくれない。」エルネスト・レノー『Ch・ボードレール』パリ、一九二二年、三一九ページ。――ボードレールの振舞方は、こうした事情と表裏一体をなしている。彼は同一の原稿を複数の編集部に持ち込む。そうと断わらずに再版を刊行する。　[J41a, 7]

一八五九年のボードレールのゴーティエ論。「ゴーティエは……だまされるはずがなかったし、われわれから見て確かなのは、ゴーティエは『悪の華』〔第三版〕の序文を書くことによって、精神的にボードレールに復讐をしたということである。」エルネスト・レノー『Ch・ボードレール』パリ、一九二二年、三二三ページ　[J41a, 8]

「しかも、時代の呪いのもっとも動かし難い証拠は、バルザックの経歴である。……彼は……生涯にわたって、文体を獲得するために執拗に自分を苦しめたのだが、望みを遂げることができなかった。……[注]時代の支離滅裂さを際立たせていることと言えば、至るところに《自由》の樹を植えるのと同じように熱意をこめてラ・ロケットやマザスの監獄を建設していることだ。ボナパルト派の宣伝活動はこの上なく厳しく追及するくせに、ナポレオンの遺灰を帰らせるのだ。……パリの中心部を解放してその街路の風通しをよくするくせに、城壁の帯を作ってパリを締めつけるのである。」エルネスト・レノー『Ch・ボードレール』パリ、一九二二年、二八七―二八八ページ
[J41a, 9]

〔デュゾリエは〕バンヴィルの作品で古代オリンポスの神々が森の神や妖精と結婚する、と指摘した後でこう述べている。「シャルル・ボードレールとしては、刻々と途方もなく人数を増やしつつロマン主義の本街道を行く模倣者たちの隊列に参加する気持ちはなかったから、こっそりと独創性へ向かう小道を左右に探すのだった。……何を決意したらよいのか。キリスト、エホバ、マリア、マグダラのマリア、天使たちと「その軍団」でそうした詩はいっぱいなのに、サタンは決してそこに姿をあらわさないことに気づいたとき……彼の当惑は激しかった。筋が通っていない、彼はこれを正す決心をしたのだ。……ヴィクトール・ユゴーは「悪魔ばなし」をある種の古い伝説の幻想的な装飾にしてしまっていた。ボードレールはと言えば、現代人を、つまり一九世紀人を、実際に地獄の監獄へ投獄したのである。」アルシド・デュゾリエ『われらが文士たち』パリ、一八六四年、一〇五―一〇六ページ（「シャルル・ボードレール氏」）
[J42, 1]

「彼は魔女裁判で被告に好意的な裁判官になったことだろう。」アルシド・デュゾリエ『われらが文士たち』パリ、一八六四年、一〇九ページ（「Ch・B氏」）。ボードレールはこれをきっと喜んで読んだだろう。 [J42, 2]

デュゾリエは細かい洞察は豊かだが、全体の展望がまったく欠けている。「猥褻な神秘主義、あるいはこう言ってよければ神秘的猥褻、これが、すでに述べたので繰り返しになるが、『悪の華』の二重の性格である。」アルシド・デュゾリエ『われらが文士たち』パリ、一八六四年、一一二ページ [J42, 3]

「言うべきことはすべて言わなくてはならない、たとえ賛辞でさえも。というわけで、私は、ボードレール氏の詩の画廊には、たいへん力強く、不思議に正確な数点のパリ風景（タブロー）（私は、タブロー〔油彩画〕よりもむしろエッチングという言い方の方が正確で、その特徴を表わしてもいて好ましいと思うのだが）があることを認めよう。」アルシド・デュゾリエ『われらが文士たち』パリ、一八六四年、一一二―一一三ページ（「メリヨン」） [J42, 4]

デュゾリエの著作では、「地獄堕ちの女たち」について、『修道女』〔ディドロの小説〕との関係が指摘されている。──ただし、ディドロが引用されているわけではない。

[J42, 5]

デュゾリエのもう一つの評価〔〔前掲書〕一一四ページ〕。「しかし、これは詩人だ、ということができるだろうか。演説屋が雄弁家だというのならそうも言えようが。」ボードレールにおける散文と韻文との関係についての伝説の出どころは、デュゾリエである。ショック〔Chock〕！

[J42, 6]

結論。「ボードレール氏が生まれつきどのような人物なのか、また彼が、自分がどのような人物だとわれわれに思わせたがっているのか、一言ではっきりと言わなければならないとしたら、私は喜んで彼をヒステリーのボワローと呼ぶだろう。一八六三年五月六日。」アルシド・デュゾリエ『われらが文士たち』パリ、一八六四年、一一九ページ

[J42, 7]

ポール・フランバールがレノーのために行ったボードレールの星占い。「ボードレールの心理の謎は、ほぼ完全に、偉大な霊感と極度な悲観論という、通常は滅多に結びつくことがない二つのものがこのように結合しているということにある。」エルネスト・レノ

ー『Ch・ボードレール』パリ、一九二二年、五四ページ。ボードレールの心理的矛盾がもっとも陳腐な形で表現されている。 [J42, 8]

「ということは、エルネスト・レノー氏から示唆を受けて、ド・レノルド氏がやっているように、ボードレールをダンテになぞらえるべきだということだろうか。詩の天分を問題にするのであれば、そこまで賞賛……できないだろう。哲学的傾向を問題にするのであれば、ラムネーがたいへん適切に指摘したとおり、ダンテは……作品の中にすでに現代的（モデルヌ）な、時代に大いに先んじたものの見方を取り入れていることが分かるだろう。それに対してボードレールは……中世全体の精神を表現しているのであり、したがって、時代に後れをとっているのである。事の本質を究明すれば、彼は、ダンテを継承しているどころか、ダンテとは何から何まで違うのである。」ポール・スーデ、ゴンザグ・ド・レノルド『シャルル・ボードレール』書評（『ル・タン』紙、一九二一年四月二一日号「書評」欄） [J42a, 1]

「『悪の華』の新版の広告が出たり、刊行が始まったりしている。これまでは、出まわっていた版は六フランのものと、三フラン五〇のものと、二つしかなかった。今や二〇

スー〔一フラン〕の版があるのだ。」ポール・スーデ「ボードレール死後五〇年」(『ル・タン』紙、一九一七年六月四日号)

[J42a, 2]

スーデによれば――『ボードレール書簡集』書評(『ル・タン』紙、一九一七年八月一七日号〔『パサージュ論』仏語訳の訳者は、この号にその記事は載っていないとしている。〕)――、ボードレールは二五年で一万五〇〇〇フラン稼いだ。

[J42a, 3]

「のんびりとして郷愁を誘う風な頑丈な船に」〔正確には「……風なあれらの頑丈な船」――「火箭」八〕

[J42a, 4]

ポール・デジャルダンの主張。「ボードレールには才気がない。要するに、彼には感覚しかなくて思想は全然ないのだ。」ポール・デジャルダン「シャルル・ボードレール」(『ルヴュ・ブルー』誌、パリ、一八八七年、二二ページ)

[J42a, 5]

「ボードレールは、対象物を鮮烈に思い浮かべることはしない。彼はイメージを飾ったり、描いたりすることよりも、イメージを思い出の中に沈めることに没頭している。」

ポール・デジャルダン「シャルル・ボードレール」(『ルヴュ・ブルー』誌、パリ、一八八七年、二三ページ) [J42a, 6]

スーデは、ボードレールのキリスト教的な願望を、パスカルを引き合いに出すことで片づけようとしている。 [J42a, 7]

依存は若さを失わない、とカフカは言っている。 [J42a, 8]

「この感覚は次いで、驚愕によって果てしなく繰り返される。……ボードレールは突然、自分にとってもっともなじみの深いものから後ずさりし、その正体を知って激しい恐怖に捉われる。……彼は自分自身から後ずさりするのだ。彼は自分を、少しきたないもの、まったく新しく、驚くほど興味深いものと感じるのである。

ああ神よ、力と勇気を与えたまえ

私の心と肉体を嫌悪なく見つめるだけの!(『悪の華』「シテールへの旅」第五九―六〇行。ただし「ああ神よ、」という表現はいかなるヴァリアントにもない。)」

ポール・デジャルダン「シャルル・ボードレール」(『ルヴュ・ブルー』誌、パリ、一八八七年、一

八ページ）　[J42a, 9]

ボードレールの運命論。「一二月のクーデタの際、彼はひどく憤慨した。「なんという恥辱！」とまず彼は叫んだ。それから事件を「摂理の観点から」眺め、修道士のように服従したのである。」デジャルダン「Ch・B」（『ルヴュ・ブルー』誌、一八八七年、一九ページ）

[J42a, 10]

ボードレールは――デジャルダンによれば――、サド侯爵の感性をジャンセニウスの教義に結びつけた。　**[J43, 1]**

「真の文明〔の理論〕は……交霊術のターニング・テーブルにはない。」（「赤裸の心」三二）――ユゴーへのあてこすり。　[J43, 2]

「今宵何を語ろうというのか……」（『悪の華』の詩篇四二〔無題〕）が、「きわめて困難な思索に対しても明らかに天分があって、それが、堅固で、温かみがあり、色彩ゆたかで、何よりもまず独創的で、人間的な詩（ポエジー）と両立している詩人」の作品として引用されている。

シャルル・バルバラ『ポン゠ルージュの殺人』パリ、一八五九年、七九ページ(このソネットが引用されているのは八二―八三ページ)　[J43, 3]

バレスの説。「彼〔ボードレール〕にあっては、どんなささいな語からも、彼がこれほどの高みに達するために払った努力が窺える。」ジッド「ボードレールとファゲ氏」『NRF』誌、一九一〇年一一月一日号、五一三ページに引用　[J43, 4]

「〔……〕運動と想像力が彼〔ボードレール〕には欠けている」というブリュンティエール氏の文が……さらにわれわれの助けになるだろう。……運動と想像力が彼に欠けているということを認めるとしよう。……それなら、ともかくここに『悪の華』がある以上、詩人をつくり出すのは、何よりもまず想像力なのかどうか考えてみることが可能だ。あるいは、ファゲ、ブリュンティエールの両氏が、どうしてもある種の韻文による長広舌しか詩(ポエジー)と呼びたがらない以上、ボードレールに詩人以外のもの、詩人以上のもの、すなわち詩(ポエジー)における最高の芸術家を認めるべきかどうか考えてみることが可能だ。」アンドレ・ジッド「ボードレールとファゲ氏」『NRF』誌(Ⅱ)、一九一〇年一一月一日号、五一三―五一四ページ。――ジッドはこの点に関して、ボードレールの「この諸能力の女王たる想像力」〔「一八五五年の万国博覧会、芸術」の第二章「アングル」に出て来る表現〕という表現を引用して〔五一七ページ〕、詩人がこうした事態を自覚していなかったことを認めている。

[J43, 5]

「一部の批評家たちをひどく怒らせるであろう言葉の明らかな誤用、ラシーヌがすでに自在に駆使していたあの巧みな不明瞭さ、……イメージと観念との間の、言葉と物との間のあの間隔のとり方、間のとり方、それこそまさしく、やがて詩的感動がやって来て宿ることができる場なのである。」A・ジッド「ボードレールとファゲ氏」『NRF』誌Ⅱ、一九一〇年一一月一日号、五一二ページ

[J43, 6]

「長期にわたって読まれるのは、相次ぐ世代に斬新な糧を提供できる作家たちだけである。というのも、各世代はそれぞれ異なる飢えを生み出すからである。」A・ジッド「ボードレールとファゲ氏」『NRF』誌Ⅱ、一九一〇年一一月一日号、五〇三ページ

[J43, 7]

ファゲは、ボードレールに運動（ムーヴマン）が欠如していることを残念がっている。ジッドは、「私は運動を憎む」〔『悪の華』「美」の第七行〕と枠形式の詩篇〔「露台（バルコン）」「美しい船」「旅への誘い」

のように、同じ詩句や同じ詩節が規則的に繰り返し出て来て、数行を枠で囲むような形をした詩篇〕を引き合いに出して、こう書いている。「彼の芸術の最大の新しさは、まさしく、詩篇を不動化して、詩篇の奥行きを深くすることだったのではないだろうか！」ジッド「ボードレールとファゲ氏」『NRF』誌Ⅱ、一九一〇年一一月一日号、五〇七―五〇八ページ

[J43, 8]

プルーストは、〈ポール・モラン〉『タンドル・ストック』〈パリ、一九二一年〔正しくは一九二〇年〕〉に付した序文〔一五ページ〕で、「ぐったりとした彼女の両の腕……」〔『漂着物』「禁断詩篇」中の「地獄堕ちの女たち、デルフィーヌとイポリット」の第一一行〕という詩句についてこう語る――それは『ブリタニキュス』〔ラシーヌ作の悲劇〕から採ったかのようだ。

――イメージの紋章的性格！

[J43a, 1]

『タンドル・ストック』序文中で、ボードレールに対するサント゠ブーヴの態度についてプルーストが下しているきわめて鋭い判断。

[J43a, 2]

「あの野外演奏会、……都市に住む者の心にいくらか英雄気分を」〔『悪の華』「小さな老婆

たち」第五三―五六行）について、プルーストは、「これを越えるのは不可能に思えます」と指摘している。〈「ボードレールについて」『NRF』誌、一九二一年六月一日号〉、六四六ページ）　[J43a, 3]

「ボードレールにおける古代都市の役割と、古代都市が彼の作品のあちこちに持ち込んでいる緋色の話をする時間が私にはありませんでした。」マルセル・プルースト「ボードレールについて」『NRF』誌、一九二一年六月一日号、六五六ページ（Ⅷ）　[J43a, 4]

プルーストは、『アンドロマック』（ラシーヌ作の悲劇）の末尾は、「旅」（『悪の華』）の末尾と同じく、完全に失敗していると見る。彼は、これら両者の結末の極度な単純さを不快に思っているのである。　[J43a, 5]

「首都というものは人間にどうしても必要だというわけではない。」ド・セナンクール『オーベルマン』パリ、〈一九〇一年〉、ファスケル版、二四八ページ　[J43a, 6]

「初めて……彼は、宝石や香水に囲まれているだけでなく、頰紅をつけ、下着をまとった寝室の女性を、また、衣服をつけ、スカラップとかがった裾を揺する〔「スカラップ」以下は『悪の華』「通りすがりの女に」の第四行〕姿の女性を描き出している。彼は、女性を……象や猿や蛇といった獣にたとえる。」ジョン・シャルパンティエ「英国詩とボードレール」(『メルキュール・ド・フランス』誌、一九二一年五月一日号、一四七巻、六七三ページ)

[J43a, 7]

アレゴリーについて。「彼の最大の栄光は、「文体の可能性の中に、偉大な命名者アダムによっても名を与えられなかったいくつもの系列の事物や感覚や効果を持ち込んだことだろう」、とテオフィル・ゴーティエは〔『悪の華』一八六三年版〔正しくは一八六八年版〕の序文に〕書いている。彼は……精神世界の闇の中でうごめいている希望や後悔、好奇心や恐怖に名を付けるのである。」ジョン・シャルパンティエ「英国詩とボードレール」『メルキュール・ド・フランス』誌、一九二一年五月一日号、一四七巻、六七四ページ

[J43a, 8]

「旅への誘い」〔『悪の華』〕は、メレジュコフスキー〔19—20世紀ロシアの作家、フランス象徴主義をロシアに導入した〕によってロシア語に訳され、ジプシー風のロマンス「私のいとしい人よ〔直訳すれば「私の鳩よ」〕」〔訳に題はなく、これは第一行〕になった。

「救われ得ぬもの」〔『悪の華』〕についてクレペは、『聖ペテルブルク夜話』〔ジョゼフ・ド・メーストルの著作〕の次の一節を引いている（『悪の華』ジャック・クレペ編、パリ、一九三一年、四四九ページ）。「人が一度しか渡らないあの川、いつも水を入れているのにいつも空なあのダナイデスの樽、いつも禿鷲に啄まれているのにいつも生き返るティテュオスの肝臓〔ティテュオスはギリシア神話の巨人。アポロンによって殺され、冥府の底で二羽の鷲に肝臓を啄まれたという〕……はことごとく雄弁な象形文字であり、これらを誤解することはありえない。」

[J43a, 9]

[J43a, 10]

『同時代評論』誌編集長カロンヌ宛ての一八五九年二月一一日付書簡。「死の舞踏〔ベンヤミンの書き抜きでは無視されているが、原文はイタリックなので傍点を付す〕は人ではなく、アレゴリーです。大文字は不要と私には思われます、きわめてよく知られたアレゴリーです。」〔『悪の華』の詩篇「死の舞踏」第五二行に出て来る「死の舞踏 danse macabre」を「Danse macabre」と大文字で始めないよう念を押している。〕『悪の華』クレペ編、パリ、一九三一年、四五九ページ

[J44, 1]

アルフォンス・ド・カロンヌ宛てのある書簡〔一八六〇年三月中旬頃〕で「嘘への愛」〔『悪の華』〕に触れた箇所。「王者を思わせるという語は、思い出を塔で飾った冠にたとえるこの隠喩を読者が理解するのを容易にするでしょう。成熟の女神、多産の女神、知恵の女神の頭をかしげさせる冠と同じです。」〔「嘘への愛」の第三節「私は独りごつ、彼女はなんと美しいことか！ そして不思議に新鮮なことか！／厚みのある思い出が、王者を思わせる重い塔となって、／彼女の頭を飾り、彼女の心は桃のように傷み、／肉体ともども、熟して、巧みな恋にふさわしい、と。」に関する説明。〕『悪の華』ジャック・クレペ編、パリ、一九三一年、四六一ページ

[J44, 2]

〔散文詩〕「夢判断」詩群のプラン。「廃墟の前兆の数々。巨大な、ペラスゴイ風〔ペラスゴイ族はギリシアの古代先住民、巨石建造物を残したとされていた〕の建物が重なり合う。住居や、部屋や、神殿や、歩廊や、階段や、路地や、展望台や、角灯や、噴水や、彫像。――割れ目、亀裂。空に近く設置された貯水槽に起因する湿気。――人々、諸国民にいかにして警告するか。――もっとも頭の良いものたちに耳もとで警告しよう。／一本の柱がずっと上の方で折れて、その両端の位置が変わる。まだ何も崩れ落ちていない。私

は出口が見つからない。私は降りて、また登る。塔が一つ。——迷宮。私は決して出ることができなかった。私はずっと、これから崩れ落ちる建物、ひそかな病に蝕まれた建物に住んでいる。——私は気晴らしに、これほどとてつもない量の石材、大理石、彫像、壁がやがて互いにぶつかり合うことになれば、それらはあの多数の脳漿や、人の肉や、砕けた骨でひどく汚れることになるのかどうか、頭の中で推し量ってみる。私はこのように恐ろしいことを夢に見るので、あまり疲れずにすむと確信できれば、もう眠りたくないと思うことがときどきあるくらいだ。」ナダール『シャルル・ボードレール秘話』パリ、一九一一年、一三六—一三七ページ〔〈ボードレール『作品集』〉、ル・ダンテック編、Ⅱ、六九六ページ〕〔ナダールが、ボードレールの散文詩群のプランをその著作の中に紹介したものであるが、ナダールによる原稿の解読は今日では不正確であることが判明している。〕

[J44, 3]

プルーストは「露台（バルコン）」についてこう述べる。「ボードレールの「露台（バルコン）」の多くの詩句もまた、こうした神秘の印象を与えます。」（六四四ページ）これは、次のようにユゴーとの対比で語られているのである。「ヴィクトール・ユゴーは為すべきことを常にみごとにやってのけます。……しかし……つくりものであることが……——触知できないものがまさにつくりものであることが——ありありとわかるのです。」マルセル・プルースト

「ボードレールについて」『NRF』誌、XVI、パリ、一九二一年、〈六四三―六四四ページ〉 [J44, 4]

枠形式の詩篇について(実はプルーストは、この箇所で枠形式の詩篇を問題にしてはいない)。「ボードレールの世界とは、稀な注目すべき日々のみが姿をあらわす奇妙な時間の切断です。「もしも、ある宵」(『悪の華』三一、無題詩篇第一二行)といった表現がよく出て来る理由はこれで説明がつきます。」M・プルースト「ボードレールについて」『NRF』誌、XVI、一九二一年六月一日号、六五二ページ [J44, 5]

一八六〇年三月三一日にメリヨンがナダールに宛てた手紙。メリヨンはナダールに写真を撮られたくないという。 [J44, 6]

「ボードレール風の家具について言えば、……これがここ二〇年の優雅な御婦人方に教訓を与えるのに役立って欲しいものです。……自分たちがあれほど苦労してようやく到達したいわゆる様式の純粋さとやらを前に、彼女たちはとくと考えてほしいものです。開閉自在の「帳」のついたベッド(「禁断詩篇」)や、温室のような広間(「殉教の女」)や、

「かすかな香りに満ちたベッドや、墓のように深々としたソファ」(『悪の華』「恋人たちの死」第一―二行)や、花を飾った棚(同第三行)や、すぐ消えてしまうのであとは炭火を明かりとするしかないようなランプ(「禁断詩篇」(「宝石」第二九―三〇行))、そういったものしか描かなくとも、作家たちのうちでももっとも偉大で、もっともすぐれた芸術家たり得たのだということを。これがボードレールの世界であり、……沖から香り高い息吹が時にやって来て、この世界を湿らせ、魅惑するのですが、それは……「未知の天国へ開かれた」(「死」(「貧しい者たちの死」第一四行))、あるいは、「海の太陽が無数の火でいろどっていた」(「前の世」)あの柱廊のおかげなのです。」M・プルースト「ボードレールについて」『NRF』誌、XVI、一九二一年六月一日号、六五二ページ　[J44a, 1]

「禁断詩篇」について。「これらの詩篇は、詩集の中のもっとも高度な詩篇の間に自分の場所を取り戻しています。それはちょうど、嵐の宵のあと、あの水晶のように澄んだ高波が、おごそかにたち現われて、次々と続くその波頭で、広大な海の眺めをさらに広げるのに似ています。」プルースト、前掲論文、六五五ページ　[J44a, 2]

「どうして彼は、これほど特別にレスボスの女(レスビエンヌ)たちに興味を抱くことができたのでしょうか。……ヴィニーが女性に腹を立てて、女性を、授乳の不思議によって、……また「心根が信用できないこの伴侶をいつも」と述べてその心理によって説明して、恋を裏切られ、それをあきらめきれぬ気持ちで、「女性はゴモラを、男性はソドムを持つだろう」〔引用はいずれも「サムソンの怒り」から〕と書いたのはもっともだと思われます。しかしながら少なくとも、ヴィニーが両性を互いに遠くはなして置くのは不倶戴天の敵同士としてです。……ボードレールの場合、まったくそうではありません。……私の作品の終わりの方で……私がシャルル・モレルというならず者に(そもそも普段からこの役が割り当てられるのはならず者ということになっているのですが)託したソドムとゴモラの「つながり」に、ボードレールはまったく特権的に自ら進んで自分を「割り当てた」らしいのです。なぜボードレールがこの役を選んだのか、どのように彼がこの役を果たしたのかがわかったらどれほどおもしろいことでしょう。シャルル・モレルにおいては納得のゆくことが、『悪の華』の著者にあってはいまだきわめて不可解なのです。」マルセル・プルースト「ボードレールについて」『NRF』誌、XVI、一九二一年六月一日号、六五五—六五六ページ　[J44a, 3]

ルイ・メナールは、——ルイ・ド・セヌヴィルの筆名ですでに『解放されたプロメテウス』を発表していたが――『哲学・宗教評論』一八五七年九月号にこう書いた〔『悪の華』クレペ編、パリ、一九三〇年〔正しくは一九三一年〕、三六二―三六三ページに引用〕。「彼〔ボードレール〕がたえず、自分の心の中に害虫や蠍がいると言って、あらゆる悪徳の見本を気取っても、彼の最大の欠点が放縦すぎる想像力にあることは容易にわかる。この欠点は、若い時代に隠遁的な生活を送ったことがある学者にはごくありふれている。……普通の生活を始めれば、彼も、あれほど高度に精通している形式で、生き生きとして健全な作品を包むことができるだろう。一家の父となり、自分の子どもたちに読ませることができる本を出版することだろう。それまでは、ジョフロワ・サン＝ティレール〔18―19世紀仏の博物学者〕が発育停止と呼んでいるものの害を被った一八二八年の中学生のままだろう。」　　　　　　　　　　　　　　　　　　　　　　　　　　　　　　　　〔J45, 1〕

ピナール氏〔『悪の華』裁判の担当検事〕の論告から。「自分は、悪をその陶酔とともに描いたのだが、その悲惨、その恥辱も一緒に描いたのだ、とあなたは言うでしょう！　いいでしょう。しかし、あなたの書く相手であるあの多数の読者たちすべてが、それと言うのも、あなたは何千部かを印刷して低価格で販売するのですから、あの、あらゆる階層の、あらゆる年齢の、あらゆる身分の多様な読者が、あなたが悦に入って語る解毒剤を

呑むでしょうか。」『悪の華』クレペ編、パリ、一九三〇年〔一九三一年が正しい〕、三三四ページに引用　[J45, 2]

『フィガロ』紙一八五五年一一月四日に出たルイ・グダルの批判は、大学の半可通たち（キュイストル・ユニヴェルシテール）の批判に道を開く。『両世界評論』に〔ボードレールの〕詩が数篇発表された後に彼はこう書いたのである。「ボードレールは、不意打ちの名声を失って、今後、現代詩の味のない果実の例として引き合いに出されるだけとなろう。」『悪の華』クレペ編、パリ、一九三〇年〔正しくは一九三一年〕、三〇六ページに引用　[J45, 3]

一八五〇年、アスリノーはボードレールの家で、詩篇が能書家によって筆写されて、厚紙製本され天金を施された四折版二冊にまとめられるのを見た。　[J45, 4]

クレペ〔『悪の華』クレペ編、三〇〇ページ〕は、一八四六年頃、ボードレールの友人数人が彼の詩篇を暗記していたと述べている。当時発表されていたのは三篇にすぎなかった。　[J45, 5]

一八五二年五月、「その友Th・ヴェロンによってまとめられ刊行されたジョルジュ・デュランの内面的詩集『冥府』」〔の刊行〕。 [J45, 6]

『酒屋のこだま』紙第二号に出た『冥府』の広告。「シャルル・ボードレール著、詩集『冥府』、パリおよびライプツィヒにて一八四九年二月二四日刊行予定」 [J45, 7]

『ヨーロッパ評論』誌一八六一年一二月一日号に発表されたルコント・ド・リールの批評。彼はとりわけ、「現代(モデルヌ)産業の諸発見にへたな韻をまとわせるあの奇癖」と言っている。ボードレールの作品(ウーヴル)〔『悪の華』〕には、「長い瞑想の力強い刻印が押されている」と彼は見ている。ルコント・ド・リールのこの批評では、地獄が大きな役を演じている。

『悪の華』クレペ編、三八五、三八六ページに引用〔引用は実は三八四ページから〕 [J45a, 1]

『スペクテイター』誌一八六二年九月六日号にスウィンバーンの〔『悪の華』に関する〕評論が出る。筆者はそのとき二五歳だった。 [J45a, 2]

レノルド〔の『シャルル・ボードレール』〕によれば、パリは、「ボードレールの地獄〔ダンテの地獄とのかかわりで問題にされている〕の控えの間」である。〔レノルドの著作の〕第二部は「芸術と作品」と題され、その第二章の方は「パリの幻視（ヴィジオン）」という題だが、そこには諸詩篇の冗長で凡庸なパラフレーズ以外の何もない。 [J45a, 3]

ヴィヨンとボードレール。「一方には、信仰を喪失しつつあった時代の不吉で神秘的なキリスト教が見られ、他方には、信仰を取り戻そうとしている時代の、ある意味で転用されたキリスト教が見られる。」ゴンザグ・ド・レノルド『シャルル・ボードレール』パリ／ジュネーヴ、一九二〇年、二二〇ページ [J45a, 4]

〔ゴンザグ・〕ド・レノルドは、一五世紀と一九世紀との図式的な比較を行い、両世紀が、極度のレアリスムと極度の理想主義とが、さらには不安と悲観論と利己主義までも横行した頽廃（デカダンス）の時代だとしている。 [J45a, 5]

『キリストに倣いて』I、二〇「孤独と静寂への好みについて」。「ここで目に入らぬものがよそでどうして見えようか。ここには、天も地もあり、すべての基本要素がある。なぜなら、すべての物はそれからつくられているのだから。」 [J45a, 6]

マラルメは、「かつて、ボードレールの余白に」でこう述べている。「背後で動く花火師サタンの、ベンガル花火に照らされたあのあふれる涙か。」ステファヌ・マラルメ『ディヴァガシオン』パリ、一八九七年、六〇ページ　[J45a, 7]

一八四七年一二月四日。「元日からは、新しい稼業を始めます。……《小説》です。ここで母上に、この芸術の荘重さ、美しさ、そして無限なる側面を僕が論証するには及びません。」シャルル・ボードレール『母宛ての手紙』パリ、一九三二年、二六ページ　[J45a, 8]

一八四八年一二月八日。「僕の願いを叶えていただきたいもう一つの理由は、当地で暴動が起こりはしないかと大いに心配だし、そういうときには一文無しであることほど情けないことはないということです。」Ch・B『母宛ての手紙』パリ、一九三二年、三三ページ　[J45a, 9]

「第二帝政末から今日まで、哲学の動向と『悪の華』の開花は符合している。これが、肝要な部分はまだ闇に包まれているが、日に日にそれが明らかになりつつある一作品の数奇な運命を説明するものである。」アルフレッド・カピュ『ル・ゴーロワ』紙、一九二一年。『悪の華』クレペ編、パリ、一九三一年、五〇ページ〔正しくは五一〇ページ〕に引用　[J46, 1]

一八五二年三月二七日、母に宛てた手紙で彼は、「やっつけ仕事で病的な文章をでっち上げること」と言っている。〈シャルル・ボードレール〉『母宛ての手紙』パリ、一九三二年、三九ページ　[J46, 2]

一八五二年三月二七日。「子を生むことだけが、雌に道徳的知性を与えるのです。地位もなく子どももいない若い女たちと言えば、嬌態、無情、優雅な放蕩だけです。」『母宛ての手紙』パリ、一九三二年、四三ページ　[J46, 3]

ボードレールは、母宛てのある手紙〔一八五二年三月二七日付〕で、貸本屋（キャビネ・ド・レクチュール）は、カフェとともに、仕事をするための避難所だと書いている。　[J46, 4]

一八五四年一二月四日。「僕は服がないから、諦めて床に入り、寝たままでいなければならないのでしょうか。」『母宛ての手紙』パリ、一九三二年、七四ページ。〔一〇一ページでは、彼はハンカチを貸してくれるよう〔母に〕たのんでいる〔一八五七年二月八日付書簡〕。）
[J46, 5]

一八五五年一二月二〇日、ボードレールは、補助金を申請するという案をこう茶化している。「私の名がどの政府かの卑しい書類の中に現われることは決してないでしょう。」『母宛ての手紙』八三ページ
[J46, 6]

一八五七年七月九日の手紙に見られる、『悪の華』に関する問題の箇所。「しかも、人に恐怖を抱かせることになるかもしれないと自分自身たじろいで、校正でその三分の一を削りもしました。」『母宛ての手紙』一一〇ページ
[J46, 7]

『パリの憂鬱』は、一八五七年には、一時「夜の詩」という題だったらしい。（一一一ページ、一八五七年七月九日付書簡を参照）
[J46, 8]

「マキャヴェリとコンドルセ」という小論を書く計画。（『母宛ての手紙』一三九ページ〔一八五九年一一月一五日のものと推定される母宛て書簡〕）
[J46, 9]

一八六一年五月六日。「「それでは神は！」とおっしゃるでしょう。僕は本当に心から（どれほど誠実にか、僕以外の誰にもわかりません！）、外部の、目に見えない存在が僕の運命に関心を寄せてくれていると信じたいのです。しかしそれを信ずるにはどうしたらよいのでしょうか。」『母宛ての手紙』一七三ページ [J46, 10]

一八六一年五月六日。「四〇にもなって僕は、苦痛を感じることなしに、中学時代のことや、義理の父上に抱いた怖れを思い起こすことはできません。」『母宛ての手紙』パリ、一九三二年、一七六ページ [J46a, 1]

一八六一年七月一〇日、〔『悪の華』の〕豪華版を出す案について。「『悪の華』を子どもにお年玉としてやる母親などいるでしょうか。父親だってどうでしょうか。」『母宛ての手紙』一八六ページ [J46a, 2]

ルーヴルでの仕事で彼の目が酷使された。「両方のどんぐり眼(まなこ)がまっ赤です。」『母宛ての手紙』一九一ページ〔〔一八六一年〕九月一日付〕 [J46a, 3]

『レ・ミゼラブル』について——一八六二年八月一一日〔日付は「一八六二年八月一一日、日曜日」となっていて、「日曜日」の方を信用すれば一〇日となる〕。「この本はきわめて不潔で、愚劣です。この点について、僕は、嘘をつく芸が自分にあることを証明しました。」『母宛ての手紙』二一二ページ　[J46a, 4]

一八六三年六月三日。彼は、パリでは「僕は数カ月来、この世で誰もこれほど退屈したことがないというほど退屈しています」と言っている。『母宛ての手紙』二一八ページ　[J46a, 5]

「夕べの薄明」の末尾。ミューズ自身も詩人から顔をそむけ、思い浮かんだ言葉をただ一人ささやく。　[J46a, 6]

ボードレールは、『〔ユリウス・〕カエサルの生涯』のナポレオン三世による序文への反駁を書くことを企てた。　[J46a, 7]

一八六五年五月四日付の母宛ての書簡で、ボードレールは、「『ドイツ評論』誌に出た非常に長い」記事のことに言及している。(『母宛ての手紙』二六〇ページ) [J46a, 8]

一八六六年三月五日。「僕は一人でいることほど好きなことはありません。でもそれは不可能で、ボードレール派というものが存在するようです。」『母宛ての手紙』三〇一ページ [J46a, 9]

一八六五年一二月二三日。「もし仮に、時には僕にもあった若さと気力を取り戻すことができれば、人をぎょっとさせるような本を何冊か書いて自分の怒りを鎮めるでしょう。僕は全人類を自分の敵にまわしたいものだと思っています。そこに、僕をいろいろ嫌なことから気を紛らしてくれる楽しみがあるように思えるのです。」『母宛ての手紙』二七八ページ [J46a, 10]

「人は、人生を積むにつれ、……世間で美しさと呼ぶことにしているものの重要性は大いに失われて来ます。……そうなると美しさとは、幸福の約束にすぎなくなるでしょう。……美しさは、善良さ、誓いに対する忠実さ、契約履行の際の誠実さ、諸関係の理解の明敏さを最大限保証する形態（フォルム）ということになりましょう。」四二四ページ。さらに先には、「異教派」とのかかわりでこう書かれているが、この見解は、いわば「異教派」についての覚え書なのである〔書き抜きは二つとも、ボードレールがルドゥー夫人のアルバムに書きこんだ文章からのものだが、これの日付が一八五一年八月二六日となっていて、「異教派」の執筆時期に近いこともあって、両者の関連が指摘されていた〕。「私が、老いた女性たちに、つまり、恋人や夫や子どもたち、また自分の過ちのために大いに苦しんで来たああした者たちに覚える抗し難い共感には、性的な欲求はまったく混じっていないということを、若い粗忽者に納得させるには、どのような手段を用いれば効果があったというのでしょう。」Ch・B『全集』〔正しくは『作品集』〕、ル・ダンテック編、Ⅱ、四二四―四二五ページ　[J47, 1]

「しばらく前から……私は悪い夢でも見ているようで、私が虚空を転げ落ちると、木や鉄や、金や銀でできた偶像の大群が私と一緒に落ちて来て、落ちて行く私につきまとい、私にぶつかり、私の頭や腰を打ち砕くような気がするのだ。」Ch・B『全集』〔正しくは『作品集』〕、Ⅱ、四二〇―四二一ページ（「異教派」）。ボードレールとアフリカの偶像の逸話を参照せよ。〔[J17a, 2]参照〕　[J47, 2]

第二帝政期の終わり頃、体制が抑圧を緩和すると、芸術のための芸術（ラール・プール・ラール）論の威光はあせてゆく。 [J47, 3]

ギース論の記述からは、この芸術家がとりわけボードレールを魅了したのは、わずかにその背景の扱い方のためであることがわかる。その扱い方は、演劇における背景の扱い方とほとんど変わらない。しかし、舞台の書き割りと違って、これらの絵は近くから見るべきものであるから、見る者にとっては遠さの魔力は無効になる。だからと言って見る者は、その遠さを探ることを断念しない。ボードレールはみずからがここや他の箇所で遠方に向けている視線の特徴を、ギース論で明らかにした。ボードレールは次のように東方の娼婦の表情を捉えている。「彼女は肉食獣のように視線を地平に向けている。その焦点が定まらぬ様も、不精にぼんやりする様も、それにまた、時に注意を集中する様も肉食獣と同じなのだ。」(「現代生活の画家」一二章「女たちと娼婦たち」)、Ch・B『作品集』Ⅱ、三五九ページ [J47, 4]

ボードレールは、「ワレトワガ身ヲ罰スル者」の中で、自分の声がかん高いと言っている。 [J47, 5]

ボードレールが、遠さの魔力が消えてしまった視線を捉えようと努めたことに決定的な意義を認めなくてはならない（「嘘への愛」〔『悪の華』〕を参照）。この点に関しては、アウラを、見つめられた物の中に目ざめる視線の遠さとする私の定義を参照。 [J47, 6]

遠さの魔力が消えた視線。「サテュロスの雌か水の精の／すわった眼をまじまじと見つめたまえ。」（「警告者」〔『悪の華』第三版収録の詩篇〕） [J47a, 1]

「世界の終わり」は、構想されただけで書かれなかった散文詩の一つである。「火箭」22〔ボードレールが残した断片を整理してプーレ＝マラシが付した番号。プーレ＝マラシはさらに断片を何枚かずつ台紙に貼ってこれにも番号を付したが、現在の各版はむしろこちらを基準に配列している。これに従えば、番号は一五となる〕の次の箇所は、その主題に触れているようだ。「世界は終わりかけている。まだ存続するかもしれない唯一の理由は、現にそれが存在しているということだ。逆のことを告げるあらゆる理由と比較するなら、特に、世界がこれからさき天の下で何をすることがあるのか、という理由と比較するなら、この理由はなんと薄弱なことだろう。――というのも、仮に世界が物質的に存在し続けるとしても、それは存在という語に値する、歴史辞典の記述に値する存在の仕方だろうかと疑わざるをえないからだ。……私はといえば、時には予言者めいた滑稽さを自分の内に感じることはあるものの、医者のような慈悲の気持ちを自分の中に見出すようなことは決してないだろうと心得ている。この卑しい世界に迷い込み、群衆に小突かれて、私はさしずめ、目に入るものといえば、背後の深い歳月には幻滅と苦さだけ、前には、……新しいものは何も含まれていない雷雨だけといった倦み疲れた男である。……私はどうも脇道に逸れてしまったようだ。……しかしながら、これらのページはこのままにしておこう、――なぜなら私は自分の怒りの日付をとどめておきたいからだ。」Ch・B『作品集』Ⅱ、六三九、六四一―六四二ページ――この草稿には「怒り」のところに「悲しみ」というヴァリアントがある〔「怒り」の下に「悲しみ」が書かれている〕。 [J47a, 2]

「世界は終わりかけている」(「火箭」22)という断章には、黙示録的夢想とからむ形で、第二帝政期の社会への非常に辛辣な批判が含まれている。(この批判は、おそらくところどころでニーチェの「最後の人」という観念を思わせる。)この批判には一部予言的な筆致がある。ボードレールは未来社会についてこう書いているのである。「ユートピストたちの残虐非道であったり、冒瀆的であったり、反自然的であったりの夢想のどれ一つとして、進歩の歴然たる諸成果にはとうてい比肩しえないだろう。……為政者たちは、自らの地位を保ち、秩序の幻想をつくり出すために、すでにこれほど冷酷になっているわれわれの今日の人間性をも戦慄させるような手段に訴えることを余儀なくされるだろう。……司法は、もし、その裕福な時代に司法が存在しうるとしての話だが、財産を築くすべを知らぬ市民を禁治産とするだろう。……こういう時代がひょっとすると間近に迫っているかもしれない。それどころか、そうした時代がすでに来ているのかどうか、われわれの天性が鈍化してしまっているために、われわれが息をしている環境がどうなっているのかを見分けることができないでいるだけなのか、誰が知ろう。」Ch・B『作品集』Ⅱ、六四〇―六四一ページ　**[J47a, 3]**

「要するに、歴史を前にして、またフランス国民を前にして、ナポレオン三世の偉大な栄光とは、電信と印刷局を奪取すれば、誰でも偉大な国民を統治することができることを証明したことだろう。阿呆とは、こうしたことを民衆の許可なしに成し遂げることができると信ずる者たちをいうのだ。」Ch・B『作品集』Ⅱ、六五五ページ（「赤裸の心」44〔「火箭」の場合と同じく、断章の番号、台紙の番号は二五〕）　[J48, 1]

「子どもの頃からすでに孤独感。家族がいるのに、そして特に友だちにまじっているときに、――永遠に孤独な運命の感情。」Ch・B『作品集』Ⅱ、六四五ページ（「赤裸の心」）
[J48, 2]

「真理は、多面的だからと言って、二つあるわけではない。」Ch・B『作品集』Ⅱ、六三ページ、『一八四六年のサロン』「ブルジョワへ」
[J48, 3]

「アレゴリーは、芸術のもっとも美しいジャンルの一つである。」Ch・B『作品集』Ⅱ、三〇ページ、『一八四五年のサロン』
[J48, 4]

「意志というものが第一級の……作品に……一つの個性を与えるに足るものであるところを見ると、意志とは、よほど立派で、常に実り多い能力であるに違いない。……見る者は努力を味わい、眼は汗を飲む。」Ch・B『作品集』Ⅱ、『一八四五年のサロン』、〈二六ページ〉
[J48, 5]

「進歩の観念。今日の似而非哲学の発明品で、自然あるいは《神》の保証もない特許品であるこの薄暗い標識灯、この現代的角灯(ランタン)は、認識の対象すべてに闇を投げかけている。自由は消え失せ、懲罰も消滅する。」Ch・B『作品集』Ⅱ、一四八ページ、「一八五五年の万国博覧会」
[J48, 6]

「愚かさは、美しさの飾りであることが多い。黒ずんだ池のあの陰気な透明さ、それに熱帯の海のあの油のような静けさを眼に与えるのは愚かさなのだ。」Ch・B『作品集』Ⅱ、六二二ページ（「愛に関する慰めの箴言抄」）
[J48, 7]

「大まかで一般的な規則は次のとおりだ。恋愛においては、月や星は避けたまえ、ミロのヴィーナスは避けたまえ。」Ch・B『作品集』Ⅱ、六二四ページ（「愛に関する慰めの箴言抄」）
[J48, 8]

ボードレールは、内容(ゲハルト)に固執することをけっしてやめなかった。彼は、その時代のゆえに、自分の社会的立場が直接わかってしまうようなやり方で内容を述べることはできなかった。むしろ彼は、――デュポン論で――内容をわかりやすいものにしようと試みると、キリスト教的な方向づけをした理論的な論文の場合と同様、内容を捉えそこねてしまう。それでもなお、キリスト教的な文脈で時おり彼が書いた「公営質屋では竪琴一張でいくら借りられるのか」といった表現は、社会に対して自分の身分を証明できるような芸術に対する彼の固執をきわめて適切に表わしている。引用はCh・B『作品集』Ⅱ、四二一ページ、「異教派」から　[J48, 9]

アレゴリーについて。「諸君は、天に、あるいは読者の愚劣さに何を期待しているのか。諸君の屋根裏部屋にプリアポス〔ギリシア神話の豊饒の神〕やバッコスの祭壇を築くのに十分な財産をか。……画像に対する聖像破壊者や回教徒の憤怒が私にはよくわかる。あまりに眼を楽しませることに対して聖アウグスティヌスが抱いた呵責の念を私はすべて正当なものと認める。」Ch・B『作品集』Ⅱ、四二二、四二三ページ(「異教派」)　[J48a, 1]

ボードレールが作家の職業的特徴を犠牲にして詩人としてのしぐさを無理に装うのは、彼が理想とする顔つきにかなったことである。彼はこの点では、性の対象あるいは「恋人」としての顔つきを無理に装って、商売上の手練手管を隠す娼婦と、同じように振舞うのだ。　[J48a, 2]

プルーストの壮大な比喩の通り、『漂着物』の諸詩篇がボードレールの詩という海の泡立つ波頭〔[J44a, 2]参照〕だとすれば、「パリ風景」はそれらの緊急避難港である。特にこれらの詩篇には、パリを襲った革命の嵐の影響はほとんど見当たらない。その点でそれらの詩篇は四〇年後のハイム〔20世紀独の表現主義の詩人〕の詩を思わせる。ハイムの詩でも意識のあり方は同じで、そのために「ラ・マルセイエーズ」は、土の中に埋葬されている。ベルリンの冬の日没を描いたソネット「ベルリンⅢ」の最後の二つの三連句は次の通りである。

「貧しい者たちの墓地は陰鬱で、墓石は折り重なり倒れかかっている。
　死者たちは自分たちの穴から
　赤い日没を眺める。それは強い葡萄酒の味だ。
　死者たちは壁沿いに座り、
　昔の突撃の歌「ラ・マルセイエーズ」にあわせて、
　むき出しの頭蓋骨のために煤の帽子を編んでいる。」

ゲオルク・ハイム『文芸作品』ミュンヘン、一九二二年、一一ページ　[J48a, 3]

ブランキと比較するのに決定的な詩行。「大地は湿っぽい牢獄と化し。」「憂鬱(スプリーン)」Ⅳ〔『悪

の華』詩篇七八〉　[J48a, 4]

自然の不動化の観念はおそらく大戦直前に、ゲオルク・ハイムにおいて次のようなイメージで先見性のある想像力の逃避策として現われる。ボードレールの憂鬱(スプリーン)はこうしたイメージをまだ思いつけなかった。

「しかし大海は凝固する。波間で
船は、腐りかけ、不機嫌に波間にとどまっている。」

ゲオルク・ハイム『文芸作品』ミュンヘン、一九二二年、七三ページ(『生の影(ウンブラ・ウィタエ)』)　[J48a, 5]

一八五二年以後のボードレールの芸術理論上の立場が、一八四八年頃の立場とどれほど異なるからといって、そこに発展の現われを見るのは大きな誤りだろう。(ボードレールほど創作活動に発展が見られない芸術家はめずらしいのだ。)それらの立場は、理論的な両極であって、それらの極の弁証法的媒介はボードレールの作品(ウーヴル)によって提供されるのだが、彼はそれを完全に自覚しているわけではない。そうした媒介の本質は、作品の破壊的、浄化的性格にある。この芸術は、破壊的であるがゆえに有用なのである。その破壊的な憤懣は少なくとも物神的な芸術概念に向けられていない。したがってその憤

瀆は、浄化された芸術という意味での「純粋」芸術に奉仕するのである。 [J49, 1]

『悪の華』の冒頭の諸詩篇はみな、詩人の姿を描くのにあてられている。まさしく詩人が職務とか使命といったことを引き合いに出すだけにかえって、これらの詩篇から読みとれるのは、社会はもはやそうした職務や使命をまったく与えることができないということである。 [J49, 2]

ボードレールの諸詩篇の中に「私」が現われる場所を調べてみれば、分類して区分けすることがおそらくできるだろう。『悪の華』の冒頭の五篇には「私」は一度しか現われない。その後でも、「私」がまったく出てこない詩篇は少なくない。さらに重要なのは――同時にさらに自覚的なのは――、たとえば「功徳」や「夕べの諧調」のような他の詩篇では、「私」が二義的な地位に置かれていることである。 [J49, 3]

麗しのドロテ〔ボードレールの同題の散文詩中の人物〕――彼女は金を払って一一歳の妹を自由の身にしてやらなくてはならない。 [J49, 4]

「本当なのだ、今や秒が強くものものしく強調され、一秒一秒が柱時計から噴き出して来てこう言うのである。——「私が《生》なのだ、耐えがたく、容赦ない《生》なのだ！」と。」Ch・B『作品集』I、四一一ページ（「二重の部屋」〔散文詩〕）　[J49, 5]

『一八四五年のサロン』の「前置きのことば若干」から。「そしてまず、このブルジョワという無礼な呼称に関してだが、われわれは、この無害な者に数年前から躍起になって呪詛の言葉を投げかけて来たわれらの偉大なる芸術家的同業者たちといささかも偏見をともにするものではないことを宣言する。……そして最後に、芸術家たちの中にブルジョワがこれほど多くいるのだから、結局、階層固有のいかなる悪徳の特徴をも示すわけではない語を廃止したほうがよいのである。」『作品集』II、一五―一六ページ。同様の傾向が『一八四六年のサロン』の序文「ブルジョワへ」にも見られる。　[J49, 6]

同性愛女性（レスビエンヌ）という形象は、ボードレールの英雄の模範の一つだ。［彼自身このことを、自らの悪魔主義の言語で述べている。のみならず、それは形而上的ではない批判的な言語でも捉えることができる。］一九世紀は、商品の生産過程に女性を容赦なく組み込み始めた。それに伴い女性固有の女性らしさが危機に瀕し、時がたつにつれて男性的な特徴が必然的に女性にも出現するはずだということは、理論家たちの意見が一致するところであった。ボードレールは、そうした特徴〔の女性への出現〕を是認するが、同時にその経済への従属には異議を唱えようとする。そこで彼は、女性のそのような発展傾向の純粋に性的な面を強調するに至る。同性愛女性(レスビエンヌ)という模範は、技術発展に対する「現代(モデルネ)」の分裂した立場の現われなのである。（ボードレールがジョルジュ・サンドを赦せなかったのは、おそらく彼女が、この模範の特徴を備えていたのに、その博愛主義によってこれを汚したからである。彼女はサドよりひどいと、ボードレールは書いた〔『危険な関係』に関する覚え書〕。）

[J49a, 1]

初出という概念は、ボードレールの時代には、今日ほどよく知られたものでも、決定的なものでもなかった。ボードレールは、二度、三度と同じ詩篇を発表することが多かったが、だれもそれを咎めなかった。晩年に「小散文詩」を発表するときになって初めて、彼は問題にぶつかった。

[J49a, 2]

ボードレールは一七歳から〈文士の？〉生活をした。彼がかつて「精神の人」を自称したことがあるとも、「精神的な事柄」のために尽くしたとも言えない。芸術作品のための商標というものはまだ考案されていなかった。（もっとも、自分を際立たせ、異彩を放ちたいという尊大な欲望がこの場合、彼に有利に働いたのである。）彼は、ブルジョワを告発することに反対する。芸術家や文士たちはこのブルジョワ告発の旗じるしのもとに連帯していたのだが、ボードレールにはそれがうさんくさく思えたのである。「ボンヌ＝ヌーヴェル百貨店の古典派美術展」にはこう書かれている（『作品集』Ⅱ、六一ページ）。「ブルジョワは学問的知識をあまり持っていないから、ブルジョワ芸術家の大きな声が押しやる所へ行ってしまう。――このブルジョワ芸術家というものを消滅させれば、乾物屋（エピシエ）〔ブルジョワの代名詞〕もドラクロワを胴上げするだろう。乾物屋（エピシエ）とは偉大なもので、敬うべき天上的な人間、善キ意志ヲ持テル人〔homo bonae voluntatis〕である！」さらに詳しいことは、前年の『一八四五年のサロン』の序文を参照。 [J49a, 3]

ボードレールのつむじまがりの性格は、自分の生き方が、そして、ある程度までは自分の経歴さえもが個人を超えた必然性を持つことを、こう言ってよければ、羞恥心から包み隠そうとするための仮面だった。 [J50, 1]

世界の歩みを妨げること――これがボードレールの内にある一番強い決意だった。ヨシユアの決意というわけだ。［とは言っても、予言者的決意というほどのものでもない。彼は逆行を考えていたわけではないからである。］彼の暴力性、彼の短気、彼の怒りはこの決意に由来するのであり、世界の心臓を突き刺そう［あるいは自分の歌で世界を眠らせよう］と絶えず繰り返し試みるのもそのためである。彼が自分の作品で死を鼓舞するのも、この決意に由来する。

［J50, 2］

「夕べの諧調」その他の枠形式の詩篇について。ボードレールは、ポーにおける「同一詩句あるいは数詩句の繰り返し、メランコリーあるいは固定観念から生ずる妄想を装った文の執拗な反復」に注目している。「エドガー・ポーに関する新たな覚え書」(『続・異常な物語』パリ、〈一八八六年〉、二二ページ)。不動化！

［J50, 3］

「――ああ！　主よ！　私の心と肉体とを
嫌悪なく見つめる力と勇気を私に与えたまえ！」

これに関して。「《ダンディ》は、たえず崇高であろうと切望しなくてはならない。彼は鏡の前で暮らし眠らなくてはならない。」『作品集』Ⅱ、六四三ページ(「赤裸の心」5〔番号は断片のもの。台紙番号は三〕)。詩句は「シテールへの旅」から

［J50, 4］

「破壊」(一八五五年(『両世界評論』に発表されたとき)の題は「逸楽」!)の末尾は、硬直した動揺のイメージを与える。(「その硬直した動揺のイメージは、/メドゥーサの盾のようであった。」ゴットフリート・ケラー『失われた権利、失われた幸福』) [J50, 5]

「旅」(『悪の華』)の第一連について。遠さを夢みるのは幼年時代だけのこと。旅人は遠くのものを見はしても、遠さに対する信仰を失っている。 [J50, 6]

ボードレール——星まわりによって遠くまで赴くよう命じられた憂鬱質の人(メランコリカー)。だが、彼は自分の星まわりには従わなかった。遠さを表わす形象は[彼の詩においては]、はるかな過去の海から、ないしパリの霧のなかから浮かび上がる孤島としてしか現われない。この孤島に黒人女性がいないことはまれである。そして、まさしくこうした黒人女性の辱しめられた肉体というかたちを取って、この遠さは、ボードレールの近くにあったものの、つまり、第二帝政のパリの足もとにひれ伏すのである。 [J50, 7]

死の間際に眼がかすんでゆくことこそは、仮象が消え去りつつあることの原現象である。

「小さな老婆たち」〔『悪の華』〕。「眼……／闇の中で水がたまっているあした穴のように光る。」

[J50, 8]

ボードレールの怒りの発作は、彼の破壊的素質の一部を成している。これらの発作のうちにも「時間の奇妙な切断」を認める者は、それだけ真相に近づいているのだ。

[J50, 9]

ボードレールはその最良のくだりにおいて、時おりどぎつくなることがある――だが、決して大げさではない。こうしたくだりでの彼の語り口は、ちょうど非の打ちどころのない高位聖職者の身のこなしが、その人柄から離れて一人歩きすることがほとんどないように、彼の経験から離れて一人歩きすることはないのだ。

[J50a, 1]

アレゴリーという概念は、すでにその輪郭を失ってはいたが、それでもなお一九世紀の最初の三分の一までは今日特有の異様さを帯びてはいなかった。シャルル・マニャンは

[J50a, 2]

『グローブ』紙一八二九年四月二一日号で、『ジョゼフ・ドロルムの詩』〔サント゠ブーヴの作品〕を批評して、次のような表現で、ヴィクトール・ユゴーとサント゠ブーヴを並べてみせている。「二人ともほとんど絶え間なく、比喩、アレゴリー、象徴を用いている。」〔サント゠ブーヴ〕『ジョゼフ・ドロルムの生涯、詩および思想』I、パリ、一八六三年、二九五ページ　[J50a, 3]

ボードレールとサント゠ブーヴの比較は、その主題と詩の技法という限られた範囲内でしか行うことができない。というのも、サント゠ブーヴは、情味豊かな、それどころか温厚でさえあるような作家だったからである。シャルル・マニャンが、一八二九年四月一一日の『グローブ』紙に次のように書いているのはもっともなことだ。「彼の魂はたとえ動揺しても、落ちつくとすぐにその表面上には生まれついての善良な心根がふたたび現われてくる。」（ここで決定的なのは「善良」という言葉ではなく「表面」という言葉である！）「彼がわれわれに寛容な気持ちと共感を抱かせるのも、明らかにここに由来するのである。」『ジョゼフ・ドロルムの生涯、詩および思想』I、パリ、一八六三年、二九四ページ　[J50a, 4]

サント＝ブーヴの貧弱なソネット（『慰め』パリ、一八六三年、二六二―二六三ページ）。「私は秋の美しい入り日のパリが好きだ。」これの末尾はこうだ。「そして私は心の中で絶えず／入り日のイタケー〔オデュッセウスの故郷の島〕とパリを混ぜ合わせる。」 **[J50a, 5]**

シャルル・マニャンは、『グローブ』紙一八二九年四月一一日号の『ジョゼフ・ドロルムの詩』評でこう述べている。「流動的な句切りの一二音綴詩句(アレクサンドラン)には、おそらくこれよりも厳格な脚韻が必要である。」『ジョゼフ・ドロルムの生涯、詩および思想』I、パリ、一八六三年、二九八ページ [J50a, 6]

ジョゼフ・ドロルムの詩人観。「この世で自分たちの苦悩を歌っている選ばれた者たちと協力し、その者たちに倣って調和よく呻吟すると考えれば、悲惨のどん底にあっても彼は慰められ、幾分か気分は引き立つ。」『ジョゼフ・ドロルムの生涯、詩および思想』I、パリ、一八六三年、一六ページ。この著作には『オーベルマン』から借用した題辞が付いている。この事実から、『オーベルマン』がボードレールに与えた影響がどのようなものだったかある程度わかる。 **[J51, 1]**

シャルル・マニャンがなかば容認しなかば留保しつつ確認しているところによれば、サント＝ブーヴは、「ある種の露骨な表現をして悦に入っており、ある種の慎みのない言語に……溺れている。……どれほど刺激的な語も、たとえ衝撃を与えるにせよ、ほとんどいつも彼の好みの語である。」『グローブ』紙、一八二九年四月一一日、『ジョゼフ・ドロルムの生涯、詩および思想』I、パリ、一八六三年、二九六ページに引用。彼はこのすぐあとで（二九七ページ）、この詩人が「わがミューズ」という詩篇で（彼のミューズたる）娘を結核患者として描いたことを非難する。「詩人がわれわれに、自分のミューズが貧しく、悲しげで、粗末な服装をしているのを示すというのなら大目に見ることもできただろう。しかし肺病だというのだ！」ボードレールにおける肺病やみの黒人女。「傍らに雨溝ができている。／いつも娘がひとり、そこですり切れた布を洗う」（「わがミューズ」（前掲書）、I、九三ページ）といった詩句で、サント＝ブーヴの新機軸がわかるし、次のような自殺の空想からもその新機軸は理解できる。「土地の者たちの誰かが／……／何か馬鹿げた話に嘲笑をまじえて、／私の黒ずんだ遺骸について長々と談笑し、／ついにはそれを手押し車で墓地に運ぶことだろう。」（「谷間の穴」（前掲書）、I、一一四ページ）　[J51, 2]

サント＝ブーヴによる自分の詩の性格づけ。「私は……私なりに、おずおずと、ブルジヨワ的に独創的であろうと……努め、……私生活の諸々の出来事をその名で呼ぼうとしたのであるが、閨房よりは藁ぶきの家のほうが好きだ。」『ジョゼフ・ドロルムの生涯、詩および思想』I、パリ、一八六三年、一七〇ページ（「思想」一九）

[J51, 3]

サント＝ブーヴにおける感受性の基準。「わが国の詩人たちが……ロマンティックな木陰とかメランコリックな湖、……と言わずに、緑の木陰とか青い湖と言うようになって以来、スタール夫人の弟子たちとジュネーヴ派の間に不安が広がった。そしてすでに、新しい物質主義の侵略に対するかのように抗議の叫びが上がっている。……とりわけ単調さが懸念され、木の葉が緑だとか、波が青いと述べるのはあまりに容易であまりに単純のように思われるというのである。この点おそらく、絵画的なものに反対する者たちは思い違いをしているのだ。木の葉は、実は、常に緑とは限らないし、波も常に青いわけではない。というよりむしろ、自然には……厳密な意味では、緑も青も赤もない。事物の自然の色は名のない色なのである。……絵画的なものとは、〔一日で〕空になって〔……〕しまう絵の具箱ではない。」〈サント＝ブーヴ『ジョゼフ・ドロルムの生涯、詩および思想』パリ、一八六三年〉、一六六―一六七ページ、「思想」一六

[J51, 4]

「一二音綴詩句(アレクサンドラン)は……ぴかぴかと金色に光っているが、ずんどうで固いピンセットにかなり似ている。隅をほじくることができないのである。――われわれの現代的な詩句(モデルヌ)は、幾分昆虫のように区切られ連結されているのだが、昆虫と同じく羽があるのだ。」『ジョゼフ・ドロルムの生涯、詩および思想』I、パリ、一八六三年、一六一ページ(「思想」九)

[J51a, 1]

ジョゼフ・ドロルムの「思想」六には、現代の一二音綴詩句(アレクサンドラン)の見本として、さらにその先駆的な例として、ロトルー〔17世紀仏の劇作家〕、シェニエ、ラマルティーヌ、ユゴー、ヴィニーの詩句がいくつか集められている。それは「充足、鷹揚、冗漫」を彼らの共通の特徴と見ている。典型的な例は、次のロトルーの詩句である。「私自身見たのだ、晴れ晴れとした顔の〔キリスト教徒たちが〕、/青銅の雄牛の中で天に向かって歌を歌うのを。」(一五四ページ)

[J51a, 2]

「アンドレ・シェニエの詩は、……ある意味で、風景画であって、ラマルティーヌがそれの空(そら)をつくったのである。」「思想」八、『〔ジョゼフ・〕ドロルム〔の生涯〕』I、一五九―一六〇ページ

[J51a, 3]

サント＝ブーヴは一八二九年二月の序文においては、『ジョゼフ・ドロルムの詩』にある程度詳細な社会的性格を与えている。彼はドロルムが良い家庭の出であることも重視しているが、それよりはるかに彼の貧困とそのためにこうむった屈辱を重視している。

[J51a, 4]

私の意図は、ボードレールがどれほど一九世紀に組み込まれているかを示すことである。彼が一九世紀に残した痕跡は、ある石が数十年間同じ場所にとどまっていた後に、ある日そこから動かされたときに残す痕跡のように、はっきりと完全なかたちで浮かび上がってくるにちがいない。

[J51a, 5]

ボードレールの比類なき重要性は、彼が最初に、もっとも断固として、自己疎外された人間を言葉の二重の意味において――つまり、そうした人間を捉えると同時に、彼を物象化された〔verdinglichte〕世界から守ったという意味で――拘束状態においた〔ding-fest gemacht〕という点にこそある。

[J51a, 6]

ボードレールの考えによれば、彼の世紀にあっては、現代性（モデルネ）に形を与えることほど、古代英雄の使命に似ているものはない。　[J51a, 7]

ボードレールは『一八四六年のサロン』（『作品集』Ⅱ、一三四ページ）において、おのれの属する社会階級をその服装によって描きだした。この描写から明らかになるのは、英雄性は描写する者の側にあるのであって、彼の主題の側にあるのでは決してないということである。「現代生活の英雄性」は、ある種の詭弁〔読者に取り入る方法〕——あるいはこう言ってよければ、ある種の婉曲的語法——である。ボードレールが決して逃れられなかった死の観念とは、自分が一度も持ったことがない知識を流し込む鋳型である。英雄的な現代性（モデルニテ）という彼の概念はおそらくとりわけ次のこと、つまり途方もない挑発であった。ドーミエとの類似性。　[J52, 1]

ボードレールのもっとも偽りのない身振りは結局、戦いの疲れを癒すヘラクレスのそれではなく、化粧を落とした俳優のそれである。こうした身振りは、彼の韻律構造の欠陥（デファイヤンス）にも見いだされるが、これをボードレールの作詩法（アルス・ポエティカ）のもっとも貴重な要素だとみなす者もいる。　[J52, 2]

一八六六年一月一五日〔のサント＝ブーヴ宛て書簡〕の『パリの憂鬱』に触れた箇所。「ようやく私も、近いうちに、新たなジョゼフ・ドロルムが、遊歩途上で出会う出来事一つ一つにその吟遊詩人的(ラプソディック)な思いを繋げていくのをお目にかけることができるものと希望を抱いております。」シャルル・ボードレール『書簡』パリ、一九一五年、四九三ページ　[J52, 3]

一八六六年一月一五日、サント＝ブーヴ宛て書簡。「『ジョゼフ・ドロルム』のいくつかの箇所には、リュート、竪琴、ハープ、エホバが出て来すぎると思います。これは、パリの詩の中では目ざわりです。そもそもあなたは、そうしたものをすべて破壊するために登場されたのでした。」Ch・B『書簡』パリ、一九一五年、四九五ページ　[J52, 4]

ボードレールが短詩、特にソネットについての自分の理論を説明するために、一八六〇年二月一九日〔正しくは一八日〕付のアルマン・フレース宛て書簡において引き合いに出しているイメージは、他のどのような記述よりも、メリヨンにおける空の見え方を要約するのに役立つ。「地下室の換気口からとか、煙突と煙突、岩と岩の間にとか、アーケードから〔……〕空のほんの一部を見た場合の方が、山の上から大きく展望するよりも、無限の一層深い思いを抱くことができることにお気づきになったことがありますか。」Ch・B『書簡』パリ、一九一五年、二三八―二三九ページ [J52, 5]

「外国の風刺画家たち数人」でピネルリ（18世紀イタリアの画家、版画家）に言及して。「私は、新語がつくり出されないものか、この種の紋切り型（ポンシフ）、芸術家の生活にも作品にも入り込んで来る、態度や振舞の紋切り型（ポンシフ）に烙印を捺すための語がつくられないものかと思う。」Ch・B『作品集』Ⅱ、二一一ページ [J52, 6]

ボードレールにおいては、アレゴリーの概念の用法は必ずしもあてにならない。「待ちきれなくて揺れ動いたりすることが決してないあの釣り人の釣り糸と腕の間に巣をかけた蜘蛛の……あの……寓意画（アレゴリー）。」Ch・B『作品集』Ⅱ、二〇四ページ（「外国の風刺画家たち数人」） [J52a, 1]

「天才は結局認められる」という命題に反対の立場。Ch・B『作品集』Ⅱ、二〇三ページ（「外国の風刺画家たち数人」） [J52a, 2]

ガヴァルニ〔19世紀仏の画家。風俗デッサン、石版画を専門とする〕について。「文人である彼は、文人が皆そうであるように、少々腐敗に染まっている。」Ch・B『作品集』Ⅱ、一九九ページ(「フランスの風刺画家たち数人」) [J52a, 3]

「フランスの風刺画家たち数人」の中で、ドーミエのコレラを扱ったデッサンについて。「パリの空は、大災害や政治的大混乱の際にきまって示す皮肉な習慣を固く守って、晴れ上がっている。空は白く、激しい暑さで白熱している。……広場は人気(ひとけ)がなく、焼けつくようで、人でいっぱいの広場が暴動のために寂寞となったのよりも荒涼としている。」Ch・B『作品集』Ⅱ、一九三ページ [J52a, 4]

一八三〇年三月一五日の『グローブ』紙で、デュヴェルジエ・ド・オランヌは『慰め』についてこう指摘している。「ポジリポ岬〔ナポリに近い風光明媚な別荘地〕も例のアンフェール大通りほどサント＝ブーヴ氏の創作意欲を刺激したかどうか疑わしい。」〈サント＝ブーヴ『慰め』パリ、一八六三年〉、一一四ページ〈に引用〉 [J52a, 5]

ファルシの批判。七月革命の闘士だった彼は、『ジョゼフ・ドロルム』と『慰め』について次のように書いた後まもなく斃れた。「淫蕩というものは、われわれの中でそれが熱烈な原理に駆られたものである場合、大胆な哲学である場合は詩的だが、それが人目を忍んだ過ち、破廉恥な告白にすぎない場合はそうではない。いつも素朴に昂然と歩まなくてはならず、熱狂、あるいは情念から生まれる深い悲嘆が必要である詩人には……そうした状態は……馴染まないものである。」C・A・サント＝ブーヴが草稿に基づき発表。『慰め』『八月の断想』パリ、一八六三年、一一五ページ [J52a, 6]

ファルシによるサント＝ブーヴ批判から。「群衆が彼には耐え難いものだとすれば、広大な空間は一層彼には苦痛である。これではますます詩的でなくなる。彼は、この自然のすべてを支配し、自然に耳を傾け、自然を理解し、自然をその大きな光景のままに表現することができるほど誇りと広さを身につけていないのである。」この批判に対してサント＝ブーヴは「その通りだった」と結論を下している（一一六ページ）。C・A・サント＝ブーヴ『慰め』『八月の断想』〔『サント＝ブーヴ詩集』第二部〕、パリ、一八六三年、一一五ページ [J52a, 7]

長篇小説は一篇も残さなかったことで、ボードレールの業績はおそらく文学上の重要性

だけでなく、道徳的重要性をも得ることになった。　[J52a, 8]

中世のアレゴリーは神々への追想〔Andenken〕であるが、ボードレールにおいてそれに似た役割を演ずる心的能力は、人間への「追想〔Andenken〕」である。「ボードレールは、一九世紀の人間にはまだ与えられていたような唯一の内的経験を、つまり悔恨を主題にしている」〔引用は、おそらくベンヤミンによるドイツ語訳。[J33, 8]の仏語原文による引用と多少異なる〕と、かつてクローデルは書いたことがある。だが、おそらくこれは、あまりに楽観的なものの見方であろう。内的経験ということなら、かつては聖別されていた他の内的経験と同様、悔恨もまた死滅していたのである。ボードレールにとって《悔恨（ルモール）》は、追想でしかない。《改悛》や《美徳》、《希望》や《苦悶》さえもがそうであるように。それらがそうした〔死滅の〕瞬間に突然見舞われたのは、「活気のない《無関心》」〔『悪の華』七六「憂鬱」一七行の表現〕に席を譲ってしまったからである。　[J53, 1]

ボードレールは、一八五〇年以降、芸術のための芸術（ラール・プール・ラール）の理論に没頭するようになったとき、不承不承であるにせよ、あることを断念した。実は彼は、アレゴリーを自らの詩作の枠組みにしたときから、それを超然と断念していたのである。その断念したこととは、

芸術を実存の全体性のカテゴリーとみなすことである。 [J53, 2]

自分の手に握られた破片に驚きの視線を落とすような沈思家は、寓意家(アレゴリカー)になる。 [J53, 3]

詩人としてのボードレールが、おのれ自身の規則、おのれ自身の洞察、おのれ自身のタブーをどれほど尊重しなければならなかったか、だが他方で、彼の詩作活動の課題がどれほど厳密に画定されていたかを思い浮かべてみれば、ボードレールにおけるある英雄的特徴が明らかになる。ボードレールの詩集ほど、詩人自身がうぬぼれることなく、同時に力強く姿を現わす詩集はない。彼がダンテとくりかえし比較される理由の一つも、この点に見いだされるべきである。 [J53, 4]

ボードレールがあれほどひたすらに後期ラテン文学、特にルカヌスに魅了された理由は、この文学に見られる神々の名前の用法が、アレゴリーの用法を準備するものであったからであるらしい。神々の名前の用法については、ウーゼナーが論じている。 [J53, 5]

ルカヌスにおける恐ろしいもの。テッサリアの魔女エリクト、死者の冒瀆〈「内乱」〉V、五〇七—五六九行)、ポンペイウスの頭に対する冒瀆(Ⅷ、六六三—六九一行)、メドゥーサ(Ⅸ、六二四—六五三行)。　[J53, 6]

ロマン主義の日没〔これは、『漂着物』のなかの詩篇一の表題でもある〕——これこそは、アレゴリーとしての風景。　[J53, 7]

アレゴリー的見方の歴史的枠組みを規定しているのは、古代とキリスト教である。両者は、最初のアレゴリー的経験、つまり中世初期のアレゴリー的経験に不変の痕跡を残している。「アレゴリー的見方の起源は、キリスト教が定着させた、罪を負った自然(ピュシス)と、パンテオンに体現されたもっと純潔な神性〔神的自然 natura deorum〕との対決にある。ルネサンスとともに異教的なものが、反宗教改革とともにキリスト教的なものが新たによみがえると、両者の対決形態であるアレゴリーもまた復活することになった。」〈ヴァルター・ベンヤミン〉『ドイツ悲劇の根源』ベルリン、一九二八年、二二六ページ)ボードレールの場合、この定式を逆にした方が真相に近いであろう。ボードレールにとっては、アレゴリー的経験がまず第一次的なものだったのである。彼は——それ固有の〔sui generis〕

実質をもった――この第一次的な経験をおのれの詩作において活用するのに必要な範囲内でのみ、古代的経験もキリスト教的経験もわがものにしたにすぎないと言うことができよう。 [J53a, 1]

ボードレールに見られる船あるいは動く玩具に対する愛着はおそらく、彼のもとでは有機的なものの世界が信頼を失っていることのもう一つの表われでしかない。ここに何らかのサディスティックな霊感が働いているのは明らかである。 [J53a, 2]

「メロドラマに出て来る不信心者たち、呪われ、劫罰を受け、耳までさけるひきつった笑いが宿命的に目立つそうしたものたちは皆、笑いの純然たる正統の内に入る。……笑いとは悪魔的なものであり、ゆえに深く人間的である。」Ch・B『作品集』II、一七一ページ(「笑いの本質について」) [J53a, 3]

沈潜している人を、その沈潜の深みから浮かび上がらせてくれるのは、衝撃(ショック)である。中世の聖人伝説は、人間の知恵を超えたものへの要求から魔術に頼った人の典型的な衝撃(ショック)体験を、「地獄の嘲笑」として引き合いに出す。「この嘲笑において、物質の沈黙は……

克服されている。まさしくこの笑いにおいて物質は、きわめて風変わりな扮装のもとに、ありあまるほどの精神性を帯びるようになる。物質は、言語の射程をはるかに超えるほどにも精神的になるのである。物質はさらに高まろうとし、ついにはかん高い笑いになる。」(『ドイツ悲劇の根源』二二七ページ）ほかならぬこのかん高い笑いこそは、ボードレール特有のものだったというだけではない。彼の耳に執拗に残り、彼を大いに思考させたのも、この笑いであった。

[J53a, 4]

笑いとは、粉々になった発音である。

[J54, 1]

ボードレールがポーと分かちもっている、イメージの忌避と不意打ちの理論について。「アレゴリーが古くさくなるというのも、人を驚かせるという性格がその本質の一部をなしているからである。」(『ドイツ悲劇の根源』）バロック期に次々とアレゴリー的な出版物が現われたという事実は、一種のイメージの忌避を意味する。

[J54, 2]

硬直した動揺とイメージの忌避について。「バロックの抒情詩に特有なのも、同じ動きである。バロックの抒情詩にあるのは、「前に進んでゆく動きではなく、内側からの膨張である。」沈潜することに抵抗しようとすれば、アレゴリー的なものがつねに新たに、つねに突然に展開されねばならない。」『ドイツ悲劇の根源』一八二ページ〔引用部分はフリッツ・シュトリヒから〕 [J54, 3]

アレゴリーを形而上学的に、その三つのみせかけ的な性格にしたがって概略してしまえば、「禁じられたことを究明するときの――みせかけの自由。信者の共同体を離脱するときの――みせかけの自立性。悪の空虚な深淵における――みせかけの無限」(『ドイツ悲劇の根源』二三〇ページ)と規定できるが、こうした概略にボードレールの詩群をすべて割り当てるほど容易なことはない。〔詩集『悪の華』の〕「悪の華」詩群は、〔上述の三つのみせかけ的性格のうちの〕第一の性格を、そして、「反逆」詩群は第二の性格を示していると言える。第三の性格は、「憂鬱と理想」〔詩群〕から容易に組み立てることができよう。 [J54, 4]

バロックにおける硬直した動揺を表わすイメージは、「当時の多数の銅版画や描写からアレゴリー的画像の典型として読みとれるような、あのゴルゴタの丘の荒涼とした混乱」(『ドイツ悲劇の根源』二三二ページ)である。 [J54, 5]

「秋のソネット」〔『悪の華』〕の次の詩句によってボードレールの短気の程度がわかる。「私の心は、何にでも苛立つ、／太古の動物の無邪気さだけは別として。」　[J54, 6]

空っぽで、内容が欠如した体験。「そして最後に、われらは、……／《竪琴》の誇り高き司祭たるわれら、／……／渇きもなく飲み、飢えもなく食った！」「真夜中の反省」〔『悪の華』第三版に加えられた詩篇〕　[J54, 7]

芸術は、アレゴリー的な見方の下では、文字通りむき出しで厳格な姿で現われる。

「厳格な裁きが下される
　恐ろしい日が到来するとき、
　裁く方の好意を得るには、

　収穫物でいっぱいの穀倉を、
　色も形も《天使たち》の
　賛同が得られるような

花々を、お見せしなくてはなるまい。」

「身代金」〔『漂着物』〕。「耕す骸骨」〔『悪の華』〕と比較すること。 [J54, 8]

時間の奇妙な切断に関して、「警告者」〔『悪の華』第三版に加えられた詩篇〕の最終節。

「何に取りかかろうと、何を望もうと、
鼻もちならない《蝮》のやつの
警告を受けずには、
人は一刻も過ごせない。」

「時計」「パリの夢」〔二篇とも『悪の華』〕と比較すること。 [J54a, 1]

哄笑について。

「陶然とさせる笑い声が牢獄に満ち、
怪奇や不条理へと彼の理性は誘われる。」

〔『牢獄のタッソー』に寄せて〕〔『漂着物』〕

「この人の笑いは、
アーレークトーの松明に照らされて

メルモスやメフィストがするしかめ面とは違う。

この松明は彼らを燃やすが、われわれを凍らせる。」〔アーレークトーはギリシア神話の復讐の三女神の一人。メルモスはアイルランドの作家マテューリンの小説『放浪者メルモス』(一八二〇年)の人物〕

「オノレ・ドーミエ氏の肖像のための詩句」〔『漂着物』〕　[J54a, 2]

「ベアトリーチェ」〔『悪の華』〕における雲からの嘲笑。

「神をたたえる交響曲のなかで、

私は調子が狂っているのではないだろうか、

貪欲な《皮肉》が

私をゆさぶり、私を噛んでくれるお陰で。」

「ワレトワガ身ヲ罰スル者」〔『悪の華』〕　[J54a, 3]

「美」〔『悪の華』〕は――硬直性を示している。しかし寓意家(アレゴリカー)の視線が出会う動揺を示してはいない。　**[J54a, 4]**

物神に関して。

「彼女の磨かれた両眼は魅惑的な鉱物からできていて、
無垢の天使と古代のスフィンクスとが混じり、
金と鋼(はがね)と光とダイヤモンドだけがある

この奇怪で象徴的な自然の中で、
無用の天体のように、永遠に輝くのは、
子を産めない女の冷たい威厳。」

「……服を着て……」〔『悪の華』の詩篇二七（無題）〕 [J54a, 5]

「長く！　ずっと！　わが手で君の重いたてがみの中に
ルビーや真珠やサファイアを蒔こう、
私の願いに君が耳をかさぬことがないよう！」

「髪」〔『悪の華』〕 [J54a, 6]

ボードレールは、肺病にかかっている黒人女性〔『悪の華』「白鳥」に出て来る黒人女性〕を首都で出迎えることによって、サルヴァンディの依頼でテュニス行きの船に乗ったデュマよりも、フランス植民地帝国のずっと真実どおりの側面を捉えた。 [J54a, 7]

第二帝政の社会。

「楽しんでいる死刑執行人、すすり泣く殉教者。
血が風味と香りをつける祭り。
権力の毒が専制君主を無気力にし、
民衆は思考能力を失わせる鞭に惚れこむ。」

「旅」〔『悪の華』〕 [J55, 1]

雲。「旅」四、第三節参照。 [J55, 2]

秋のモティーフ。「敵」「思いがけぬこと」「イツモ同ジク」〔それぞれ『悪の華』『漂着物』『悪の華』の詩篇〕を参照。 [J55, 3]

「〔サタンへの〕連禱」〔『悪の華』〕のサタン。「地下の万物の偉大なる王」〔同詩篇第七行〕

「いくたの金属が埋もれて眠る
地下深い兵器庫を澄んだ目で見抜く御身。」 [J55, 4]

「アベルとカイン」〔『悪の華』〕に関して、グラニエ・ド・カサニャックの下等人間理論。 [J55, 5]

アレゴリーのキリスト教的規定について。アレゴリーは「反逆」〔『悪の華』の章〕では何の役も果たしていない。 [J55, 6]

アレゴリーに関して。「愛の神と髑髏——古い章末飾り絵」「アレゴリー」「幻想的な銅版画」〔いずれも『悪の華』の詩篇〕を参照。 [J55, 7]

「——空はうららかで、海は凪いでいた。
私には、それからというもの、悲しいかな！　すべてが暗く
血に染まって、私の心は、屍衣に厚く
包まれるにも似て、このアレゴリーに埋もれた。」

「シテールへの旅」〔『悪の華』〕　[J55, 8]

「私は、主役でも演ずるかのように〔「英雄のように」とも訳せる〕神経を張りつめ。」

「七人の老人」〔『悪の華』〕　[J55, 9]

永遠に同じものに関しては、「七人の老人」を参照。ミュージックホールのダンサー。　**[J55, 10]**

アレゴリーの目録。《芸術》《愛》《快楽》《後悔》《倦怠》《破壊》《今》《時間》《死》、恐怖、《苦痛》《悪》《真理》《希望》《復讐》《憎しみ》《尊敬》《嫉妬》《思念》　[J55, 11]

「救われ得ぬもの」〔『悪の華』〕――寓意（エンブレム）のカタログ。　[J55, 12]

諸々のアレゴリーは、この世紀の人々が経験することから商品が何を作り出すかを表わしている。　**[J55, 13]**

眠りへの願望。「情熱などまっぴらだし、才気は御免こうむる〔！〕」「秋のソネット」（『悪の華』）　[J55, 14]

「豊かな毛叢（むら）……／……その濃さたるやお前に匹敵する、／星のない《夜》よ、暗い《夜》よ！」「顔の約束するもの」（『漂着物』）　[J55, 15]

「自分の魂が沈み込んでゆく眩暈の階段」（「『牢獄のタッソー』に寄せて」（『漂着物』））　[J55, 16]

ボードレールが後期ラテン文学に感じた親近感は、中世初期に初めて花開いたアレゴリー的なものへの彼の情熱とおそらく関係がある。　**[J55, 17]**

ボードレールの思考力を、ジュール・ルメートルのように、彼の哲学的余談から判断することは間違っている。ボードレールは哲学者としてはお粗末で、芸術の理論家としてはそれよりましだった。ただ沈思家としてだけは比類のない人物であった。彼には沈思家の性質として次のようなところがある。モティーフがステレオタイプで、断固として邪魔物を退けること、いつでもイメージを思考の役に立てる用意をしていることである。沈思家はアレゴリーに精通している。　[J55a, 1]

ボードレールがわずかないくつかの根本的な状況に繰り返し惹き付けられたことは、メランコリーの症候の一つである。彼は少なくとも一度は自分の主要モティーフのひとつひとつに戻って行かなくてはならないという強迫感を抱いていたようだ。　[J55a, 2]

ボードレールのアレゴリーには、彼を取り巻く世界の調和のとれたファサードを取り壊すのに必要だった暴力の痕跡がつきまとっている。　[J55a, 3]

ブランキの世界観においては、硬直した動揺が宇宙そのものの状態になる。こうして、世の成り行きは結局唯一の巨大なアレゴリーとして現われる。　[J55a, 4]

ところで、硬直した動揺とは、いかなる発展もないボードレールの生きざまを言い表わしたものである。　[J55a, 5]

この上なく洗練された感受性ときわめて集中した瞑想との間にある緊張関係が、ボードレールの特徴である。これは理論の面では照応(コレスポンダンス)説と、アレゴリーへの偏愛に反映している。ボードレールはこの両者をなんらかの形で関係づける試みは一度もしていない。しかし両者には関係がある。

[J55a, 6]

悲惨と恐怖は、ボードレールでは、アレゴリー的な見方を枠組みにしている。ロリナでは両者が特定のジャンルの主題となってしまった。(このジャンルの「芸術の聖域」はカフェ「黒猫」であった。お望みなら「人殺しの酒」(『悪の華』)のような詩にそのモデルを見出すことができる。ロリナはカフェ「黒猫」のおかかえの詩人の一人であった。)

[J55a, 7]

「笑いの本質〔について〕」には悪魔的哄笑の理論が含まれている。ボードレールはこのエッセーで微笑でさえも本来悪魔的なものとみなすに至っている。同時代人たちは、ボードレール自身の笑い方に恐ろしいものがひそんでいると指摘していた。

[J55a, 8]

アレゴリー的意図に捕らえられたものは、生の諸連関から切り離される。それは粉砕されると同時に保存される。アレゴリーは瓦礫に拘泥し続ける。ボードレールの破壊衝動は、それが向かう対象の廃棄には一切興味を示さない。(しかし〔『悪の華』の〕「反逆」の章については[J55,〈6〉]参照。) [J56, 1]

バロックのアレゴリーは死体を外部からのみ見るが、ボードレールはそれを内側から思い浮かべる。 [J56, 2]

神話に対するボードレールの誹謗は、中世の聖職者のそれを思い起こさせる。ボードレールは、頬の膨らんだ愛の神クピードーには特別の憎しみの念を抱いている〔ボードレールは『一八五九年のサロン』第五章でクピードーが頻繁に絵画に描かれることに嫌悪を表明している〕。この愛の神に対するボードレールの憎悪は、ベランジェに対する彼の憎しみと同根のものである。 [J56, 3]

ボードレールは芸術の仕事場そのものを[混乱の場]、つまりアレゴリーが好んで提供するような破壊の道具〔『悪の華』「破壊」には「血まみれになった、《破壊》の道具立て」という表現がある〕と見ている。ボードレールが計画していた『悪の華』第三版序文のための遺稿として残された覚え書には次のような一節がある。「……いろいろな仕掛けのからくりを公衆に見せてやったりするものだろうか。……ぼろ着、美顔料、滑車、鎖、推敲の跡、訂正だらけの校正刷りをみな、要するに芸術の聖域をなすおぞましい物すべてを公衆に明かしてやったりするものだろうか。」Ch・B『作品集』I、五八二ページ　**[J56, 4]**

役者としてのボードレール。「紙のように無垢で、水のように節度があり、聖体拝領する女のように信心に駆られ、いけにえのように無害でありながら、放蕩者、飲んだくれ、不信心者、人殺しと思われるのも私には不愉快ではないだろう。」Ch・B『作品集』I、五八二ページ(『悪の華』序文草稿)　[J56, 5]

ボードレールは、『悪の華』や『小散文詩』の詩篇の発表のためだけでも、新聞を別にして二五以上の雑誌に話を持ち込んだ。　[J56, 6]

女性の肉体のバロック的詳細描写。「美しい船」。これと逆なのが「彼女のすべて」。〔いずれも『悪の華』〕　[J56, 7]

〔「告解」〔『悪の華』〕における〕アレゴリー。

「人の心の上に建物を築くなんて愚かなこと。
　すべては崩れ落ちる定め、愛も美しさも、
結局そんなものは《忘却》が背負った屑籠にほうり込んで
　《永遠》に返してしまう！」 [J56, 8]

物神。

「呪われたひとよ、底知れぬ淵から
天の高みに至るまで、私以外に答えるものは何もないひと！
……
　黒玉の目をした彫像よ、青銅の額をした大天使よ！」

「君に送ろう、これらの詩句を」〔『悪の華』の詩篇三九（無題）〕 [J56, 9]

「ミケランジェロ、漠としたところに見えるのは、
　キリストたちにまじるヘラクレスたち。」

「灯台」〔『悪の華』〕 [J56a, 1]

「無数の迷宮を通って鳴り響くひとつのこだま。」

「灯台」〔『悪の華』〕 [J56a, 2]

「身を売るミューズ」〔『悪の華』〕からは、ボードレールが詩作品の発表を、時としてどれほど売淫と見たかがわかる。 [J56a, 3]

「そして君のキリスト教徒の血が律動的に脈打って流れてほしいものだ。
古代の言葉の韻律的な音声のように。」

「病気のミューズ」〔『悪の華』〕 [J56a, 4]

ボードレールが自分の階級への裏切り者という文字通り決定的なレッテルをもらうとしたら、政府の補助金を申請するのを潔しとしなかった潔癖さのためではなく、ジャーナリズムの風習と折り合わなかったためである。 [J56a, 5]

アレゴリーは、芸術と同様に生もまた破壊され瓦礫となる運命にあると見る。芸術の（ラール）・

ための芸術は芸術の世界を世俗的な生の外部に打ち建てる。〔アレゴリーと、芸術のための芸術の〕両者に共通しているのは、調和のとれた全体性という理念を断念するところである。ドイツの観念論とフランスの折衷主義の教義では、芸術と世俗的生はこの全体性において互いに浸透し合っている。 [J56a, 6]

ポーにおける群衆の描写について。それによって、混乱したものの描写が混乱した描写と同じではないことがわかる。 [J56a, 7]

〔男性の性という〕この受難の道の個々の宿駅は花で飾られている。それが悪の華なのである。 [J56a, 8]

『悪の華』は全ヨーロッパに影響を与えた最後の詩集である。これ以前のものといえば、『オシアン』〔三世紀のケルト詩人オシアンの詩集〕と〔ハイネの〕『歌の本』である。 [J56a, 9]

最盛期の資本主義における商品生産の弁証法。製品の新しさは――需要の刺激剤として――これまで知られていなかった意味を獲得する。それと同時に、同じものの絶えざる

繰り返しがはっきりそれとわかる形で大量生産のうちに現われる。［J56a, 10］

ブランキの宇宙論においてはすべては星のまわりを回っているが、ボードレールは星を自分の世界から追放する。［J56a, 11］

遠さの魔力の断念が、ボードレールの抒情詩における一つの決定的な契機である。これは「旅」〔『悪の華』〕の第一節に見事に表現されている。［J56a, 12］

ボードレールが妊娠をいわば不公正な競争と理解したのは、男性の性の苦難の道〔という考え方〕に合っている。他方で性的不能と不妊症の間には連帯関係がある。［J57, 1］

ボードレールが自分を惹きつける芝居の背景の絵全体の魅惑について述べている箇所――それはどこか？　［Q4a, 4］を参照。［J57, 2］

ボードレールの破壊衝動は、それが向かう対象の廃棄には一切興味を示さない。このことはアレゴリーの中に表現されていて、アレゴリーの中の退行的傾向となっている。しかし他方でアレゴリーは、まさにその破壊的狂乱のなかで、芸術の仮象であれ、生の仮象であれ、すべての「既成の秩序」なるものから生まれて来る仮象、つまり、生と芸術を美化し、それらを耐えうるように見せかける全体性とか有機的なものという仮象の追放にかかわらなければならない。そして、この仮象の追放がアレゴリーの進歩的な傾向なのである。　[J57, 3]

人間はいま与えられている生活よりもいっそう純粋な、いっそう穢れを知らない、いっそう霊的な生活に憧れ、そうした生活の証しを自然の中に探し回ったときには、たいていその証しを、何らかの植物や動物の中に見出してきたものであった。ボードレールの場合そうではない。こうした生活への彼の夢は、あらゆる地上の自然との結びつきを退け、雲にふける。多くの詩には雲のモティーフが取り上げられている〔「風景」(『悪の華』)の中でパリを美化している場合は別だ〕。雲を冒瀆するのはこの上なく恐ろしい冒瀆である(「ベアトリーチェ」(『悪の華』))。　[J57, 4]

憂鬱(スプリーン)にとっては、埋葬された者が歴史の「超越論的主体」である。　[J57, 5]

ボードレールの経済的な悲惨は彼の受難(パッシオーン)の一つの要素である。それは、彼の性愛上の悲惨と一つになって、伝承中に残された彼のイメージに決定的な特徴を与えてきた。ある種の贖いとしてのボードレールの受難。 [J57, 6]

ボードレールの孤独は、ブランキのそれと対をなすものとして強調すべきである。ブランキも「永遠に孤独であるという運命」にあった。(「赤裸の心」12〔台紙番号は七〕参照) [J57, 7]

ポーにおける群衆のイメージについて。大都市で起こる物理的な危険――大都市自体がさらされている危機は言うまでもなく――がポーやボードレールの時代のようにまだきわめて不完全な形でしか書きとめられていない場合、大都市のイメージはどのようなものになりうるのか。群衆はそうした危険の予感を表わしている。 [J57, 8]

ボードレールの読者は男性たちである。彼の名声を高めたのは男性たちである。彼は男性たちを請け出してやったのである。 [J57, 9]

ボードレールに、もし詩人たちが通常持ち合わせているような詩への動機しかなかったなら、詩など書かなかっただろう。

[J57a, 1]

性的不能について。ボードレールは、自分自身の不能に憤激した偏執者である。女性の性的欲求を満たしてやれない苦しみから、ボードレールは同時代人たちの精神的欲求を妨害するという態度に転じた。この関連を彼自身意識していなかったわけではない。そうした意識がもっとも抑えつけられることがないのは、おそらく彼のユーモアのあり方においてであろう。これは反逆者の不機嫌なユーモアであり、当時すでに登場していた、強盗殺人犯の気楽なユーモアとは一瞬たりとも混同されるはずのないものだった。こうした反応の仕方はきわめてフランス的であって、"la rogne"〔不機嫌〕というその呼称を他の言語に翻訳することは容易ではない。

[J57a, 2]

現代性（モデルネ）が最終的に古代ともっとも類似していることが明らかになる点は、そのはかなさにある。『悪の華』が今日まで変わることなく共感を得ているのは、大都市が初めて詩に登場したときに見せたある特定の側面と関連している。この側面はもっとも予想しがたいものである。ボードレールが詩句の中でパリを喚起するときに彼の中で共振しているものは、大都市というもののもつ脆さと壊れやすさなのである。それがもっとも完全に描かれているのは、おそらく「朝の薄明」（『悪の華』の「パリ風景」中の詩篇）であろう。「朝の薄明」は都市を素材にして模写された、目覚めゆく者の啜り泣きである。しかし、こうした側面は多かれ少なかれ「パリ風景」の詩すべてに共通している。この側面は、たとえば「太陽」（「パリ風景」中の詩篇）が喚起するような都市の透明性のうちにも、「白鳥」（同）におけるルーヴル宮殿のアレゴリー的喚起のうちにも姿を現わす。 [J57a, 3]

俳優の顔のようなボードレールの顔について。クールベが伝えているところでは、彼は毎日違う顔になったという。 [J57a, 4]

ラテン系諸民族においては、感受性の洗練が感覚的把握の力を弱めない。ところがドイツ人の場合は、感覚的享受が洗練され開発してゆくと、たいていは把握の技術の衰退というつけが回ってくる。ドイツ人の場合には、享受能力が繊細になるとその分だけ濃度を失うのである。（「屑屋の酒」の中の「酒樽の匂い」参照） [J57a, 5]

ボードレールのような人物の卓越した享受能力は、気楽さとはまったく無縁である。このように感覚的享受が気楽さと根本的に両立不可能であることが、真の感覚文化の特徴である。ボードレールのスノビズムとは、気楽さに対するエキセントリックな拒否であり、彼の「悪魔主義」は、気楽さが姿を現わそうとすれば時と場所を問わずそれを妨害しようとする断固たる決意なのである。

[J58, 1]

メリヨン描くところのパリの街路は、はるか上方に雲がたなびいている縦坑である。

[J58, 2]

ボードレールは自分の詩のために場所を空けておこうとし、そのために他人の詩を押し退けねばならなかった。彼は彼流に古典主義的に韻を使うことによってロマン派たちのある種の詩作上の自由の価値をおとしめ、擬古典主義の一二音綴詩句（アレクサンドラン）に欠陥と亀裂をつくり出すことによってその価値をおとしめている。手短かに言えば、彼の詩には、競合するものを排除するための特別の予防措置が含まれていた。

[J58, 3]

ボードレールは市場に適応した独創性という考えを抱いたおそらく初めての人物であった。だからこそ当時この独創性は、他のどんな独創性よりも独創的であった。彼は自分の紋切り型(ポンシフ)を作り出すことによって、〔市場における〕競争では当たり前に行われているやり口を採用するに至った。彼がミュッセやベランジェを中傷するのも、ヴィクトール・ユゴーの真似をするのも、こうしたやり口のうちに入るのである。　[J58, 4]

群衆の個人に対する関係は、ほぼ自ずから、この二人の詩人――ユゴーとボードレール――の発想の仕方が把握できるメタファーとして現われる。ユゴーにとって言葉は、イメージと同じく、波打つ大衆として現われる。ボードレールの場合には、言葉はむしろ、群衆の中にまぎれてはいても、目をとめる者には、見紛いえない容貌をもって現われる孤独な人間を代表する。　[J58, 5]

死後硬直に陥っている世界について進歩を語る――そんなことをして何になろう。ボードレールは死後硬直し始めている世界の経験が、ポーによって比類ない力強さで記録されているのを発見した。ポーはこれによって、つまりこの世界を描いたことによって、ボードレールにとってかけがえのないものになったのである。この世界でこそ、ボードレールの創作活動と努力は正当性を得たからである。　[J58, 6]

ボードレールの美的受難（パッシオーン）という考えは、世に流布しているボードレール論の多くにエピナル版画〔フランス東北部のエピナルでつくられた民衆版画〕的性格を与えてきた。周知のように、これらの版画にはよく聖者伝からとった絵が描かれている。　[J58a, 1]

ボードレールが歩んだ性的不能という受難の道を社会によって予め示されていた受難の道にするのは、説得力のある歴史的状況である。道中彼が、この社会が蒐集した宝の中から高価な古銭を路銀として貰ったということも、ただそのように理解できる。その古銭とは、表には死神が、裏にはひたすら沈思するメレンコリアが刻まれたアレゴリーであった。　[J58a, 2]

ボードレールの作品には星が出て来ないことから、仮象をもたない彼の抒情詩の傾向がきわめてよく理解できる。　[J58a, 3]

ボードレールのゴーティエに対する関係を解く鍵は、自分の破壊衝動には芸術に対しても、絶対的な制約などないのだという、後輩の方［?］の多少ともはっきりした自覚に求められるべきである。実際、そのような制約はアレゴリー志向に対しては無力である。

デュポンの実践に含まれている芸術概念批判に、それに劣らずラディカルな自分の側からの批判が対応していなかったならば、ボードレールがデュポン論を書くのも難しかっただろう。こうした傾向をボードレールはゴーティエを引き合いに出すことで取り繕おうとし、成功した。 [J58a, 4]

ソクラテスがアテネの市場で対話の相手にした暇人が、遊歩者という形で再び現われる、と言うことができよう。ただソクラテスはもういない。それに暇人に無為を保障する奴隷労働もなくなっている。 [J58a, 5]

街頭での売春について。性の禁じられた出現形態がボードレールの生涯と作品では重要な意味をもっているにもかかわらず、注目に値するのは、私的に書き残されたものでも、作品でも、売春宿が何の役割も果たしていないことである。売春宿に関しては、「賭博」〔『悪の華』「パリ風景」の章の詩で賭場の情景を描いている〕のような詩篇にあたるものがない。売春宿という名称は「優しい二姉妹」〔『悪の華』〕の中に一度出て来るだけである。 [J58a, 6]

〔[J59, 1]は原書になし〕

「群衆（メンゲ）」は、遊歩者に対して「大衆（マッセ）」を隠すヴェールである。　[J59, 2]

ユゴーの詩が〔交霊術の〕話すテーブルのモティーフを取り上げていることよりも、彼の詩が作られるのがいつもこのテーブルの前であったことのほうが、おそらく注目に値する。亡命中のユゴーには、予測できない形で迫ってくる幽界が読者の代わりになる。　[J59, 3]

アレゴリーに対するもともとの関心は言語的なものではなく、視覚的なものである。「イメージ、私の大きな、私の最初の情熱。」〔「赤裸の心」三八、ただし引用は正確ではない〕　[J59, 4]

当時の擁護者たちや文学史が芸術のための芸術（ラール・プール・ラール）に与えた仰々しい定理は、結局のところは感受性が詩の真の主題であるという命題にともかく行き着く。感受性はその本性からして苦悩するものである。もし感受性が性愛において最高度に具体化し、もっとも内容豊かに規定されるとすれば、感受性は、その美化に見合う絶対的な完成を、受難（パッシオーン）に見出すだろう。感受性こそ「美的な受難（パッシオーン）」という概念を定義するだろう。美的なるものという概念はここでは、キルケゴールの性愛研究が与えたのとまったく同じ意味で登場してくる。　[J59, 5]

芸術のための芸術（ラール・プール・ラール）の詩学は、『悪の華』の美的な受難に途切れることなく流れ込んでいる。　[J59, 6]

後光の紛失〔同題のボードレールの散文詩がある〕に真っ先に見舞われるのは詩人である。詩人はおのれ自身、市場に身を晒さざるをえない。ボードレールはそれにとくに気をつかった。彼の有名な虚言症はジャーナリズム的な策略であった。　[J59, 7]

ヴィヨが描いているようなパリの新しい殺風景さは、男性の服装の殺風景さと同様に、現代性（モデルネ）のイメージの中にその本質的な一要素として入り込んでくる。　[J59, 8]

韜晦はボードレールの場合、売春婦の嘘にも似て、一種の悪魔払いの魔術である。

[J59, 9]

ボードレールの場合、商品形態（フォルム）はアレゴリー的な直観形式（フォルム）の社会的内容として現われる。形式（フォルム）と内容は売春婦においてはいわばジンテーゼの形で一つになっている。　[J59, 10]

ボードレールは大量生産品のもつ意味を、バルザックと同じく明確に見抜いていた。ラフォルグの言うボードレールの「アメリカニズム」のもっとも強固な基盤がそこにある。彼は「紋切り型（ポンシフ）」を作ろうとしたのである。ルメートルはこれが成功したと彼に請け合っている。　[J59a, 1]

ボードレールの位置についてのヴァレリーの省察に関して。ボードレールが詩作において競争関係に直面したことは重要である。もちろん詩人たちの間でのライバル関係は大昔からある。しかし一八三〇年頃からは、開かれた市場でこのライバル関係に決着がつけられるようになった。手に入れるべきは、貴族や王侯や聖職者の保護ではなく、この市場だった。この条件は他の詩の形式よりも抒情詩にとって不利だった。抒情詩の様式や流派の解体は、市場が詩人の前に「読者」という形で開かれるようになったことの裏面である。ボードレールはいかなる様式にも頼らず、いかなる流派も持たなかった。個々人と対峙しているのだということは、ボードレールが真に発見したことの一つであった。　［J59a, 2］

『悪の華』は武器庫と見ることができる。ボードレールは詩篇のいくつかを自分よりも前に書かれた他の詩を破壊するために書いたのである。　［J59a, 3］

ボードレールほどパリでくつろげなかった者もいない。アレゴリー志向には事物とのど、い、い、のような親密さも無縁なのである。アレゴリー志向にとって、事物に触れるとは事物に暴力を加えることである。事物を認識するとは事物を見抜くことなのである。アレゴリー志向が支配するところでは、習慣は一切形成されえない。事物が捉えられた途端に、〔その事物が置かれている〕状況はアレゴリー志向によってすでに排除されてしまっている。事物にとってその状況が古くなって廃れる速度は、婦人服飾店主にとって新しいデザインが古び廃れる速度よりも速い。しかし古くなるとは、無縁なものになるということである。憂鬱(スプリーン)は現在の瞬間とたったいま過ごした瞬間との間に数世紀もの長い時間を置く。飽きることなく「古代」を作り出すのはこの憂鬱である。そして実際、ボードレールにおいて現代性（モデルネ）とは「最新の古代」にほかならない。彼の場合、現代性は、彼の感受性の対象に尽きるものではないし、何にもましてそうだというのでもない。現代性は、征服の対象なのであり、アレゴリー的見方という装備を備えている。　[J59a, 4]

古代と現代性（モデルネ）の間の照応ということが、ボードレールにおける唯一の構成的な歴史観である。この歴史観は、その硬直した枠組みのゆえに、あらゆる弁証法的歴史観を排除した。　[J59a, 5]

『悪の華』の序文草稿の「私にはそうしたものがあまりない」〔「『悪の華』序文草稿」というのは誤りで、「火箭」一一の中の文——〔J40, 4〕参照〕という文について。家庭を築くことがなかったボードレールは、その詩の中で親しい（ファミリエ）という語に深い意味と約束を含んだ響きを与えた。それはこれまでこの語にまったくなかった響きである。それは干し草を満載してゆっくり進んで行く荷車のようなもので、詩人は生涯にわたって諦めねばならなかったすべてのものをこの車に積んで納屋へ運んで行くのである。「万物照応（コレスポンダンス）」「〈旅行くジプシー〉」「妄執」〔いずれも『悪の華』〕参照。　[J60, 1]

「すべてが、おぞましい物までが、魅惑と化するところで」〔『悪の華』「小さな老婆たち」〕という箇所に関して、ポーにおける群衆の描写以上の好例を挙げることは難しい。 [J60, 2]

「……あの心の高貴な女中」〔『悪の華』の詩篇一〇〇（無題）〕という詩句について。予想に反して「あなたが嫉妬なさった……」という表現には、人が期待するようなアクセントは置かれていない。「嫉妬」からは声がいわば身を引いてしまう。今はもうはるか昔のことになってしまった。こうした状況のもろさがここに見られる。 [J60, 3]

「憂鬱」I〔『悪の華』の詩篇七五〕について。「死の運命〔mortalité――「死亡率」という意味にもなる〕」という語によって、都市がその統計局と文書係とともに憂鬱（スプリーン）の中に埋め込まれている、まるで判じ絵の中に埋め込まれているかのように。 [J60, 4]

売春婦はアレゴリーの勝利によって得られるもっとも高価な戦利品である――それは死を意味する生なのである。この性質は、売春婦から買い取ることができない唯一のものであり、ボードレールにとってはただそれだけが重要なのである。 [J60, 5]

芸術生産の諸条件は一九世紀中葉頃に変わった。変わったのは、芸術作品においては商品形態が、芸術の鑑賞者においては大衆という形態が、初めて深刻な形で幅をきかせるようになった点である。この変化にとくに敏感だったのは抒情詩である。このことは今世紀では紛れもないものになっている。ボードレールはまさにこの変化に対して一冊の詩集で応えたのだが、これが『悪の華』の比類のない特徴となっている。これが彼の生涯に見出される英雄的態度の最上の具体例である。　[J60, 6]

ボードレールの英雄的な態度はニーチェのそれに類似している。ボードレールはカトリシズムを好んで持ち出すとはいえ、彼の歴史的経験は、ニーチェが「神は死んだ」という言葉で捉えた経験である。ニーチェにあっては、この経験は「新しいことはもはや何も起こらない」というテーゼの中に宇宙論的な形で投影されている。ニーチェにあっては、アクセントは、人間が英雄的な平静さで待ち受ける永遠回帰に置かれている。ボードレールにとって問題なのはむしろ、英雄的な努力によって常に繰り返される同一なものから奪い取られるべき「新しいもの」である。　[J60, 7]

ボードレールが最初の一人として経験した歴史的経験は、それ以後、より一般的、より持続的になるばかりだった――彼はいわれなくマルクスと同世代だったわけではないし、マルクスの主著が出版されたのはボードレールが死んだ年である。資本は、一八四八年六月〔の虐殺〕において示した容貌を、その後さらにくっきりと支配者たちに刻み込んでいった。そしてボードレールの詩をわがものにすることの特別な困難は、ボードレールの詩に身を任せるたやすさの裏面である。ごく手短かに表現すれば、ボードレールの詩では何一つ いまだに古臭くなっていない。このことがボードレールの詩を扱っているたいていの書物の性格を規定している。それらは文芸欄（フィユトン）の拡大版である。 [J60a, 1]

ボードレールは、とくに最晩年に、自分の著作があまり成功しないのを目のあたりにして、ますます自分自身を売りに出した。彼は、自分の作品に自分自身をただ同然で投げ売りし、そうすることで、詩人にとって売春が不可避であるとみずから考えたことの正しさを、最後まで身をもって証明したのであった。 [J60a, 2]

ボードレールには、バロックの詩人たちの場合のように、おびただしい数のステレオタイプが見られる。 [J60a, 3]

アウラの衰退に関して、大量生産の中で一つ特に重要な意味をもつものがある。画像の大量複製がそれである。

[J60a, 4]

性的不能はボードレールの孤独を理解する鍵である。越えがたい溝が彼とその同類たちを隔てている。彼の詩句が語っているものは、この越えがたい溝なのである。

[J60a, 5]

そのあわただしい唐突な動きとともにポーに登場する群衆は、特にレアリスティックに描かれたものと考えるべきである。ポーの描写そのものがさらに高次の真理を含んでいる。そこでの群衆の運動は、自分たちの仕事にいそしんでいる人々の運動というよりは、彼らが動かす機械の運動である。ポーははるか将来を見通しながら、この機械のリズムを群衆の挙措や反応様式に与えたように思われる。いずれにせよ、遊歩者はこうした態度は共有していない。むしろ、遊歩者はそれに逆らう。そうしてみると、遊歩者の落ち着きは、生産過程のテンポに対する無意識の抵抗以外のなにものでもないことになる。

[J60a, 6]

（[D2a, 1]参照）

霧は孤独な者の慰めとして現われる。霧は孤独な者の周りにある深淵を満たす。 [J60a, 7]

ボードレールのアカデミーへの立候補は一つの社会学的な実験であった。 [J61, 1]

国民軍兵士マイユーから、ガヴロッシュを経て、《屑屋》、ヴィルロック、ラタポワルに至る一連の典型。〔マイユーと屑屋は画家トラヴィエスがつくり出した人物、ガヴロッシュは『レ・ミゼラブル』の浮浪少年、ヴィルロックとボナパルト派ラタポワルは、それぞれ画家ガヴァルニとドーミエがつくり出した人物。〕 [J61, 2]

ボードレールのアレゴリー的な見方は、同時代の誰からも理解されず、したがって結局はそもそも誰の気づくところともならなかった。 [J61, 3]

第二帝政の国家理性には、不意の布告やもったいぶった秘密主義、脈絡を欠いた非難やわけのわからないアイロニーなどがつきものであり、これらはナポレオン三世の特徴で

あった。それらはまたボードレールの理論的文章の特徴でもある。［J61, 4］

ヴィクトール・ユゴーにおける宇宙的な戦慄と、憂鬱（スプリーン）に陥ったボードレールを捉えたむきだしの恐怖との間にはほとんど似たところがない。ユゴーには、霊界が本当に我が家のように感じられたのだ。霊界は、彼の家庭生活の補完物であった。もっとも、その家庭生活にも恐ろしいことがなくはなかった。［J61, 5］

「秋の歌」〔『悪の華』の詩篇、二つの部分から成る〕Iの隠れた意味。秋は、「いまは秋！」というごく短い文で言及されるにすぎず、その次の詩句は、この季節が詩人にとって死の前触れの意味しかないことを語っている。秋は詩人に何の収穫ももたらさないのだった。［J61, 6］

施しを受ける者の態度をとることでボードレールは、ブルジョワ社会の具体的検証をたえず行った。彼の母親への依存は、自らの意志で続けたとはいわぬまでも、自らまねいたものであったが、それには、精神分析が力説する原因だけではなく、社会的な原因もある。［J61, 7］

迷宮は、どうしても目的地に着くのが早すぎてしまう人にとっては〔迷宮ではなく〕正しい道である。この目的地とは遊歩者にとっては市場である。
[J61, 8]

目的地に着くことを厭う者が辿る道筋は、とかく迷宮を描きがちである。［この目的地とは遊歩者にとっては市場である。］自分たちがどこへ行き着くかを知りたがらない階級も同じことをする。だからといってこの階級がこうした回り道を十分に楽しみ、そうすることで死の戦慄を快楽の戦慄で置き替えるということがないわけではない。第二帝政の社会の場合がそうであった。
[J61, 9]

ボードレールの関心をひいたのは、明白で短期的な需要ではなく、潜在的で長期的な需要である。『悪の華』は、彼がこうした潜在的で長期的な需要を正確に評価していたことだけでなく、さらには、こうした評価の的確さが彼の詩人としての重要性から切り離せないことも立証している。
[J61, 10]

売春は、大都市とともにはじめて、そのもっとも強力な魅力の一つをもつようになる。

それは群衆（マッセ）の中で、群衆によって生まれる効果である。この群衆こそがはじめて都市の広い地域に売春が広がることを可能にする。それまで売春は建物の中にではないにしても、街路のうちに閉じ込められていた。性的対象自身が及ぼす無数の刺激効果の中に初めて自らを同時に映しだせるようにしたのは、群衆である。ついでに言えば、金で買えるということそのものが性的刺激になりうる。この刺激はまた、女性の品揃えの豊富さによって女たちの商品としての性格が強められるに応じて増大する。のちのレヴューは、踊り子（ガールズ）たちにまったく画一的な衣服を着せて見せ物にすることで、大都市の住民の衝動生活に大量生産品をはっきりと導入したのである。

[J61a, 1]

実のところ、そんなことは一度としてなかったし、また決してありえないことだが、ブルジョワジーの支配がひとたび不動のものになってしまえば、歴史の栄枯盛衰は、結局子どもが手にしている万華鏡（カレイドスコープ）以上に、ものを考える者の興味を引けないだろう。万華鏡（カレイドスコープ）を回すたびに、秩序をもったすべてのものは崩れて新たな秩序をもつようになる。事実、支配階級が駆使する諸概念は常に、ある「秩序」の像が映し出される鏡だった。

[J61a, 2]

『天体による永遠』のなかでブランキは、進歩信仰に対するいかなる憎しみも示さなかったが、進歩信仰にひそかに嘲笑を浴びせてはいる。だからと言って、彼が自分の政治的信条を裏切ったのだとは決して言えない。ブランキという職業的革命家の活力は、進歩への信仰にではなく、もっぱら目下の不正を一掃しようという決断にのみもとづいているのだ。階級憎悪がもつなにものにも代え難い政治的価値はまさに、進歩についての空論に対する健全な無関心を革命的階級に植えつけるところにある。実際、怒りから今はびこる不正に反抗して立ち上がるのは、子孫の生活を良くするために立ち上がるのと同じく、人間にふさわしいことである。前者は、後者と同じように人間にふさわしいことであり、さらに前者の方がいっそう人間らしいことでさえある。この怒りと手をたずさえて進むのは、そのつど迫りくる破局から最後の瞬間に人類を救い出そうという決意である。ブランキの場合がそうであった。彼は「後で」起こることについての計画を立てるのをいつも拒んでいた。 [J61a, 3]

ボードレールは、もはやいかなる品位も与えられなくなった社会のなかで詩人の品位を要求せざるをえなかった。彼の立ち居振る舞いにどこか滑稽なところがつきまとうのは、そのためである。 [J62, 1]

ボードレールの人物像は、彼の名声と一体になっている。彼の生涯の物語は、小市民の読者大衆にとっては、エピナル版画、つまりは、挿絵入りの「好色漢の生涯」といったところである。こうしたイメージはボードレールの名声に大いに寄与した——とはいえ、このイメージを広めた人々で彼の友人になりたいと思った者はほとんどいなかった。しかし、このイメージにもう一つのイメージが重なっており、それは前者ほど一般に広まりはしなかったが、それよりもあとあとまで時代に影響を与えることになった。このイメージにおいては、ボードレールは美的受難（パッシオーン）の担い手として現われる。　[J62, 2]

キルケゴールにおいては美的人間は受難（パッシオーン）の運命にある。「もっとも不幸な者」（『あれか－これか』）を参照のこと。　[J62, 3]

エロスと性の古くからのいさかいを調停する、秘密の裁判所としての墓。　[J62, 4]

ボードレールにあって星々は、商品の判じ絵となっている。それら星々は大規模なかたちでの、同じものの永遠の繰り返しなのである。　[J62, 5]

ボードレールはヴィクトール・ユゴーやラマルティーヌのような博愛的理想主義は持ち合わせていなかった。また、ミュッセのような感情の歓喜も使いこなせなかった。彼はまたゴーティエのように自分の時代を楽しまなかったし、ルコント・ド・リールのように、時代に対してあだな望みをいだくこともできなかった。またヴェルレーヌのように敬虔へ逃避することも不可能であったし、ランボーのように、抒情的高揚という青春の力を、壮年への裏切りによってさらに高めることもできなかった。ボードレールは、仕事で情報通になればなるほど、自分の時代に対してなんとも頼りなげな逃げ口上を言うようになる。また彼が自分の時代の舞台のためにつくり出した大いなる悲劇役――つまり「現代人」という役――も最終的にはみずから演じる以外になかった。こうしたいっさいをボードレールは明らかに自覚していた。彼は奇矯な言動をしていい気になっていたが、この言動は、舞台の進行についていけない観客の前で演じねばならない俳優のそれである。この俳優はそれ〔観客がついてこられないこと〕を知っていて、自らの演技を通じてその知にそれなりの正当性を与えてやるのである。 [J62, 6]

心理の経済においては、大量生産品は強迫観念として出現する。［大量生産品への自然な需要というものはない。」神経症患者はこの強迫観念を自然の循環過程のなかへと、諸々の観念の隙間へと、むりやり注ぎ入れざるをえないのだ。　　[J62a, 1]

永遠回帰という思想は、歴史上のできごと自体を大量生産品へと変えてしまう。だが、この考え方はさらにまた、別の観点から見れば――あるいは、裏面から見ればと言ってもいいかもしれないが――それが突然現実味を持つようになった原因である経済状況の痕跡を帯びてもいる。危機の加速度的な襲来によって生活環境の安定性が著しく減じた瞬間に、この考え方が表明されたのである。永遠回帰の思想が輝きをもつようになったのは、永遠性が意のままにできるよりも短い期間で特定の状況が回帰することが、どんなことがあってももはやあてにできなくなったからである。日常生活の星めぐりが回帰することは、しだいにあてにできなくなりはじめていた。そうした回帰は次第に稀になり、それとともに、せいぜい宇宙の星めぐりで我慢する以外にないというぼんやりした予感が働きはじめることができるようになった。要するに、習慣がみずからのいくつかの権利を放棄しはじめたのである。「私は短期間の習慣を愛する」とニーチェは述べている。早くもボードレールは一生涯の間、確固たる習慣を作り上げることができなかった。習慣とは経験の装備品であり、体験がそれを解体するのである。　　[J62a, 2]

「自分のための休止符」の一節は倦怠を扱っている。それは次の文で終わる。「わが魂は死海のようである。どんな鳥もこの海を越えていくことはできない。死海は飛んでいる最中のこの鳥を没落と破滅の奈落に引きずり下ろす。」ゼーレン・キルケゴール『あれか - これか』I、イエナ、一九一一年、三三ページ。「私は月にもうとまれた墓場」「憂鬱」II〔『悪の華』の詩篇七六〕参照。 [J62a, 3]

メランコリー、高慢そして形象。「私の苦悩は私の城塞である。この城塞は鷲の巣のように山の頂にあり、雲の中に高く聳え立っている。誰もこの城を攻め落とすことはできない。この根城から私は現実の中に舞い降りて、獲物をつかみ取る。しかし私は低地にとどまることはない。獲物を私の城へと運び込む。私が獲物とするのは、さまざまな形象である。」ゼーレン・キルケゴール『あれか - これか』I、イエナ、一九一一年、三八ページ〔「自分のための休止符」〕 [J62a, 4]

キルケゴールにおける「美的」という術語の使い方に関して。彼によれば、子守の娘を雇うときには、人は「彼女が子どもたちをあやすのが上手かどうかという美的な観点をも」顧慮するものである。ゼーレン・キルケゴール『あれか－これか』I、イエナ、一九一一年、二五五ページ（「輪作」）　[J63, 1]

ブランキの旅。「田舎で退屈すると首都へ旅をする。祖国で退屈すると外国へ旅をする。ヨーロッパに倦きると、アメリカへ旅をするなどなど。星から星への終わることのない旅を続けたいという熱い希望のなかで人は生きている。」ゼーレン・キルケゴール『あれか－これか』I、イエナ、一九一一年、二六〇ページ（「輪作」）　[J63, 2]

倦怠。「倦怠の無限性は、無限に深い奈落の底をのぞきこんだときに起こる眩暈の無限性である。」キルケゴール『あれか－これか』I、二六〇ページ（「輪作」）　[J63, 3]

キルケゴールにおける美的人間の受難（パッシオーン）、および追憶による受難（パッシオーン）の根拠づけについて。「特に追憶は不幸な人間の本来的な要素である。……自らは幼年期を過ごしたことはないが、……幼年期の美しいものすべてを発見し、今や追憶の中に自分自身の幼年時代を探し求めて、たえずその空虚な過去を凝視するしかない人間を想像してみよう。こうした人間こそは真に不幸な人間のきわめて適切な例である。」ゼーレン・キルケゴール『あれ

か - これか』I、イエナ、一九一一年、二〇三―二〇四ページ(「もっとも不幸な者」) [J63, 4]

人類に対する嫌悪感を示すために、一冊の書物のなかで人類の顔に向かって唾を吐きかけてやろうとするボードレールの目論見は、キルケゴールのある箇所を思い起こさせる。それは、「あれか - これか」という言葉を、「ちょうどユダヤ人に向かって「ヘプ・ヘプ」(「イスラエルは滅びた」の意味で、19世紀の反ユダヤ主義で使われる)と罵声を浴びせるのと同じに、人類に向かってどなりつける間投詞」として使うのだと彼が白状している箇所である。キルケゴール『あれか - これか』II、イエナ、一九一三年、一三三ページ(「人格の完成に当たっての、美的なものと倫理的なものとの均衡」) [J63, 5]

時間の切断について。「美的実存は瞬間のうちにあるということ、これこそは美的実存のもっとも適切な表現である。美的生活が、途方もなく大きな動揺に晒されているのはそのゆえである。」キルケゴール『あれか - これか』II、一九六ページ(「人格の完成に当たっての、美的なものと倫理的なものとの均衡」) [J63, 6]

性的不能について。世紀(一九世紀)の中頃になると、市民階級は、自分たちが解き放った生産力の将来について考えるのをやめてしまう。(トーマス・モアやカンパネラは、市民階級の興隆を歓迎し、この階級の利害と、自由や正義への要求とが合致することを主張してきたが、今やそうした壮大なユートピアに対応するその現代版が生まれてくる。――つまりベラミーやモワランのユートピアである。こうしたユートピアの主要関心事は、消費とその刺激の修整である。)自分たちが動かしはじめた生産力の将来についてさらに考えようとするならば、ブルジョワジーはまず、年金という考えを捨てるべきだっただろう。「くつろぎ」は、世紀中頃のブルジョワがものを楽しむときの典型的な態度であるが、この「くつろぎ」なるものは、彼らの想像力のこうした衰退と密接に関連していて、「自分たちの手のなかで生産力が今後どのように発展していくべきかをまったく知らなくてよい」気楽さと一体を成している。――このことにほとんど疑いの余地はない。子どもを授かるという夢は、ものの道理が一新されて、子どもたちがいつの日かその新たな道理に従って暮らすか、将来その道理のために戦うべきだという夢に貫かれているのでなければ、貧弱な刺激剤にすぎない。子どもたちはいつの日か「よりよき暮らしをする」であろうという「よりよき人類」についての夢すらが、子どもたちがよりよき本性のもとに生きることになろうという夢と根本において同じものでないとしたら、シュピッツヴェーク〔画家。小市民の生活を皮肉とユーモアで描く〕的な幻想でしかない。

(この点にこそフーリエのユートピアの時効なき正当性がある。この正当性はマルクスも承認した[そしてロシアが実地に適用しはじめた]。) よりよき本性というこうした夢こそ人類の生物学的な力の生きた源泉なのであり、よりよき人類という夢は濁った池、コウノトリがそこから子どもを運んで来る濁った池にすぎない。子どもたちは原罪にもっとも近い被造物であるというボードレールのやけくそのテーゼは、後者に関するなかなか良い補足である。 [J63a, 1]

死の舞踏について。「現代の芸術家たちは中世のああした壮麗な寓意表現(アレゴリー)をおろそかにしすぎます。」Ch・B『作品集』Ⅱ、二五七ページ(『一八五九年のサロン』) [J63a, 2]

性的不能は男性の性にとって受難の道の基盤である。天使的な女性のイメージへのボードレールの思い入れも、彼のフェティシズムもこの性的不能に由来する。その際、「苦い大地が育むことがないような/甘美な女性の姿をでっちあげる」というケラー言うところの「詩人の罪」を、ボードレールが犯していないのは確かである。ケラーの女性たちはキマイラの甘美さを備えているが、ボードレールの描く女性の姿は簡明であり、したがってフランス的である。なぜなら、ケラーにあってはフェティシズム的な要素と天使的な要素とが常に出会うのに、ボードレールの場合にはそうではないからである。
[J64, 1]

「マルクスとエンゲルスは、観念論の絶対的な進歩信仰をもちろんのこと皮肉っています。（エンゲルスはカントが太陽系の将来の滅亡をそうしたように、フーリエもまた将来の人類の滅亡を歴史考察のなかに導き入れたことを賞賛しています。）この関連でエンゲルスは「人類の無限の改善能力についてのおしゃべり」をもからかっています。」一九三八年七月一八日グレーテ・シュテフィン宛ての〈ヘルマン・〉ドゥンカーの書簡
[J64, 2]

詩人の使命という神話的概念は、道具という世俗的概念を介して定義されねばならない。――偉大な詩人は自分の作品に対して決して純粋な生産者として対峙するのではない。彼は〔生産者であると〕同時に、消費者でもある。もちろん彼が自分の作品を消費するのは、読者とは反対に、刺激としてではなく、道具としてである。この道具としての性格は、交換価値には入りこみにくいある種の使用価値である。
[J64, 3]

「夕べの薄明」〔『悪の華』〕について。大都会は本当の黄昏を知らない。いずれにしても人

工照明が、黄昏から夜へのゆったりとした移行を大都市から奪ってしまう。同じ事情で大都市の空から星が遠のいていく。特に星の出にはまるで気づかなくなる。カントは「わが胸のうちには道徳律が、そしてわが頭上には星空が」と崇高なものを言い換えているが、こうした言い換えは、大都市の人間では思いも及ばぬことだったであろう。

[J64, 4]

ボードレールの憂鬱（スプリーン）は、アウラの衰退から生まれる苦悩である。「素晴らしい春も匂いがなくなってしまった〔！〕」〔『悪の華』「虚無の味」〕

[J64, 5]

アウラの衰退の経済的な主因は大量生産であり、社会的なそれは階級闘争である。

[J64a, 1]

ド・メーストルは野蛮人についてこう述べているが、これはルソーに対抗する省察である。「一瞬でも野蛮人を凝視すれば、その身体の外形にまで……呪いが刻印されているのが読みとれます。……そうした誠実な人種に重くのしかかったおそろしい手が、われわれの偉大さを示す二つの性質、すなわち先見の明と改善の可能性を彼らから消してしまうのです。野蛮人は、果実をとるために木を切ってしまうし、宣教師たちが預けたばかりの牛を犂からはずして、犂の材料の木を燃やして牛を煮てしまいます。」ジョゼフ・ド・メーストル『聖ペテルブルク夜話』アティエ社版、パリ、〈一九二二年〉、二三ページ（「第二夜話」）

[J64a, 2]

「第三夜話」で騎士〔『聖ペテルブルク夜話』の三人の対話者の一人〕はこう述べる。「私は、高くつくにしても、全人類を憤慨させるのにうってつけの真理を発見したいものです。そうしたらそれを全人類にだしぬけに告げるのですが。」ジョゼフ・ド・メーストル『聖ペテルブルク夜話』アティエ社版、二九ページ

[J64a, 3]

「とりわけ信用してはいけないのは、次のようなごくありふれた先入観です。……それは、ある本が大評判だということは、その本がたいへん広く、道理にかなって知られているということだと思い込むことです。まったくそうではないのです、これは間違いありません。大多数の人々は、ただ人の言うことをうのみにして判断するし、うのみにしかできないので、かなり少数の人がまず世論を定着させてしまうのです。そうした人たちが死ぬと、この世論がそのあとまで生きのびます。新しい本が出るともうそれ以外の

本を読む暇はなくなります。そしてやがては、そのように読む暇がなくなった本は、漠然とした評判に基づいて判断されるにすぎなくなります。」ジョゼフ・ド・メーストル『聖ペテルブルク夜話』アティエ社版、四四ページ（「第六夜話」）　[J64a, 4]

「大地全体は、たえず血を吸うのですから、巨大な祭壇にすぎず、そこでは、生きるものがすべて、事物が消費し尽くされるまで、悪が根絶されるまで、死が死ぬまで、果てしなく、際限なく、絶え間なく、生贄に捧げられなくてはなりません。」ド・メーストル『聖ペテルブルク夜話』アティエ社版、六二ページ（「第七夜話　戦争」）　[J64a, 5]

『聖ペテルブルク夜話』の登場人物たち。騎士はヴォルテールの影響を受けており、元老院議員は神秘主義者で、伯爵は著者自身の意見を代弁する。　[J64a, 6]

「ところでお二人は、神を遠慮もなく裁き、神にその意志の釈明を求める無礼な諸理論がこのように氾濫しているのはどうしてかご存知ですか。そうした理論は、学者と呼ばれるあの大軍団から生まれるのですが、われわれは今世紀この軍団を彼ら本来の地位に、つまり二義的な地位につなぎ留めておくことができなかったのです。かつては学者はごく僅かしかいなかったし、不信心なのはそのごく少数の内のごく少数だけでした。今日では、目にするのは学者ばかりです。これは職業であり、一群衆であり、一民衆です。そして彼らの間では、例外が、それだけですでに嘆かわしいのに、規則となってしまったのです。いたるところで彼らは、限りない影響力を独占しています。しかしながらこの世に確実なことがあるとしたら、それは、私の考えでは、人間たちを導くのにふさわしいのは学問ではないということです。必要なものの何一つとして学問に委ねられてはいません。気が狂ったのでもなければ、神が、諸アカデミーに、神とは何であるのか、そしてわれわれは神に何を負うのかをわれわれに教える使命を授けたのだとは信じられないでしょう。保守的な諸真理の受託者にして擁護者たるにふさわしく、諸国民に善悪とは何か、道徳的精神的な次元で真偽とは何かを教えるにふさわしいのは高位聖職者、貴族、国家の高官たちです。他の者たちには、この種の主題について論ずる権利はありません。その者たちが楽しむには、科学があります。何に不満があるというのでしょう。」ド・メーストル『聖ペテルブルク夜話』アティエ社版、パリ、七二ページ（「第八夜話」）

[J65, 1]

裁判手続きについて。「回教法のもとでは、当局は、罰に値すると判断した人物を、捕らえたら即座に罰し、死刑に処しさえします。そしてこうした即座の刑の執行は、これを盲目的に賛嘆する者がいないわけではなかったが、にもかかわらず、これらの民が愚鈍で、神に見捨てられていることの多数の証拠の一つです。われわれの間では手順はまったく異なります。犯人は逮捕され起訴される必要があり、自己弁護し、特に自分の良心と自分の犯行のことを考える必要があり、彼を死刑にするための装置の準備をする必要があり、それに、すべてを考慮に入れるなら、決まった刑の執行場所へ彼を連行するまでに一定の時間が必要です。死刑台は祭壇なのです。したがってその設置や移動ができるのは当局だけです。そしてこのように手続きがのろいのは、相当に極端だし、これをやみくもに中傷する者がやはりいないわけではないのですが、われわれの優位性の証拠であることに変わりはありません。」ド・メーストル『聖ペテルブルク夜話』アティエ社版、パリ、七八ページ(「第一〇夜話」) [J65, 2]

ド・メーストルにあっては、神は恐ろしい神秘〔mysterium tremendum〕として現われる。 [J65, 3]

「第七夜話　戦争」には、「戦争は神聖である」という表現で始まる一連の文がある。

それらの文の内でもっとも突飛なものの一つはこうだ。「戦争は、名将たちには、この上なく向こう見ずな名将たちにさえも神の加護が与えられているという面で神聖です。名将たちは、戦闘で弾が当たることがほとんどないのです。」『聖ペテルブルク夜話』六一―六二ページ　[J65a, 1]

ボードレールにあっては、死の破壊的性格と牧歌的性格、血なまぐさい性格と鎮静的性格とのあいだに、潜在的な緊張関係が存在している。　[J65a, 2]

ユーゲントシュティール的表現は、ボードレールにあっては、まだ進歩的と呼びうる。　[J65a, 3]

「血まみれになった、《破壊》の道具立て」〔『悪の華』「破壊」〕とは、アレゴリーの作業場である。　[J65a, 4]

一九世紀の折衷主義〔Historizismus〕こそは、ボードレールによる現代性（モデルニテ）の探求がくっきりと浮かび上がってくる背景である。（ヴィルマン、クーザン〔それぞれ19世紀仏の文学史

家、折衷主義哲学者〕）　　[J65a, 5]

歴史的な仮象は、それが存在するかぎりは、最後の避難所としての自然のなかに住み続けることであろう。歴史的仮象の最後の集光鏡である商品がその勝利を祝うのは、自然自身が商品としての性格を帯びる場合である。自然が帯びる商品としてのこうした仮象は、まさしく売春婦に体現されている。「お金は肉欲をそそる」と言われるが、この慣用句自体は、売春をはるかに越えた広範な事態の輪郭をきわめて大まかに表現したものでしかない。商品のフェティッシュの支配下では、女性のセックス・アピールは、多かれ少なかれ商品の魅力(アピール)で染まっている。ヒモにとって自分の女は彼が市場で売る「モノ」であってみれば、ヒモと彼女との関係が、市民層の性的想像力を強烈に刺激したのもいわれのないことではない。現代の広告は、女の誘惑と商品の誘惑がいかに融合しうるかを、ある側面から示している。それまで性は——社会的には——生産力の未来に関する想像力によって動員されていたが、今や資本力の想像力によって動員されるようになった。　　[J65a, 6]

新しいものがどういったものであるかをもっともよく教えてくれるのは、おそらく遊歩者であろう。独自の運動をし、独自の魂を宿した群衆という仮象こそは、遊歩者の新しいものへの渇望を癒すものである。実際のところ、この集団は仮象以外のなにものでもない。遊歩者が享受するこの「群衆」は、七〇年後に民族共同体〔ナチズムを示唆している〕が流し込まれる鋳型なのである。自分が目覚めていること、そして一匹狼であることを自負している遊歩者は、その後に何百万人もの目を眩ませた虚像の最初の犠牲者であったという点でも、同時代者に先んじていた。　**[J66, 1]**

ボードレールは、商品の経験にアレゴリーの経験を規範としてあてることで、商品の経験を理想化している。　**[J66, 2]**

追憶に照応（コレスポンダンス）を提供するのが想像力であるならば、追憶にアレゴリーを捧げるのは思考である。追憶は想像力と思考を引き合わせる。　**[J66, 3]**

新たな製造方式はさまざまな模造製品を生み出すことになるが、それとともに仮象が商品のうちに現われることになる。　**[J66, 4]**

自然の照応(コレスポンダンス)の理論と、自然の拒否とのあいだには矛盾がある。印象が追憶の中で体験から切り離され、その結果として印象の中に閉じ込められていた経験が解放され、アレゴリーの基盤へと組み込まれることができるようになって、この矛盾は解消する。 [J66, 5]

ゲオルゲは、「憂鬱〔spleen〕と理想〔idéal〕」を「憂愁〔Trübsinn〕と精神化〔Vergeistigung〕」と訳し、それによってボードレールにおける理想の本質的な意味を言い当てている。 [J66, 6]

メリヨンにはパリの威厳と脆弱さがよく出ている。 [J66, 7]

大都市で売春がとった形態のもとでは、女性はただ商品としてだけでなく、明確な意味で大量生産品として現われる。〔売春婦が〕個人的表情を覆い隠して装うその職業的表情が化粧品の所産であることからも、このことはうかがわれる。後に、お揃いの衣装を着たレヴューの踊り子(ガールズ)たちがこうした事態をさらに強調することになる。 [J66, 8]

進歩に対して敵対的な態度を取ったことが、ボードレールが自分の詩においてパリを征服しえた不可欠の条件だった。彼の詩に比べれば、後の大都市の抒情詩は、どれも弱いという印象をまぬがれない。そうした抒情詩には大都市という主題に対する留保が欠けている。ボードレールがそうした留保をもちえたのは、その進歩に対する狂気じみた敵意のおかげであった。 [J66a, 1]

ボードレールにあっては、パリは古代の象徴となっていて、パリの群衆が現代(モデルネ)の象徴となっているのと対照をなす。 [J66a, 2]

『パリの憂鬱』について。三面記事は、大都会の群衆をボードレールの想像力のなかでふくらませる酵母である。 [J66a, 3]

憂鬱(スプリーン)は、永久に続く破局に相応する感情である。 [J66a, 4]

プロレタリアートが大都会でする経験はきわめて特殊なものである。大都会において多くの点でそれと似た経験をするのは亡命者である。 [J66a, 5]

遊歩者にとって、自分の町は——たとえ彼が、ボードレールのように、そこで生まれた場合でも——もはや故郷ではない。自分の町は遊歩者にとって一つの舞台なのである。 [J66a, 6]

ボードレールは売春婦についての詩を売春婦の側から書いたことは一度もない。（これと対照的なブレヒト『都市生活者のための読本』五を参照。） [J66a, 7]

〔ボードレールによる〕一八五一年のデュポン〔の『歌と歌謡』〕への序文。〔ボードレールによる〕一八六一年のデュポン論。 [J66a, 8]

呪われた者の性のあり方（エロトロジー）——ボードレールのそれはこう呼んでもいいであろう——においては、不妊と性的不能が決定的な与件である。この両者だけが性における残酷でいかがわしい衝動の契機に、純粋に否定的な性格を与える。ということは、この衝動の契機が純粋に否定的な性格を失うのは、生殖行為の場合と、生涯にわたる関係（要するに結婚）の儀式の場合である。こうした長期的観点でつくり出された現実——子ども、結婚

――は、もしも人間のこの上なく破壊的なエネルギーがこうした現実の構築に関与しないとしたら、長続きする保証はいささかもないだろう。そのようにつくり出された現実の堅牢さにそうした破壊的エネルギーが寄与する度合は、他の多くのエネルギーより低いどころか、より高いのである。しかしそうした現実がこうした寄与によって正当化されるのは、これが現代社会における人間の決定的な衝動の動きに資するものとして一般的に現われうる場合だけである。 [J66a, 9]

結婚の社会的価値は、決定的にその継続性による。というのも、この継続性のうちには、配偶者相互の最終的で決定的な、しかし生涯のあいだ先送りされる「対決」の観念が潜んでいるからである。配偶者同士は、結婚が続いているかぎりは、つまり基本的には生涯にわたって、この対決を免れるのである。 [J67, 1]

商品とアレゴリーの関係。歴史的仮象の自然な集光鏡としての「価値」は「意義（ベドイトゥング）」を凌駕している。価値という仮象の方が解消しがたい。ところで、この価値という仮象はもっとも新しい仮象である。商品のフェティッシュ的性格はバロック期においてはまだ比較的未発達であった。また商品は生産過程にその烙印（スティグマ）――つまり生産者たちのプロレタリア化——をそれほど深く捺していなかった。だからこそ一七世紀においてはアレゴリー的見方は様式を形成したのに、一九世紀においてはもはやそうではなくなったのである。ボードレールは寓意家(アレゴリカー)としては孤立していた。彼は商品の経験をアレゴリー的経験へと還元しようと試みた。これは挫折せざるをえなかった。そしてその際に明らかになったのは、彼の目論見の容赦のなさは、現実の容赦のなさにはかなわなかったということである。彼の作品の一つの特徴がこれに由来する。つまり、彼の作品が病的もしくはサディスティックな感じを与えるのは、その照準が——たとえほんのわずかにせよ——現実からずれたからにすぎないのである。 [J67, 2]

宵闇の到来とともにミネルヴァの梟が(ヘーゲルとともに)その飛翔を始めるが、その同じ歴史的な宵闇の到来とともに松明も消えて、エロスは(ボードレールとともに)、誰もいない床のかたわらで、かつての抱擁を思い起こす。 [J67, 3]

瓦礫に固執するようなアレゴリーの経験は、本来は永遠のはかなさの経験なのである。 [J67, 4]

労働が売春になる瞬間に、売春は「労働」として認めてもらうことを要求できる。実際に、浮かれ女（ロレット）こそは、愛人としての仮装をきっぱりと放棄した最初の女である。すでに彼女は、自らの時間に対して金を支払わせる。そこから、「労働賃金」を要求する人々まではもうほんのちょっとである。

［J67, 5］

ユーゲントシュティールにおいては、自然と技術を絶対的な対立項として対峙させる市民的な傾向がすでに作用している。後に未来派は、技術に破壊的で反自然的な響きを付与した。ユーゲントシュティールには、このような方向に作用する定めを持った諸力が生まれつつある。技術の発展によって呪縛され、いわば脱自然化された世界という考え方は、ユーゲントシュティールの多くの作品に働いている。

［J67, 6］

売春婦は自分の労働力を売っているのではない。ところが彼女の商売には、自分の楽しむ能力を売っているのだというフィクションがつきまとっている。楽しむ能力を売るというのは、商品の外延が経験しうる最大限の拡大であるのだから、売春婦は昔から商品経済の先駆者であったわけである。しかし、昔は商品性格が未発達であったので、売春婦のもつこの側面は、後の時代のようにどぎつく浮かび上がる必要はけっしてなかった。

実際にたとえば、中世の売春には、一九世紀では当たり前のことになった売春のどぎつさはなかった。 [J67a, 1]

紋章（エンブレム）と広告画との緊張関係から、一七世紀以来、物の世界にどのような変化が起きたかを推し測ることができる。 [J67a, 2]

ボードレールには嗅覚への強いこだわりがあったようだが、おそらくそうしたこだわりがフェティシズムをつくりだしたのであろう。 [J67a, 3]

生への嫌悪（タエディウム・ウィタエ）に入り込んで、これを憂鬱（スプリーン）へと変える新しい酵素が自己疎外である。
[J67a, 4]

内的生活の空洞化。反省〔Reflexion〕は、ロマン主義では、〔輪になって遊ぶ〕遊戯のように、生の空間をどんどん大きな輪に広げもし、どんどん小さな範囲に狭めもしたが、そうした反省の無限後退のうちで、ボードレールにも残っているのは、「自分自身との暗鬱で澄みきった差し向かい」〔『悪の華』「救われ得ぬもの」〕だけである。それを彼は、古びたトランプのハートのジャックとスペードのクィーンとの会話〔『悪の華』の詩篇七五「憂鬱（スプリーン）」〕のイメージで思い浮かべている。後にジュール・ルナールは次のように述べている。「彼の心（ハート）は……トランプの真中のハートのエースよりも孤独だ。」 [J67a, 5]

アレゴリー的なイメージの空想と、ハシッシュの陶酔のなかで思考の意のままになるイメージの空想との間にはきわめて密接な関係があるようだ。後者においては、さまざまな創造的守護神が働いている。メランコリー的な沈潜という守護神もいれば、アーリエル〔中世の寓話の空気の精〕的霊性という守護神もいる。 [J67a, 6]

「殉教の女」〔『悪の華』〕は、「破壊」〔同〕のすぐあとに置かれていることから、両者間のさまざまな関係が明らかになる。この殉教の女には、アレゴリー的意図が働いている。つまり殉教の女はばらばらに切り刻まれてしまっているのである。 [J67a, 7]

「恋人たちの死」〔『悪の華』〕では、照応（コレスポンダンス）がアレゴリー的意図という縦糸を一切いれずに織物を織っている。――人間の顔に浮かぶ雲の形としての――すすり泣きと微笑みがその〔二つの〕三行詩節で出会う。ヴィリエ・ド・リラダンは――ボードレール宛てに書

いている〔一八六一年春の手紙〕ように――この詩にボードレールの音楽理論が使われているのに気づいた。 [J67a, 8]

「破壊」〔『悪の華』〕の中の悪魔に関する表現。「私は……そいつが私の肺を焼き／それを永遠の罪深い欲望で満たすのを感じる。」欲望の居場所としての肺とは、欲望が満たされないことを、およそ考えられる限りもっとも大胆に言い換えたものである。「祝福」〔『悪の華』の詩篇。正しくは「読者へ」〕の「見えない河」という表現を参照。 [J68, 1]

ボードレールのすべての詩作品の中で、「破壊」ほどアレゴリー的意図を容赦なく表現したものはない。悪魔が詩人に見るようにとせまる「血まみれになった、〔破壊の〕道具立て」とは、アレゴリーの作業場である。つまり、そこには道具が散らばっていて、それを使ってアレゴリーは物の世界を、その断片しか残らなくなるまで歪め傷つける。その断片は、アレゴリーの沈思の対象となる。詩はだしぬけに終わる。その詩そのものが――ソネットとしては二重の意味で驚くべきことだが――断片的なものという印象さえ与えるのである。 [J68, 2]

「屑屋の酒」(『悪の華』)をサント＝ブーヴの「このカブリオレ馬車の中で」(『慰め』)、パリ、一八六三年、II、一九三ページ)と比較すること。

「広場のこのカブリオレ馬車の中で私は観察する、
私を運んでくれる男を。これはもう機械にすぎない、
醜く、髭が濃く、長い髪はべたついて、
不品行と酒と眠気がその酔った眼に溢れている。
どうしてこのように人は落ちぶれることができるのか、と私は思うのだった。
そして後ずさって席の反対の隅へ移ったのだ。」

サント＝ブーヴはこれに続いて、自分の魂が御者の魂と同じようにすさんでいるのではないかと自問している。ボードレールは、一八六六年一月一五日のサント＝ブーヴ宛て書簡でこの詩篇に触れている。

[J68, 3]

屑屋は人間の貧困をもっとも挑発的に表現する人物である。彼はぼろ(ルンペン)を身にまとい、屑(ルンペン)を扱うという二重の意味で、ルンペンプロレタリアである。「ここに、首都の一日の屑を集める任務を負うた男がいる。大都市が捨てたもの、浪費したもの、ないがしろにしたもの、壊したものをすべて、彼は類別し、蒐集する。彼は、放蕩の古文書を、廃

棄物の堆積を閲覧する。区分けをし、賢明な選別を行うのだ。彼は、守銭奴が財産を集めるように、ごみを集めるのだが、そのごみは、《産業》の女神によって嚙み直されて、実用品や享楽品となるのである。」〔「葡萄酒とハシッシュについて」『作品集』I、二四九―二五〇ページ〕屑屋を描いたこの一八五一年の散文の描写からわかるように、ボードレールは屑屋に自分の姿を認めている。詩篇〔「屑屋の酒」〕では、〔屑屋と〕詩人との類似性がさらにもう一つ挙げられており、しかもここではこの類似性が〔「詩人のように」という表現で〕直接言及されている。「屑屋が一人やって来るのが見える、詩人のように／首を振ったり、つまずいたり、壁にぶつかりながら、／しかも、密偵(いぬ)どもには、家来あつかいで気にも留めず、／栄光ある計画を存分に述べ立てる。」〔『悪の華』「屑屋の酒」〕　[J68, 4]

「屑屋の酒」が書かれたのが、ボードレールが有用な美の立場をとると明言した頃であったことを裏づける資料はかなりある。（この点についてこれ以上詳細なことはわからない。というのもこの詩は単行本で刊行された『悪の華』で初めて陽の目を見たからである〔この詩篇には三群のヴァリエーションがあり、『悪の華』に収められたのは第三群に属するが、この第三群に関するかぎりこの記述はほぼ正しい〕。――「人殺しの酒」はまず一八四八年に発表された――『酒屋のこだま』紙にである！）屑屋の詩は、ボードレールの反動的な告白を激しく否認している。詩人〔ボードレール〕についての文献は、この詩篇を見過ごしてしまっている。〔ボードレール関係の最初の書誌であるラ・フィズリエールとドゥコーによる書誌（一八六八年）に、一八四八年の「人殺しの酒」の発表に関する記述がないことを指すと思われる。〕

[J68a, 1]

「信じていただきたい、関の酒〔入市税のかからない酒を飲ませる酒屋が、パリの入市税関の外に多数あった〕が、政府の屋台骨が揺るがされるのを大いに防いだのである。」エドゥアール・フーコー『発明家パリ――フランス産業の生理学』パリ、一八四四年、一〇ページ

[J68a, 2]

「屑屋の酒」に関して。「おれたちはちっとは金がある、／ピエールよ、騒がにゃなるめえ。／おれかい、そりゃあ、月曜はいつも／はしごがしたいのさ。／安く飲めるところを知ってるぜ、／そりゃなかなかのもんだ、／繰り出して楽しもうぜ、／関へと繰り出そう。」H・グルドン・ド・ジュヌイヤック『一八三〇年から一八七〇年までのはやりうた』パリ、一八七九年、五六ページ

[J68a, 3]

トラヴィエスは、屑屋の典型をよく描いた。　[J68a, 4]

「酒の魂」にプロレタリアートの息子が、「このかよわい人生の闘技者」という表現で登場する——現代と古代とのきわめてみじめな照応。(モデルネ)　[J68a, 5]

時間の切断について。「恋人たちの酒」(『悪の華』)の隠れた構成は、後のほうでようやく、この詩に語られている状況に思いがけない光があてられるというところにある。つまり恋人たちが葡萄酒で酔おうと言っているのは、朝酒のことなのだ。「水晶のように青く澄んだ朝に」とあるのは、この一四行詩の第七行目である。　[J68a, 6]

恋人たちが「利口な渦の／翼に乗ってゆったりと揺れ」(「恋人たちの酒」)るという表現にフーリエの影響を見たくなる。シルベルランの『ファランステール社会学辞典』(パリ、一九一一年、四三三ページ)には、次のような記述がある。「諸惑星がちょうど一分で数十億里まわるほど計算された動き方をする惑星界の渦は、われわれから見れば、物質の運動に神の正義が働いている証拠である。」(フーリエ『具体論あるいは実証論』三二〇ページ)〔シルベルランは、この記述の直前に、フーリエが、後に「ファランジュ」と名づける協働体を、

初めは「渦」と呼んでいた旨を記している。」 [J68a, 7]

ボードレールは、構築するのがほとんど不可能と思えたはずのところに詩節を築き上げた。たとえば、「レスボス」〔『漂着物』に収められた禁断詩篇の一つ〕第六節では「別天地の空のほとりにおぼろげに垣間見た／輝くばかりの微笑によって、われわれからはるか遠くへと惹き寄せられる／望み高き心をもつ人々……！」といった具合だ。 [J68a, 8]

雲の冒瀆に関して。「昼日中というのに私の頭上に降りて来るのが見えたのは／不吉で、嵐を孕んだ雲、／その上には極道の魔物の一団が乗っていた。」〔『悪の華』「ベアトリーチェ」〕――このイメージは、メリヨンの銅版画に直接由来するとも考えられる。 [J69, 1]

フランスの詩では、大都市がもっぱらその住民を直接描くことによってのみ表現されることは極めて少ない。シェリーのロンドンを扱った詩では、比類ない力量でそれがなされている。（シェリーのロンドンは、ボードレールのパリよりも人口が多かったのではなかろうか。）ボードレールには、シェリーに似た見方の痕跡はわずかしか眼につかないが、実際には数多くある。しかし、たとえば「憂鬱」Ⅰ〔『悪の華』詩篇七五〕のように、大都市がその住民から何をつくりだすのかという点にもっぱら視線をあてて、ボードレールが大都市を描いている箇所はわずかである。この詩の隠れた内容とは、魂を奪われた大都市の大衆と絶望的なほど空疎にされた個人の存在が相互に補い合う関係になっているさまなのである。前者を表わしているのが、墓地と場末（フォーブール）――都市住民の大群衆――であり、後者を表わしているのが「ハートのジャックとスペードのクィーン」である。 [J69, 2]

大都市の絶望的な脆さは、「憂鬱」Ⅰの第一節でとりわけ明瞭に物語られている。 [J69, 3]

『悪の華』の序にあたる詩篇〔「読者に」〕で、ボードレールはまったく異例なやり方で、読者に語りかけている。彼は読者といかがわしい付き合いをしようというのである。もっとも楽しい付き合い方でというわけではない。ボードレールは徒党を組むかのように、読者を自分の周りに集めるのだとも言えよう。 [J69, 4]

空疎に過ぎ去る時間の意識と、生への嫌悪（タエディウム・ウィタエ）は、メランコリーの歯車装置を動かし続ける二つの錘である。その意味では、「憂鬱と理想」の詩群の最後の詩篇と「死」の詩群は、たがいにぴったりと呼応し合っている。　［J69, 5］

詩篇「時計」（『悪の華』）では、アレゴリー的処理がとくに徹底している。さまざまな寓意（エンブレム）の階層序列のなかで特別な地位を占める時計を中心にして、快楽、今、時間、偶然、美徳、後悔が集まっている。（空気の精（シルフィード）については、「取り返しえぬもの」（『悪の華』）に出て来る「平凡な劇場」を、また「宿」については、同じく「取り返しえぬもの」の中の「宿」を参照。）　［J69, 6］

「感応する恐怖」（『悪の華』）の「この奇怪な鉛色の空」はメリヨンの空である。　［J69, 7］

時間の切断、特にポーの「モノスとウナの対話」に出て来る「時計」に関して。「私の頭脳の中に**あの何か**が発生したように思えるのだ。いかなる言葉をもってしても、単なる人知には、それの漠然とした概念さえ伝えられない。それを精神の振り子の振動と定義することを許していただきたい。それは、人間の、**時間**に関する抽象観念の精神的な具象化だった。……かくして私は、暖炉の上の置き時計や、そこにいる者たちの懐中時計の不規則性を測定した。それらの時計の音が私の耳一杯に鳴り響いていた。正しい基準から少しでも狂っていると……ちょうど、生者たちに混じっている場合、抽象的真理に違反することが私の道徳観を傷つけるように、それは私の気に障るのだった。」〔エドガー・アラン・ポー『続・異常な物語集』〈パリ、一八八六年〉、三三六―三三七ページ〕この記述は、人が憂鬱(スプリーン)の中で委ねられる時間の流れの完全な空虚さに関する比類なく重要な婉曲表現にほかならない。　[J69a, 1]

「……ひとたび地平に／逸楽にみちた夜が昇って来て、／すべてを、飢えさえも、和らげ、／すべてを、恥さえも、消し去ると。」〔「一日の終わり」〔『悪の華』〕〕――これは、大都会の夜空に起こる社会紛争の稲びかりである。　[J69a, 2]

「……わが夜な夜なを飾るものよ、君が、／私の両腕と青い無限の広がりとを隔てる距離を、／皮肉に広げると見えれば見えるほど。」〔「……にも等しく君を崇める」〔『悪の華』の詩篇二四（無題）〕〕これに関して。「天体を映すべく作られたとオヴィディウスが信じた人間の顔は、もはや狂暴の表情しか語ら(?!)ないか、死んだように弛緩する。」〔『作品集』Ⅱ、六二八ページ、「火箭」3〔台紙番号も三、(?!)はベンヤミンによる加筆〕〕　[J69a, 3]

ボードレールの作品におけるアレゴリー的なものを考究する場合に、バロック的な特徴に注目するあまり、中世的な特徴を見逃してしまうのは、間違っている。中世的な特徴をやさしい言葉で言い換えるのは難しい。〔ボードレールの作品の〕特定の箇所、特定の詩篇〔「オノレ・ドーミエ氏の肖像のための詩句」「警告者」「耕す骸骨」〔初めの二篇は、それぞれ『漂着物』および『悪の華』の詩篇、その後の一篇は、『悪の華』第三版に加えられた詩篇〕〕が、意味を盛り込まれすぎた他の箇所や詩篇と、意味深長にして飾り気がないという点で著しい対照をなしているということを思い起こしてみれば、中世的な特徴をもっともよく捉えることができる。これらの箇所や詩篇に、フーケ〔16世紀のフォンテーヌブロー派の画家〕の肖像画に見られるような表情を与えているのは、露出である。　[J69a, 4]

地球に向けられたブランキ流の眼差し。「私は高みから、地球が丸いのを眺めるが、／身をひそめるあばら屋を、もうそこに探しはしない。」〔「虚無の味」〔『悪の華』〕〕詩人は宇宙空間に居を定めたのである。――深淵に居を定めたとも言える。　[J69a, 5]

様々な表象が、憂鬱質（メランコリカー）の人物の傍をゆっくりと、行列のように通り過ぎていく。この症候群に典型的なイメージは、ボードレールではあまり頻繁には見られない。そうしたイメージが見られるのは、「感応する恐怖」である。「喪に服した汝の巨大な雲の群れは／私の夢たちの霊柩車。」 [J70, 1]

「いくつもの鐘が、突然、たけり狂って飛びかかり
空に向けておそろしい唸り声を放つ。」（「憂鬱」Ⅳ（『悪の華』の詩篇七八））
鐘の襲撃を受ける空とは、ブランキの思索が展開する空だ。 [J70, 2]

「涯てしない生の
書き割りの向こう、深淵の一番暗いところに、
私にはもろもろの異様な世界がはっきりと見える。」（「声」（『漂着物』））
これは、『天体による永遠』の諸世界だ。「深淵」（『悪の華』第三版に加えられた詩篇）の「あらゆる窓越しに、私に見えるのは無限ばかり」を参照。 [J70, 3]

「救われ得ぬもの」に、ムケがボードレール作と見ている詩篇「雨の日」を引き寄せて解釈すると、ボードレールの創作意欲を刺激しているのは、自らが深淵に委ねられてい

るという感情であることが、そして、どこにその深淵が口を開けているのかということがすっかり明らかになる。「セーヌ河」が出て来ることから、「雨の日」の舞台がパリだと判断できる。そこには次のような表現がある。「きつい臭気を帯びた霧の中に／人々は、黒っぽい爬虫類のように隠れて、／何も見えないのに、自分の能力に自惚れて、／苦労して地面を一歩一歩滑り進む。」（『作品集』I、二一二ページ）「救われ得ぬもの」では、次のように、こうしたパリの街路のイメージは、詩篇の末尾〔正確には二部構成の詩篇の第一部最終節〕で「諸々の明白なしるし（エンブレム）」と呼ばれている、深淵のあのアレゴリー的幻覚の一つとなったのである。「呪われた男が一人、ランプもたず降りてゆく、／……深い穴のへりを……／そこにはぬるぬるした怪物どもが見張りをしていて、／その大きな眼が燐光を発すれば／闇は一層暗くなる。」（『作品集』I、九二―九三ページ）

[J70, 4]

クレペは、詩篇「救われ得ぬもの」が示す寓意（エンブレム）の目録に関して、『聖ペテルブルク夜話』の一節を引いている。「人が一度しか渡らないあの川、いつも水を入れているのにいつも空なあのダナイデスの樽、いつも禿鷹に啄まれているのにいつも生き返るティテュオスの肝臓……はことごとく雄弁な象形文字であり、これらを誤解することはありえな

い。」〔［J43a, 10］にまったく同じ引用〕　［J70, 5］

垂直に腕を上げた祝別の身振りは、フィドゥス〔19―20世紀の建築家、モダン・スタイルのデザイナー、フーゴ・ヘッペナーの偽名〕の場合にあっては〔ツァラトゥストラにおいてもそうか？〕――重みを支える人の身振りである。　［J70, 6］

〔『悪の華』第二版〕エピローグ草稿から。「君の魔法の舗石は積み上げられて砦となり、／異様な誇張（バロック）が得意な小物の雄弁家たちは、／愛を説き、それから、血でいっぱいの君の下水は、／いくつものオリノコ河のように地獄に呑み込まれ。」〔『作品集』〕I、二二九ページ）　［J70a, 1］

「祝福」〔『悪の華』〕は、詩人の生涯を受難（パッシオーン）として描いている。「彼は……歌いながら十字架の道に陶酔する。」この詩篇には、ところどころ、アポリネールが『虐殺された詩人』の中で、怒り狂った俗人どもに詩人たちが皆殺しにされるところを描写した際の幻想をほのかに思わせるところがある。「そして彼の明晰な精神の広大な閃光のために／彼には民衆が激怒している様が見えない。」　［J70a, 2］

人類に向けられたブランキ流の眼差し（それは同時に宇宙的観点を展開している、ボードレールとしては稀な詩句の眼差しでもある）。「《天》！　目に見えない巨大な《人類》が／煮えたぎる大鍋の黒い蓋〔！〕」（「蓋」〔『悪の華』第三版に加えられた詩篇〕）
[J70a, 3]

「親しげな眼差し」（『悪の華』の詩篇「万物照応（コレスポンダンス）」にこの表現がある）（それはある種の肖像画の視線にほかならないものであり、ポーを思わせる）に特有なのは、何といっても回想である。
[J70a, 4]

「天国で取り入れが行われるあの荘厳な夕べには」（「思いがけぬこと」〔『漂着物』〕）――秋の昇天。
[J70a, 5]

「彼らを愛でる大地の女神（キュベレー）が地の緑をさらに茂らせ」（『悪の華』「旅ゆくジプシー」）――ブレヒトの名訳では「彼らを愛でる大地の女神（キュベレー）が一層の緑を与え」となっている。ここには、有機的なものの昇格がある。
[J70a, 6]

ブランキの幻想に当たるものは、ボードレールにおいては《深淵》である。[J70a, 7]

「おお蛆虫どもよ！ 耳もなく眼もない陰気な仲間よ」(『悪の華』「陽気な死人」)――ここには何か寄生虫への共感のようなものがある。[J70a, 8]

眼と照明されたショーウィンドーの比較。「君の眼は輝いて、まるで店か／祭りの日のきらめく燭台のようで、／借りものの力をあつかましく振りまわすのに。」(「君は全宇宙を……招き入れかねない」(『悪の華』の詩篇二五(無題)))[J70a, 9]

「……あの心の高貴な女中」という詩句について。第一行では予想に反して「あなたが嫉妬なさった」という表現に、アクセントが置かれるわけではない。「嫉妬」というところで、声がいわば引きこもってしまう。このように声が引き潮のように引いてしまうのは、きわめて特徴的なことである(ピエール・レリスの注釈)。〔[J60, 3]参照〕[J70a, 10]

サディスティックな想像力は、機械的構造物へと向かいがちである。ボードレールは、

「人間の骨格（アルマテュール）の得も言われぬ優雅さ」〔『悪の華』「死の舞踏」〕と言うとき、おそらく骨格をある種の機械仕掛けと見ている。「人殺しの酒」〔同〕ではさらにはっきりと次のように述べられている。「この不死身のならず者どもは、／鉄でできた機械みたいで、／一度だって、夏にも冬にも、／本当の恋なんて知ったことはない。」また、「何も見えず、何も聞こえないのに、残忍さはいくらでも産み出す機械よ！」〔「君は全宇宙を……招き入れかねない……」〔同、詩篇二五（無題）〕〕では、それはきわめて顕著である。

[J71, 1]

「流行遅れの」ということと「人類の記憶の及ばぬほど古い」ということは、ボードレールにおいては、まだ一緒になっている。時代遅れになった〈物〉は、追憶の無尽蔵の容れ物になってしまう。だから、老婆〔「小さな老婆たち」〔『悪の華』〕〕が、あるいは過ぎ去った年月〔「沈思」〔『悪の華』第三版に加えられた詩篇〕〕が、ボードレールの詩に入り込んでくることになるし、詩人が自らを「流行遅れの品が雑然と散らばった、／しおれた薔薇でいっぱいの古い婦人部屋（ブドワール）」〔「憂鬱」Ⅱ〔『悪の華』の詩篇七六〕〕に喩えることにもなる。

[J71, 2]

すべての有機的生命を、無機的なものの基盤に組み込もうとする空想のなかでは、サデイズムとフェティシズムとは絡み合っている。「これからもはやお前は、おお生きた物質よ！／漠然とした恐怖に取り巻かれ、もやのかかったサハラ砂漠の／奥にまどろむ花崗岩にすぎない。」（「憂鬱（スプリーン）」Ⅱ）生命あるものが、死んだ物質の手に帰することは、同時にフローベールの関心をもっともひいたことでもある。聖アントワーヌの幻想は、フェティシズムの勝利であり、〔ヒエロニムス・〕ボッシュがリスボンの祭壇画で祝った勝利に匹敵するものである。 [J71, 3]

「朝の薄明」（『悪の華』）は、兵営の中庭に鳴り響く起床ラッパで始まるのだが、ナポレオン三世時代には、容易に推測できる理由から、都市の内部が兵営で占められていたことを思い起こしてみる必要がある。 [J71, 4]

微笑みとすすり泣きは、人間の顔に浮かぶ雲の形であり、人間の霊性の比類なき現われである。 [J71, 5]

「パリの夢」（『悪の華』）では生産力が停止しているように見える。この夢の風景は、「深淵ヨリ我呼ビカケタリ」（同）では、世界そのものとなる陰気で荒涼とした光景の、目を眩ませる蜃気楼である。「熱のない太陽が半年、空にかかり、／あとの半年は夜が大地を覆う。／それは極地よりもさらにむき出しの国。／――獣もいなければ、小川もなく、緑地も、森もないのだ！」 [J71, 6]

「パリの夢」のファンタスマゴリーは、万国博覧会のそれを思わせる。そこではブルジョワは所有と生産の秩序に向かって、「止まれ、おまえはあまりにも美しい」〔『ファウスト』〕と呼び掛けるのだ。 [J71, 7]

「都市に住む者の心にいくらか英雄気分(エロイズム)をそそぐ」〔『悪の華』「小さな老婆たち」〕について、プルーストは、「これを越えるのは不可能に思えます」と述べている。〔[J43a, 3]とほぼ同じ〕 [J71a, 1]

「それは、命よみがえる思いのする、黄金の夕べ。」〔「小さな老婆たち」〕この詩行の後半〔傍点部分〕は、破綻している。この部分は韻律論的に見ると、それが表明していることと矛盾している。これはボードレールに特徴的なやり方の一つである。 [J71a, 2]

「その名を知る者は／埋葬されたプロンプターだけ。」（「小さな老婆たち」）――これはポーの世界に由来する。（「死後の悔恨」「陽気な死人」（いずれも『悪の華』）を参照）　[J71a, 3]

『悪の華』のうちで、ボードレール的な子どもの見方に反する唯一の箇所は、「小さな老婆たち」の第一部の第五節である。「光るものにならば何にでも驚いて笑う／少女の神々しい眼を持っている。」子どもというものについてこうした見方に達するまでに、この詩人はもっとも長い道を選ぶのだ。つまり老いというものを経てここに辿り着く道を。　[J71a, 4]

ボードレールの作品のなかで、『悪の華』の九九番と一〇〇番の詩篇は、イースター島の神々の巨像のようによそよそしく、ぽつんと離れている。これらの詩篇が、『悪の華』のうちでもっとも早い時期に書かれた作品であることは知られている。おまけにボードレール自身、母に向かってこれらの詩篇は彼女に関わりのあるものであり、そうした内輪の関係をいかなる形であれ公けにすることは不快なので題をつけなかったのだと言っている。これらの詩を際立たせているのは、死を思わせる牧歌的雰囲気である。この二つの詩篇、特に最初の方は、それまでのボードレールにはほとんど見られないある種の平安の息吹を漂わせている。この二篇とも、父親のいない家庭のイメージを示している。しかし息子は、父親の代わりの役を果たすどころか、むしろその席を空けたままにしている。一つめの詩の中の彼方に沈もうとする太陽は、父親の象徴であり、その眼差しは――「空で物見高く大きく瞠(みひら)かれた眼のように」――母と息子が分けあって食べている夕食に、遠く離れたところから加わり、嫉妬もせずにそれを見遣っている。第二の詩では、父のいない家庭のイメージは、食卓ではなく、墓のまわりに喚起されている。生殖に満ち満ちた生のうっとうしさは、この詩では死という夜の冷気にすっかりとって代わられている。 **[J71a, 5]**

「パリ風景」〔『悪の華』第二章〕は、都市の変容で始まっている。この点では、第一と第二の詩篇、あるいは第三の詩篇も、一緒になって効果をあげている。「風景」では、街は空と「差し向かい」になっている。街から詩人の地平に入り込んでいるものといえば、「歌を歌ったりおしゃべりをする町工場や、煙突や鐘楼」だけである。「太陽」ではこれに場末(フォーブール)が加わる。「パリ風景」の最初の三篇の詩には、都市の大衆はいっさい登場しない。第四の詩篇〔「白鳥」〕は、ルーヴル宮殿を喚起することで始まる。しかしそれが登場した途端に――その同じ詩節〔第二節〕の真中で――詩篇は大都市の脆さへの嘆きに変

わる。 [J72, 1]

「老いた芸術家の謹厳さと／博識の甲斐あって、／……／《美》の息吹の通った図絵」〔『悪の華』「耕す骸骨」〕——《美》〔la Beauté〕は、定冠詞が付いているせいで、そっけなく、「趣きに欠ける」ように思える。美はそれ自体のアレゴリーとなっているのだ。 [J72, 2]

「霧と雨」〔「パリ風景」の中の詩篇〕について。都市は遊歩者にとって疎遠なものとなってしまった。どのベッドも彼にとっては行き当たりばったりの危ない寝床である。〔ボードレールが夜を過ごす宿の多さ。〕 [J72, 3]

詩篇「霧と雨」が「パリ風景」に収められているのは、意外に思われるに違いない。この詩はどちらかと言えば田舎のイメージを思わせるからである。しかし、すでにサント＝ブーヴはこう記している。「おお、外郭大通り（ブールヴァール）のまわりでは、平原はなんとわびしいことか！」〔「平原」——一〇月——サント＝ブーヴに対して、ボードレールは、一八六六年一月一五日〔の書簡で〕これに言及している。〕ボードレールの詩における風景は、

実際、霧に沈んだ街である。それは、倦怠がもっとも好んでその上にみずからを刺繍する刺繍布なのだ。　[J72, 4]

「白鳥」（『悪の華』）は、現代（モデルネ）と古代との間をゆれ動く揺り籠のような動きをする。ボードレールは覚え書に次のように記している。「抒情的または夢幻的な道化劇用の、あるいはパントマイム用のあら筋を考えること。……全体を異常で夢想的な雰囲気に、――晴れの日々の雰囲気に浸すこと。何か揺れるふうにすること。」（「火箭」22〔台紙番号は一五〕）こうした晴れの日々とは、回帰の日々である。　[J72, 5]

「大気の中では、不健康な魔物どもが」（『悪の華』「夕べの薄明」）に関して。この魔物たちは、「都会の魔物」としてゲオルク・ハイムの詩に再び登場する。ハイムの魔物たちは、もっと暴力的になっている。しかしその魔物は実業家との類似性（「夕べの薄明」には「実業家のように」という表現があって、魔物と実業家の類似性が示されている）を否定するので、ボードレールの詩の魔物ほどの意味を持たない。　[J72, 6]

ハイムの詩「都会の魔物」の最終節。

「しかし魔物たちは巨大に成長する。

額の角は、天をまっ赤に引き裂く。

地震が街の懐深くに轟音をとどろかせる、
炎よりもさらに明るく燃え上がる魔物たちの蹄のまわりで。」

ゲオルク・ハイム『文芸作品』ミュンヘン、一九二二年、一九ページ [J72a, 1]

「夜の大空にも等しく、お前を崇める」〔『悪の華』の詩篇二四〈無題〉〕――この詩ほど明らかに、性がエロスに対抗している詩はほかにない。それに対して、性がエロスに結びつくことがどれほどの力を空想に与えるものかを知るためには、この詩篇を「幸福な憧れ」〔ゲーテ『西東詩集』の詩篇〕と比べてみなくてはならない。 [J72a, 2]

「秋のソネット」〔『悪の華』〕は、ボードレールのエロティックな経験の根底にあった精神状態を、控えめながら的確に示している。「私の心は、何にでも苛立ち、／……／地獄めいたその秘密をも君に明かしたがりはしない、／……／情熱などまっぴらだし……／優しく愛し合おうではないか。」これはすべて、ゲーテの『西東詩集』のなかの次の詩節に、遠くから答えているかのようである。その詩節では、〔イスラム教の〕天女たちと彼女らを歌う詩人とを使って、エロティシズムの残像を喚起しているのだが、この残像は、楽園にまで変えられた性愛の一変種といっていい。「天女たちは詩人に愛想よく報いてやるがいい、／優しく従順に、／彼を一緒に住まわせてやるがいい、／そうすれば良き者たちはみな満ち足りる。」〔『西東詩集』「楽園の書」〕 [J72a, 3]

第二共和政についてのマルクスの見解。「真理なき熱情、熱情なき真理、英雄的行為なき英雄、事件なき歴史。それは、唯一の原動力がカレンダーであるような展開であり、同じ緊張と弛緩が常に繰り返されるために人を憔悴させる。……もし、すべてが灰色一色に塗り込められているような歴史上の時代があるとすれば、この〔第二共和政の〕時代こそはそれである。」カール・マルクス『ルイ・ボナパルトのブリュメール一八日』リヤザノフ編、ウィーン／ベルリン、〈一九二七年〉、四五―四六ページ [J72a, 4]

ボードレールの過敏な資質のうちに含まれている両極端は、どちらも同じように空に象徴されている。鉛のような空、雲のない空は、フェティッシュに縛られた感受性の象徴であり、雲の形象は昇華した感受性の象徴である。 [J72a, 5]

一八五一年一二月三日〔ルイ・ボナパルトのクーデタの翌日〕のエンゲルスのマルクス宛て書簡。「少なくとも今日は、あの馬鹿は、……ちょうどブリュメール一八日の夜に先祖がそうだったようにとても自由であり、すっかりくつろいでいるので、馬鹿ぶりを四方八方に見せびらかさずにはいられないのだ。対立のなくなった状態の呈する恐るべき光景だ。」カール・マルクス『ルイ・ボナパルトのブリュメール一八日』リヤザノフ編、ウィーン／ベルリン、九ページ　[J73, 1]

一八五一年一二月一一日のエンゲルスのマルクス宛て書簡。「今回プロレタリアートが一丸となって闘わなかった」とすれば、それは「プロレタリアートが自らの……無力さを十分に知っていたからであり、新たな力が集積するまで、運命論的な諦めをもって、共和政、帝政、王政復古、そして新たな革命という再び始まった循環に身を任せているからである。マルクス『ブリュメール一八日』一〇ページ　[J73, 2]

「〔一八四八年〕五月一五日がもたらした結果といえば周知のように、ブランキとその同志たち、つまりプロレタリアートの党の真の指導者である革命的共産主義者たちを、〔マルクスがこの著作で扱っている時代の〕周期が続く間中、公的な場から遠ざけるということ

とだけだった。」マルクス『ブリュメール一八日』リヤザノフ編、二八ページ　[J73, 3]

アメリカの霊界は、ポーの群衆描写に入り込んでいる。マルクスは共和政について述べている。それはヨーロッパでは、今や「市民社会の政治上の変革形態を意味するにすぎず、たとえば北アメリカ合衆国でのように、その保守的な生活形態を意味しない。合衆国では……階級がまだ固定されておらず、……近代的な生産手段が……相対的に不足している頭脳や労働力を埋め合わせ、そして最後に……物質的生産の熱狂的で若々しい躍動のために、古い霊界を撤廃するだけの時間も機会もなかった」。マルクス『ブリュメール一八日』三〇ページ。注目すべきは、マルクスがアメリカの共和政を説明するのに霊界を引き合いに出しているということである。　[J73, 4]

群衆がヴェールであるとするなら、ジャーナリストはそのヴェールで自らを飾り立てる。というのもジャーナリストは、自分のたくさんの人間関係を、それぞれ魅惑的なアレンジのように活用するからである。　[J73, 5]

一八五〇年三月一〇日の革命的な補欠選挙は、パリでは社会民主党の議員だけを国民議会に送りこんだ。しかしこの三月選挙には、「四月の補欠選挙での、ウジェーヌ・シューの選出という、センティメンタルで勢いをそぐような注釈が付く」ことになった。マルクス『ブリュメール一八日』六八ページ [J73, 6]

「朝の薄明」について。マルクスはナポレオン三世を「昼間に実行するために夜に決定するのではなく、夜に実行するために昼間に決定する人間だ」と評している。マルクス『ブリュメール一八日』リヤザノフ編、七九ページ [J73a, 1]

「朝の薄明」について。「クーデタの噂がパリ中に流れている。首都は夜のうちに軍隊でいっぱいになり、翌朝に布告が出されるという噂である。」一八五一年九月—一〇月のヨーロッパの日刊新聞にならった表現。マルクス『ブリュメール一八日』一〇五ページに引用 [J73a, 2]

マルクスはパリのプロレタリアートの指導者たちを「バリケードの首領たち」と呼んでいる。マルクス『ブリュメール一八日』一一三ページ [J73a, 3]

ラマルティーヌの詩はアンドレ・シェニエの風景の上に空を描いているのだという（［J51a, 3］）サント＝ブーヴの言葉を、マルクスのそれと比較してみる必要がある。「新たに生まれたばかりの分割地が、社会と調和し、自然の力に左右され、その分割地を上から保護する権威に屈服しているという点で、宗教心が厚かったのが当然だとすれば、借金に打ちひしがれ、社会とも権威とも仲違いし、それ自身の狭い限界を超えて追い立てられている分割地は宗教心がなくなるのもまた当然である。天は獲得したばかりの小さな土地にとって、実にすばらしい添え物であった。なんといっても天は天候を左右するからである。ところが天は、分割地の代用物として押しつけられると、すぐさま侮辱となるのだ。」マルクス『ブリュメール一八日』一二二ページ。サント＝ブーヴの比喩をマルクスのこの箇所と関連させることのうちには、ラマルティーヌが彼の詩から引き出している政治的影響力の本質と持続性を解く鍵が隠されている。これに関しては、ポクロフスキーが報告している、ラマルティーヌとロシア大使との交渉を参照すること。

［J73a, 4］

詩人という人物における英雄的なものの両義性。詩人には、浮浪者化した雑兵のようなところ、隊からはずれて略奪をはたらく兵士のようなところがある。詩人の剣術〔Fechten〕には、この言葉が浮浪者の隠語に使われる場合の「物ごいをする〔fechten〕」という意味を、時として思わせるところがある。 [J73a, 5]

第二帝政期の寄生的な人間についてのマルクスの発言。「年数を数え間違えないように、彼らは分単位で数える。」マルクス『ブリュメール一八日』一二六ページ [J73a, 6]

ボードレールの詩人像に隠れている、英雄的なものに対する考え方の両義性。「「ナポレオン的観念」の極みは、……軍隊の優勢にある。軍隊とは分割地農民にとって栄誉にかかわることであり、彼ら自身が英雄になることであった。……しかしフランスの農民たちがいま自分たちの財産を守るために闘うべき敵は、……徴税官吏たちである。分割地は、もはやいわゆる祖国のうちにではなく、抵当登記簿のうちにあるのだ。軍隊そのものも、もはや農民青年の華ではなくなり、農民的ルンペン・プロレタリアートの泥沼の華である。軍隊の大部分は身代わり兵から成っている。……ちょうど二代目ボナパルト自身がナポレオンの身代わり、代役でしかないのと同じである。……これでわかるように「ナポレオン的観念」はすべて、未発展な、若々しかった分割地の観念である。それは時代遅れになった分割地にとっては不合理なものなのである。」マルクス『ブリュメー

ル一八日』リヤザノフ編、一二二―一二三ページ　[J74, 1]

サタニズムについて。「厳格派（ピューリタン）たちがコンスタンツの公会議で、司教たちの自堕落な生活を訴え……たときに、枢機卿ピエール・ダイイは彼らにこう怒鳴りつけた。「もはや悪魔そのものだけしかカトリック教会を救えないというのに、諸君は天使を望んでいるのか。」これと同じように、フランスのブルジョワもクーデタ後にこう叫んだ。もはや一二月一〇日会の首領だけしかブルジョワ社会を救えない！　もはや泥棒だけが財産を、偽りの宣誓だけが宗教を、私生児だけが家族を、無秩序だけが秩序を、救えるのだ！と」マルクス『ブリュメール一八日』リヤザノフ編、一二四ページ　[J74, 2]

「一二月一〇日会のこの上層部がどういう連中であるかは、ヴェロン＝クルヴェルが彼らの道学者であり、グラニエ・ド・カサニャックが彼らの思想家であることを考えてみさえすれば、具体的に思いえがくことができる。」マルクス『ブリュメール一八日』リヤザノフ編、一二七ページ　[J74, 3]

エピローグ草稿にある「魔法の舗石は、積み上げられて砦となり」という表現は、ボードレールの詩が社会的主題を直接処理しようとする際につき当たった限界を示している。彼は、これらの舗石を動かす手については何も教えてくれない。「屑屋の酒」で彼はこの限界を超えることができた。　[J74, 4]

「屑屋の酒」（一八五二年（正しくは一八五四年））の末尾。

「神は彼らにすでに快い眠りを授けられたが、
　太陽の聖なる息子たる葡萄酒を加えたもうた。」

《神》と《人間》の対立は一八五七年からということになる。　[J74a, 1]

〈『一八四六年のサロン』の〉最終章（第一八章「現代生活の英雄性について」）では、注目すべきことに自殺が「独自の情熱」として――しかも、言及されている諸々の情熱のうちで唯一ある程度の重要性をもったものとして――現われる。彼は、情熱の領域において現代性（モデルネ）が行った壮大な征服を紹介している。「オイテー山上のヘラクレス、ウティカのカトー、そしてクレオパトラ、……彼らを除けば、昔の絵（タブロー）にどんな自殺がみられようか。」Ch・B『作品集』Ⅱ、一三三―一三四ページ。こうして、自殺は現代性（モデルネ）の精髄として現われるのである。　[J74a, 2]

ボードレールは、『一八四六年のサロン』の第一八章で、「われわれがみな着る不吉で引き攣ったフロックコート」(一三六ページ)について語り、また、その少し前で、あの「悲嘆をあらわす揃いの仕着せ」について語っている。「これらの皺がよった襞、風味が出て食べ頃になった肉のまわりの蛇のように戯れるこれらの襞には、それなりの不思議な優雅さがないだろうか。」(一三四ページ) Ch・B『作品集』II　[J74a, 3]

一八八二年から八三年にかけてラパロ湾で過ごした冬について、ニーチェは次のように記している。「午前中、私は南の方角のゾァアッリへ向かう壮麗な道を上っていった。かたわらに松林が広がり、かなたに海が見渡せた。午後は……湾を一回りして……ポルト・フィノまで行った。この場所と景色は、皇帝フリードリヒ三世が大変好んでいたということもあって、私の心にいっそう身近に迫ってきた。……この〔午前と午後の〕二つの散歩の途上、ツァラトゥストラ第一部の全体を思いついた。何よりもツァラトゥストラその人が、典型として思い浮かんだ。もっと正確に言えば、ツァラトゥストラが私を襲ったのだ。」フリードリヒ・ニーチェ『ツァラトゥストラはこう語った』クレーナー編、ライプツィヒ、XX―XXIページ。これとトロー要塞の記述とを対比してみる必要

がある。 [J74a, 4]

ニーチェは彼の「正午の哲学」――永遠回帰の教説――に対して、それ以前の自らの思考の段階を曙と午前の哲学として区別している。彼もまた時間の切断とその大いなる区分を知っていたのだ。こうした時間の統覚がユーゲントシュティールの一要素であったのではないかという問いは正当である。もしそうであるなら、ユーゲントシュティールが、イプセンという演劇のもっとも偉大な技術者の一人を生み出したことも、おそらくもっとよく理解できるだろう。 [J74a, 5]

労働が売春に近づくにしたがって、売春の方も――売春婦たちの隠語で古くから言われているように――労働であると言いたくなる。〔両者の〕こうした想定された接近は、失業の時代にものすごいスピードで生じた。笑みを絶やすな(キープ・スマイル)とは、愛の市場で「笑いかけて誘う」娼婦たちのやり方を、雇用市場で取り入れたものである。 [J75, 1]

自然との関係から労働過程を特徴づけるというやり方は、その社会体制の刻印を帯びている。つまり、本来、人が搾取されていなければ、自然の搾取といった非本来的な言い方をしなくても済むのである。こういう言い方は、原料はもっぱら人間労働の搾取に基づく生産秩序をつうじてのみ「価値」を受け取るのだという仮象を固定してしまう。このような生産秩序が終われば、労働のほうも人間による自然の搾取という性格を脱ぎ捨てるだろう。そうなれば労働は、フーリエにおいて調和人（アルモニアン）の情念労働（トラヴァーユ・パッシォネ）の基礎となっている、子どもの遊びをモデルとして行われるだろう。遊びを、もはや搾取されない労働の規範として立てたことが、フーリエの偉大な功績の一つである。遊びによって生気を吹き込まれたそのような労働は、価値の創出ではなく自然の改善をめざす。こういう自然についてもまた、フーリエのユートピアは、子どもの遊びのなかで実際に実現されているような模範を提示している。それは、いたるところが経済の場〔Wirtschaften〕と化した地上のイメージである。ここではこの語の二重の意味が効果を発揮する〔Wirtschaftには「経済」のほかに「食堂・旅館」の意味がある〕。つまり、あらゆる場所が人間によって手を加えられ、有用で美しいものにされているとともに、ちょうど道端の旅館のように、すべての場所がすべての人間に開放されているのである。そのようなイメージに従って整えられた地上ならば、「行為が夢の妹でない世界」〔『悪の華』「聖ペテロの否認」〕の一部ではなくなるだろう。そのような地上では、行為は夢と姉妹のように親しい間柄になるだろう。

[J75, 2]

モードは、感情移入のそのつど最新の規準を決める。 [J75, 3]

遊びというかたちで労働が展開されるためには、最高度に発展した生産力、今日ようやく人類のものとなりながら、その可能性とは反対の方向で、つまり真面目なことがらのために〔いざというときのために〕供されている生産力が前提となる。とはいうものの、生産力が未発達な時代においても、一九世紀以来支配的になっている自然の搾取という犯罪的な考え方は、けっして決定的なものではなかった。母権制を擁護してバッハオーフェンが展開したような贈り与える母のイメージが自然の支配的なイメージだったかぎりでは、自然の搾取という考え方はどこにも登場することはなかった。この〔バッハオーフェン的な自然の〕イメージは、母という姿で、歴史のあらゆる変転を生き延びてきたのである。しかし、多くの母親までが息子に対して、商業利益のために命を賭ける階級の手先となるような時代には、そうしたイメージがいっそう曖昧模糊となるのは、自明のことである。多くの証拠が示唆しているとおり、選んだ相手が〔商人ではなく〕将軍であったからといって母の再婚はボードレールにとって耐えやすいものとはならなかった。おそらくこの結婚は、彼の欲動がたどった変遷に関係していた。売春婦が彼の欲動の模範像となったことにも、こうした関係が一役かっていた。むろん、そもそも売春婦は、商品の仮象をちりばめた自然の化身である。売春婦は自然の幻惑する力を高めさえしてきた。というのも彼女との取引には、客の快楽に合わせて、彼女自身もたとえふりだけにせよ、快楽を感じなければならないという契約がもりこまれるからである。言い換えるなら、この取引では、享楽の能力それ自体が価値として――彼女と客の双方による搾取の対象として――現われるのだ。しかし他方ここでは、だれにでもすすんで身を委ね、どんな相手でも選り好みしないという態度のイメージが歪んだ形で、しかも実態より誇張されて示される。世間離れしていて、表象の中で解消してしまうような欲情を、バロックの詩人ローエンシュタインは、ボードレールと実に似通った感覚で記録している。「千の飾りで身を飾った美しい女性というものは／何人もの男にたらふく食べさせても、尽きることのない食卓。／とこしえに水が湧きいでて枯れることのない泉。／同時に百の管から／おいしい蜜が流れても／変わらず甘いあの愛のミルク。」（ダニエル・カスパース・フォン・ローエンシュタイン『アグリッピーナ』ライプツィヒ、一七二四年、三三ページ）選択することができない母と子の関係と、自由に選択することができる売春婦と客の関係とはただ一点で接している。この一点がボードレールの欲動の状況を特徴づけている。

（[X2, 1]における売春についてのマルクスの考えを参照）　［J75a］

「至福の憧れ」〔ゲーテの詩〕の詩句「どんな遠さもお前をてこずらせはしない。お前は翔けながらうっとりとしてやってくる」――は、アウラの経験を記述している。恋人の瞳のなかで、恋する男を引き寄せる遠さこそ、よりよき自然〔＝本性〕の夢である。アウラの衰退とよりよき自然の空想的イメージの退化――階級闘争における防衛的な立場を通して生ずるこの退化――とは、同じことである。したがって、アウラの衰退と〔性的〕能力の衰退は、結局のところ、同じ一つのことなのである。 [J76, 1]

『天体による永遠』の中の「それはいつも古い新しさであり、いつも新しい古さである」という表現は、ボードレールに記録されているような憂鬱(スプリーン)の経験ときわめてぴったり一致する。 [J76, 2]

『天体による永遠』の「われわれと瓜二つ(ソジー)の人は、時間と空間の中に、無数にいるのである。……これらの瓜二つ(ソジー)の人は、肉も骨もあり、ズボンや外套(コート)、または、張り骨入りスカート(クリノリン)に束髪(シニョン)といったいでたちである」という表現は、次の「七人の老人」〔『悪の華』〕に引き寄せて考えなくてはならない。

「私の不安を嘲笑う者、
私と兄弟のように同じ戦慄にとらわれない者は、
思ってほしい、これほど老いぼれていながら
その七人の忌まわしい化け物が不滅の相をしていたことを！

死なずに八人目を凝視できただろうか、
冷酷で、皮肉で、宿命的な瓜二つの者、
自らの息子にして父である厭らしい不死鳥を。
――だが私は、地獄の行列に背を向けた。」

詩篇の末尾が喚起している「化け物が荒れ狂ったような岸辺のない海」は、『天体による永遠』のかき乱された宇宙に当たる。　[J76, 3]

「家々は、霧のために高さが増して見え、
増水した川の両の護岸にも似て」（「七人の老人」）
メリヨン風のイメージ。似たようなイメージがブレヒトにもある。　[J76, 4]

ブランキは、改善されえない自然のなかでは「よりよき人類」にどのような意味がありうるのかを陰鬱なアイロニーによって暴露している。 [J76, 5]

ラマルティーヌの「産業のキリスト」が、世紀末に再び現われる。かくして、ヴェラーレンの「出発」ではこうなっている。

「諸悪も、狂気の時代も、都市が発酵している
　悪徳の樽も問題ではない、
いつの日にか、霧とヴェールの奥から
新たなキリストが、光に彫られて出現し、
人類をその高みの方へ持ち上げ
新しい星々の光で人類に洗礼を施すなら。」

ボードレールはこの種のオプティミズムをもつことができなかった。そのことが彼のパリについての叙述に大いに幸いした。〈ユール・デストレ「この街へ向かう列車」『ノイエ・ツァイト』二一巻二号、シュトゥットガルト、一九〇三年、〈五七一ページ〉に引用〉 [J76, 6]

プロレタリアートがブルジョワ階級に対して行う歴史的裁判においては、ボードレール

は証人だが、ブランキは鑑定人である。

[J76a, 1]

ボードレールが歴史の法廷に召喚されたら、繰り返し発言を中断されるはめになったに違いない。彼にとって多くの点で疎遠で、多くの点で理解しがたい利害関心が、この法廷での尋問を規定しているのである。それに対して、ブランキは、自分が陳述を行う件に以前から習熟していた。だからこそ彼は、その問題が審理されるに際しては、鑑定人として現われるのである。したがって、ボードレールとブランキが歴史の法廷に召喚されるとしても、それは完全に同じ意味においてではない。（[N11, 3]を参照）

[J76a, 2]

叙事的な契機の放棄。つまり、法廷は紡ぎ女たちの集いではない。言いかえれば、審理とは、行われるものであって、話し合われるものではない。

[J76a, 3]

唯物論的歴史家が過去のものに向ける関心はある部分ではつねに、それが過ぎ去ったということ、それが済んでしまい完全に死んでしまったということへの燃えるような関心がある。それが全体として保証されていることが、この現象の諸部分を引き合いに出す（に生命を与える）場合の、つねに不可欠の前提となる。一言で言えばこうである。唯物論的歴史記述者のもっとも本質的な仕事は、特定の歴史的関心の正当性を証明することにあるのだが、そのためには、全体として現実的に変更の余地なく「歴史に属している」ような対象にかかわっているということが、うまく証明される必要がある。

[J76a, 4]

〔ボードレールが当初〕ダンテと比較されたという事実は、ボードレール受容の初期に示された困惑の実例となりうるし、ド・メーストルの言葉の例証ともなりうる。ド・メーストルによれば、ある著者についての最初の評価はそれに続く文献のなかで継承されるという。〔[J64a, 4]参照〕

[J76a, 5]

ダンテとの比較と並んで、デカダンスの概念が〔ボードレール〕受容のキーワードとなっている。この概念は〈バルベ・〉ドールヴィイ、ポンマルタン、ブリュンティエール、ブールジェに見られる。

[J76a, 6]

唯物論的弁証法家にとっては不連続性が支配階級の（したがって第一にブルジョワジーの）伝統の統制的理念であり、連続性が被抑圧者たちの（したがって第一にプロレタリアートの）伝統の統制的理念である。プロレタリアートの生活のテンポはブルジョワジーよりもゆっくりしている。プロレタリアートの闘士たちが示した手本やその指導者たちの得た知見が廃れることはない。いずれにしろそれらは、ブルジョワ階級の時代を画する出来事やその偉大な人物たちよりも、ずっと廃れるのが遅いのである。モードの波は被抑圧者たちのどっしりとした大衆に打ち当たって砕ける。それに対して、支配階級の運動は、この階級がひとたび権力を握ると、モードの特徴を帯びるようになる。とりわけ支配者たちのイデオロギーは、被抑圧者たちの理念よりも、その本性からして移ろいやすい。というのも、支配者たちのイデオロギーは、被抑圧者たちの理念と同様に、その都度の社会の闘争状況に適合しなければならないだけでなく、この状況を、実は調和に満ちたものだとして美化しなければならないからだ。この仕事は、エキセントリックで突飛な仕方でなされるほかない。そのやり方は言葉の十全な意味でモード的なのだ。ブルジョワ階級の偉大な人物を「救済」するということは、少なくとも彼らをその活動のいちばん脆弱なこの部分において理解せず、権力者にとってはいささかも役立たないがゆえに埋没したままになっているものを、まさしくこの脆弱な部分の下から引きずり出し、召喚〔引用〕することである。ボードレールとブランキを対照させるということは、その明かりに被せられた升〔聖書、マタイ伝五、15を踏まえている〕を取り去ること

である。 [J77, 1]

詩人たちによるボードレールの受容と理論家たちによる受容を区別するのはたやすくできる。理論家たちはダンテとの比較とデカダンスの概念を頼りとし、詩人たちは芸術のための芸術（ラール・プール・ラール）というスローガンと照応（コレスポンダンス）の理論を頼りとする。 [J77, 2]

ファゲはボードレールの影響力の秘密を、あれほど蔓延した神経衰弱のためとしている。

（どこで？） [J77, 3]

屑屋のぎくしゃくした歩き方は、必ずしもアルコールの影響によるわけではない。なぜなら、彼はいつも立ち止まって屑を拾い、それを背負い籠に投げ込まなくてはならないからだ。 [J77, 4]

ブランキにとって歴史とは、無限の時間のなかに詰め物として入れられる藁である。 [J77a, 1]

「私は立ち止まる。私はどっと疲れをおぼえる。前方は、険しい下り坂のようだ。あたりには深淵。――私は覗き込む気がしない。」ニーチェ〈『著作集』グロース・オクターヴ版とクライン・オクターヴ版〉、XII、二二三ページ(カール・レーヴィット『同一物の永遠回帰というニーチェの哲学』ベルリン、一九三五年、三三ページに引用)

[J77a, 2]

現代性(モデルニテ)の舞台で活躍する英雄は、実はとりわけ役者である。かくして彼は、「七人の老人」でははっきりと、「役者の心に似た書き割り」の中に、「主役(「英雄」とも訳せる)」でも演ずるかのように神経を張りつめて」現われる。

[J77a, 3]

「祝福」(『悪の華』)の中の詩人像は、ユーゲントシュティールの像である。詩人はいわば全裸で現われるのだ。彼は、ジョゼフ・ドロルムの容貌をしている。

[J77a, 4]

マニャン([J50a, 4])が、サント＝ブーヴの美点としている生まれついての善良さ、一言で言えばその純朴さは、ジョゼフ・ドロルムの厳粛な態度の補完物である。

[J77a, 5]

肖像画を見れば、ボードレールの顔つきがとても早くから老人の容貌を帯びていたのがわかる。とりわけこのことが、彼の表情とカトリックの高位聖職者の表情が似ているとあれほどしばしば指摘されてきたことの根拠となっている。 [J77a, 6]

ヴァレスは(のちにスーデがそうするように)、ボードレールの「古くささ」にいつまでも不平を鳴らし続けた最初の人物である。(［J21, 5］〔むしろ［J21, 6］〕) [J77a, 7]

アレゴリーには多数の謎はあるが、いかなる神秘もない。謎とはそれにぴったり合う他の断片とともに一つの全体をなしているような一つの断片である。神秘は古くから、遠さの昔ながらの共犯者であるヴェールのイメージで語られてきた。遠さはヴェールに覆われて現われるのだ。たとえば、ルネサンスの絵画とは対照的に、バロックの絵画はこうしたヴェールをまったく好まなかった。むしろバロックの絵画はヴェールをあからさまに引き裂き、とりわけ天井画がそうであるように、遠い天空すら驚くばかりの近さに引き寄せる。これが証言しているのは、人間の知覚のアウラに対する飽和度が歴史の流れのなかで変動してきた、ということである。(バロック期においては、礼拝価値と展示価値のあいだの争いが、宗教芸術の範囲内でさまざまに生じたと言えるだろう。)この変動の解明が必要であるとはいえ、アレゴリー的表現に傾く時代は、どうやらアウラの危機を経験したらしいことだけは確かである。
[J77a, 8]

ボードレールは、「アカデミーが出題する、抒情的な主題」の内に「アルジェリア、または征服する文明」を挙げている。Ch・B『作品集』Ⅱ、五九三ページ(「ヴィルマン氏の精神」)。遠さの冒瀆
[J78, 1]

深淵について。「時間の深さのアレゴリーとなった、空間の深さ。」Ch・B『作品集』Ⅰ、三〇六ページ(『人工天国』Ⅳ「人=神」)
[J78, 2]

アレゴリー的断片化。ハシッシュの作用のもとで耳にする音楽は、ボードレールでは、「詩篇全体が、生を恵まれた辞典さながらに、あなたの脳髄の中へ入り込んで来る」といった具合に現われる。Ch・B『作品集』Ⅰ、三〇七ページ
[J78, 3]

それまでアレゴリーの付随的な一部であった寓意要素(エンブレム)が、バロックにおいて極度な発展を遂げる。アレゴリーの中世的な起源が唯物論的歴史家にとってなお解明を必要とする

のに対して、アレゴリーのバロック的形態を理解するためのヒントは、マルクスその人のうちに見出せる。『資本論』にこう書かれている（I、ハンブルク、一九二二年、三四四ページ）。「組み合わされた作業機械は、……その全過程が連続的になればなるほど、すなわち原料が最初の工程から最後の工程に運ばれてゆく際に中断されることが少なければ少ないほど、したがって人間の手のかわりに機構それ自体が原料を一つの生産工程から次の生産工程へ送りとどけるようになればなるほど、ますます完璧なものになってゆく。マニュファクチュアでは個々の過程の分離が分業そのものによって課せられる原理であるとすれば、それとは反対に、発達した工場で支配的なのは個々の過程の連続性である。」全体がというよりも、そうした全体を生産する過程が崩壊することによって生じた断片や部分に、意味を振り当てるのがバロック的手法だが、このような手法を理解する鍵がここにあると言えよう。バロックの寓意要素は生産過程のさまざまな段階から生じて破壊過程の種々の記念碑となってしまった半製品と理解することができる。マルクスによればこの労働過程の各段階を特徴づけている「中断」なのだが、あちこちで生産を停止においやった三十年戦争の時代には、そのような中断は想像を絶するほど永い時間におよぶことがありえた。バロックの寓意要素による表現形式——そのもっとも重要な小道具は髑髏である——の本当の勝利は、人間自体をこの経過のうちに組み込むことにあった。バロック的アレゴリーに出て来る髑髏は、救済史の過程の半製品である。この過程は、サタンの手に委ねられているかぎり、当のサタンによって中断される。

[J78, 4]

ボードレールの経済的な破滅は、当時の消費を規定していた状況にたいするドン・キホーテ的な戦いの結果である。一人一人の消費者は職人に対しては発注者として現われるが、市場には購買者として登場する。市場で彼は、商品生産に自分の個人的な願望は何の影響も及ぼしていないにもかかわらず、商品の在庫を減らすことに寄与するのである。ボードレールはそのような個人的願望を自らの衣服において押し通そうとしただけではなかった——被服業は、すべての部門のなかでもっとも最近にいたるまで個々の消費者を発注者として考慮しなければならなかった部門である。彼は個人的願望を家具やその他の日用品にまで及ぼそうとした。かくして彼は、あまり誠実とは言いかねる古物商に首根っ子を押さえられる羽目になった。この男は彼に古い家具や絵画を提供したのだが、そのうちのいくつかは後に偽物であることが判明する。この取引で背負いこんだ借金が、のちに生涯にわたって、重荷となって彼にのしかかったのである。

[J78a, 1]

結局アレゴリーが示している硬直した動揺のイメージは、ある歴史的なイメージである。そのイメージが表わしているのは、古代とキリスト教の二つの力がその葛藤のただなかで突如として停止し、決着のつかない争いのただなかで、石化してしまった状態である。「病気の美神(ミューズ)」に捧げた詩篇でボードレールが、彼の願望のキマイラ的性格を悟らせることのない完璧な詩行の中に当の美神の健康の理想像として定着したのは、美神の困惑の表現はどのようなものになるかということなのだ。「願わくば、……/……君のキリスト教徒の血が脈打って流れ出すように、/古代の歌の調子のよい響きにも似て」〔『悪の華』「病気の美神」〕 [J78a, 2]

ボードレールの詩のなかのアレゴリーそれ自体は新しい独創的な刻印を帯びているにもかかわらず、彼にあってはバロックの層のさらに根底にある中世の層が姿を見せる。この層の実体は、ベツォルトが「中世的フマニスムスにおける古代の神々の延命」と呼んだもののうちにある。アレゴリーとは、この延命の実行可能な形式なのである。 [J79, 1]

生産過程が人々の手を離れてしまう瞬間に、倉庫が彼らに開かれる——百貨店という姿で。

[J79, 2]

ダンディズムの理論について。被服業は客がまだ個人として扱われる最後の部門である。一二着の燕尾服についての物語。注文者の役割はますます英雄的なものとなる。

[J79, 3]

遊歩者が市場に自らを展示するかぎり、彼の遊歩も商品のさまざまな変動をなぞることになる。グランヴィルはデッサンのなかで、散歩する商品の冒険を繰り返し描いている。

[J79, 4]

「〔放蕩者たちも〕自分の仕事に疲れはてて」〔『悪の華』「夕べの薄明」の第二四行〕に関して――サン゠シモン主義者たちのあいだでは、工場労働は性行為という観点のもとに現われる。労働の喜びという理念は、生殖の快楽のイメージにしたがって構想されているのだ。二〇年後にはこの関係は逆転する。つまり性行為そのものが、産業労働者に重くのしかかる喜びのない行為という特徴を帯びるのである。

[J79, 5]

照応（コレスポンダンス）に内包されている経験を、共感覚（色聴ないし音視）に関して心理学の実験室で行われてきたある種の実験に単に対応するものと考えるならば、それは誤りだろう。ボードレールにおいて重要なのは、通ぶった芸術批評ないしスノッブ的な芸術批評が大騒ぎをしてきたあのよく知られた反応というよりは、そうした反応が引き起こされる媒体である。この媒体とは追憶であって、ボードレールにおいて追憶は尋常ならざる密度をそなえていた。照応し合う感覚データは追憶において照応し合うのだ。それらの感覚データには追憶が充満しており、それらの追憶はあまりに濃密に押し寄せてくるので、この世からではなく、はるかに広々とした前の世（ヴィ・アンテリウール）〔『悪の華』に同題の詩がある〕からやってくるように思われる。そのような経験に見舞われた人物を、その経験が見つめるときの「親しげな眼差し」〔『悪の華』「万物照応」のなかの表現〕が暗示するのも、この前の世なのだ。 [J79, 6]

沈思家（グリューブラー）を思索家から根本的に区別するのは、沈思家はたんにある事柄について熟考するだけでなく、その事柄についての熟考をも熟考するという点である。沈思家とは、すでに大問題の解答を手にしながら、次いでその答えを失念してしまったような人物のことである。いまや彼は、その事柄について沈思するよりも、その事柄についての消えうせてしまった熟考を沈思するのだ。したがって沈思家の思考は、追憶の印を帯びている。沈思家と寓意家(アレゴリカー)は同じ性質をもっている。 [J79a, 1]

「議会内の秩序党が……社会の他の階級との闘争のなかで自分自身の体制である議会体制のすべての条件を自らの手で破壊する一方で、議会外のブルジョワジーの大衆は……彼ら自身の新聞を残酷に虐待することによって、彼らの発言する部分とものを書く部分、つまり政治家と文筆家を……破壊するよう、ボナパルトをそそのかしたのである。そうして彼らは、強力で無制限な政府の保護のもとで安んじて、彼らの私的な業務に専念しようとしたのである。」カール・マルクス『ルイ・ボナパルトのブリュメール一八日』リヤザノフ編、ウィーン／ベルリン、〈一九二七年〉、一〇〇ページ [J79a, 2]

ボードレールは当時の文壇において、ちょうどブランキが陰謀家の世界においてそうだったように、孤立している。 [J79a, 3]

ショーウィンドーとりわけ流行品店(マガザン・ド・ヌヴォテ)の増加とともに、商品の顔貌(フィジオグノミー)がいっそう際立ってくる。繊細な感受性の持ち主とはいえボードレールは、もしもこの事態が、ちょうど磁石が「われらの意志という貴重な金属」(『悪の華』「読者へ」の中の表現)の上をかすめ過ぎるように、彼の想像力の鉱脈の上をかすめ過ぎることがなかったなら、もちろんこれを書き留めることは決してなかったろう。実際、彼の想像力の模範であるアレゴリーは、完全に商品のフェティッシュに対応していたのである。 [J79a, 4]

現代の英雄の行動は、その「ぎくしゃくした足どり」(ナダール「シャルル・ピエール・ボードレール」『フィガロ』紙一八六七年九月一〇日号でボードレールの歩き方を評した表現)と言い、仕事をしようとすれば必ず陥らざるをえない孤独と言い、大都会の屑や塵芥に向ける関心と言い、屑屋が先取りしているような行動である。(ボードレール「現代生活の英雄性について」(『一八四六年のサロン』の最終章)(『作品集』)Ⅱ、一三五ページ、「……生活の……光景……」を参照) [J79a, 5]

有機体に対する機械的な見方を発見することが、サディストの変わらぬ傾向である。サディストの目指しているのは人間の有機体(人体)に機械のイメージを押しつけることだ、といえよう。サドは、自動機械に魅了された時代の子なのである。そしてラ・メトリ(18世紀仏の医学者・哲学者)の『人間機械論』はギロチンをもたらし、ギロチンは『人間機械論』の主張の正しさについて初歩的検証をしてみせたのだ。ボードレールにとって国政上の権威だったド・メーストルは、その血なまぐさい想像力の面で、マルキ・ド・サドの近親者である。　［J80, 1］

沈思家(グリューブラー)の追憶は、死せる知の無秩序な集積を自由自在にあやつる。この追憶にとって人間の知は、とりわけ明瞭な意味でのつぎはぎ細工、すなわち恣意的に切り刻まれ、そこから一つのジグソーパズルが組み立てられる断片の集まりのようなものである。沈思を嫌悪する時代には、沈思の身振りはジグソーパズルの姿で保持された。その身振りはとりわけ寓意家(アレゴリカー)の身振りである。寓意家は、彼の知が提供する雑然とした材料の山のそこここから断片を摑みだし、それを他の断片と並べ、それらが互いに適合するかどうか、つまりその意味がこの像にあるいはこの像がその意味に適合するかどうか試してみるのだ。結果を前もって言うことは決してできない。というのも、両者間にはどのような自然な媒介も存在しないからである。ところで商品と価格もまたそうである。マルクスによれば、商品が得意げに語っている「形而上学的屁理屈」は、何よりも価格決定にまつわる屁理屈である。商品に価格がどのようにして付けられるかは、その商品の製造過程においても、のちに商品が市場に出回るようになっても、決して完全に見通すことはできない。アレゴリー的なあり方をしている対象についても、事態はまったく同様である。寓意家の沈思黙考によって対象にどんな意味が付与されるかは、その対象からは少しも予想できなかったのである。しかし対象がそのような意味をひとたび受け取るや、対象からその意味を剝奪し別な意味と取り替えることがいつでも可能となる。意味の流行り廃りの速さは、商品の価格が変動する速さにもほとんど劣らないのである。実際のところ、商品の意味とは価格なのであって、商品は商品であるかぎり、それ以外の意味をもたない。だからこそ寓意家は、商品とともにあるとき彼の本領を発揮するのだ。遊歩者として彼は、商品の魂に感情移入している。寓意家として彼は、商品が市場に登場する際に付される「値札」のうちに、彼の沈思の対象――つまり、意味――を再認する。この〔値札という〕もっとも目新しい意味によって彼が通暁することになるこの世界は、だからといって、いっそう好ましいものとなったわけではない。一見したところ価格のうちで安らぎを得ているかに思われる商品の魂のうちでは、地獄が荒れ狂っているのである。

[J80, 2, J80a, 1]

フェティシズムについて。「石という象徴のもとに理解すべきはもっぱら、冷たく乾いた地上にあるもっとも目につきやすい形態と言ってよいかもしれない。だが、この自らは動かない塊が憂鬱質の人という本来は神学的な概念を暗示していることは、十分に考えられるし、……それどころか、真実らしく思えるのだ。この概念は〔七つの〕大罪の概念の一つである。アケーディア〔懈怠〕がそれである。」〈ヴァルター・ベンヤミン〉『ドイツ悲劇の根源』〈ベルリン、一九二八年〉、一五一ページ　[J80a, 2]

「自然の搾取」（〔J75, 2〕）について。いつも自然の搾取が人間の労働の基礎と見なされてきたわけではない。デカルトが「学者のさまざまな発見を、人が自然とのあいだで交えた一連の戦いの成果に喩えた」最初の哲学的物理学者だったことが、ニーチェに注目すべきことと思えたのはもっともなことだ。カール・レーヴィット『同一物の永遠回帰というニーチェの哲学』ベルリン、一九三五年、一二二ページに引用（〈ニーチェ『著作集』グロース・オクターヴ版とクライン・オクターヴ版〉、XIII、五五ページ）　**[J80a, 3]**

ニーチェはヘラクレイトスを「気圏なき天体」と呼んでいる。レーヴィット『ニーチェの哲学』一一〇ページに引用（〔『著作集』〕X、四五ページ以下）　[J80a, 4]

ギースとニーチェのあいだの大きな観相学（フィジオグノーミッシュ）的類似が強調されるべきである。ニーチェは「無を反映している、あの不気味な、切ない、硬直した眼差し」をインド的なペシミズムに帰している（レーヴィット『ニーチェの哲学』一〇八ページ——〔『著作集』〕XV、一六二ページ）。これと比較されるべきは、ボードレールがギースにおける（〔J47, 4〕）東方の娼婦の眼差しを特徴づける仕方である。その眼差しは地平線に向けられている。その視線においては、硬直した注意の集中と深刻な方向感覚の喪失とが溶け合っている。

[J80a, 5]

現代性（モデルネ）の符牒としての自殺について。「キリスト教をどんなに弾劾してもしきれるものではない。なぜならキリスト教は、おそらく進行中だった……純化する偉大なニヒリズムの運動の価値を……つねに自殺というニヒリズムの行為を妨げることによって……低下させたからである。」レーヴィット『ニーチェの哲学』一〇八ページに引用〈〔『著作集』〕XV、三二五ページ、一八六ページ〉

[J81, 1]

深淵と「私は眠りを怖れる、人が大穴を怖れるように」（「深淵」〔『悪の華』第三版に加えられた詩篇〕）について。ニーチェの言葉。「あなたがたは、眠りに入る者の恐怖を知っているか。——爪先まで彼は恐怖に襲われる。彼から大地が消滅し、夢が始まるから。」〈ニ

ーチェ〉『ツァラトゥストラ』クレーナー編、ライプツィヒ、二一五ページ　[J81, 2]

「豊かな毛叢（むら）」を、「顔の約束するもの」〔『漂着物』〕最終行で「星のない《夜》、暗い《夜》！」になぞらえていること。〔[J21a, 1]参照〕　[J81, 3]

のちには大衆新聞の得意とするところは、株式情報となる。小新聞（プチット・プレス）は、街の噂話に相応の役割を与えることによって、この株式情報を準備する。　[J81, 4]

陰謀家に対して共謀者たちは現実を見えなくさせる、ちょうど遊歩者に対して群衆（マス）がそうするように。　[J81, 5]

アレゴリーにおけるイメージの脱落について。このためにボードレールはしばしば、自らのアレゴリー的イメージの効果の一部を奪われた。とくにボードレールのアレゴリーの用法から抜け落ちているものが一つある。ロンドンについてのシェリーの壮大なアレゴリー、読者にロンドンを地獄として想い描かせる『ピーター・ベル三世』の第三部〔[M18]参照〕を思い浮かべれば、それを理解することができるだろう。この詩のめざましい効果の大部分は、アレゴリーを摑み取るシェリーの手つきをありありと感じうることからくる。この摑み取る手つきが、ボードレールから抜け落ちているのだ。近代の詩人とアレゴリーのあいだの距離を感得させるまさにこの手つきが、アレゴリーにきわめて直接的なリアリティを与えることを可能にするのである。このことがどれほど単刀直入に行われうるかについては、シェリーの詩が最良の手引きを与えてくれる。執達吏、代議士、相場師等々といった人物たちが、この詩には登場する。彼らの古風な性格を強調するアレゴリーが、これらの人物に確固とした支えを与えている。たとえばボードレールの「朝の薄明」の事業家たちには、そうした支えが欠けている(「事業家」が出てくるのは実は「夕べの薄明」)。――シェリーはアレゴリーを支配しており、ボードレールはアレゴリーに支配されている。 [J81, 6]

群衆がわがもの顔で視野に入ってくるようになればなるほど、個性そのものが英雄的な特徴を帯びるようになる。ボードレールにおける英雄観の起源はここにある。ユゴーにとって大事なのは、孤立化した個人そのものではなく、民主主義的市民である。このことが、二人の詩人のあいだの根本的な対立を産み出している。この対立を解消するには、それが反映している仮象を追い払うことが、前提条件となるだろう。この仮象は群衆の概念から生じている。群衆を形づくっているさまざまな階級を度外視するなら、群衆そのものは、第一次的な社会的意味をもってはいない。群衆の二次的な意味は、その都度群衆が初めて形成される際の状況に依存している。劇場の観衆、軍隊、都市の住民などは、それ自体としては特定の階級に属していない群衆を〈形づくる〉。自由市場はこの群衆を、急速に、計り知れない規模で増大させる。いまやあらゆる商品が自らの顧客である群衆を自らのまわりに集めるからである。全体主義国家が模範としたのはこの群衆である。民族共同体は、顧客としての群衆への完全な一体化を妨げるすべての要素を、一人一人の個人から追放しようとする。この熱心な努力によって独占資本の手先の役割を果たしている国家は、その際、唯一の非和解的な敵対者を革命的プロレタリアートに見いだす。革命的プロレタリアートは、その階級の現実によって、群衆の仮象を追い払う。この点では、ユゴーもボードレールも直接プロレタリアートの側に立つことはできない。 [J81a, 1]

ヒロインの登場について。ボードレールの古代は古代ローマである。古代ギリシアが彼の世界に突出して現われているのは一箇所だけである。とはいえその箇所は、かけがえのない箇所である。ギリシアは、現代（モデルネ）にまで伝えるに値し可能だとも思えたヒロインのイメージを、彼に提供している。彼のもっとも長い詩篇の一つ「デルフィーヌのイポリット」〔『漂着物』の詩篇「地獄堕ちの女たち」の副題〕で、ギリシア人の名前がそのタイトル〈?・〉となっている。レスビアン〈の恋人〉が、まさしくヒロインの特徴を〈つくりだした〉のである。 [J81a, 2]

「そのように詩人の思念も、気まぐれな紆余曲折をたどったあと、過去あるいは未来の広大な視野の開けるところに出る。しかしその空はあまりに広大なので隅々まで澄んでいるわけにはいかないし、気温もあまりに暑いので雷雨がどんどん起こる。散策者は、喪のヴェールに覆われたこの広がりを眺めると、眼にヒステリーの涙、hysterical tears がこみ上げてくるのを感じる。」Ch・B〔『作品集』〕II、五三六ページ〔「マルスリーヌ・デボルド＝ヴァルモール」〕 [J82, 1]

「屑屋の酒」〔『悪の華』〕に関して。密偵が話題になっていることから、屑屋は自分がバリケードの戦いから戻って来るのを夢想しているのだとわかる。 [J82, 2]

「都会。私は、近代的（モデルヌ）と思われているある首都の、束の間の、あまり不満もない市民だ。

家具調度や家の外観にも、都市の計画にも、月並みな趣味がすべて回避されているからだ。諸君はここで、迷信のどんな記念物の痕跡も指摘することはないだろう。道徳も言語もついにこの上なく単純な表現に立ち至っているのだ！　互いに識り合う必要もないこの何百万の人々が、教育を行い、仕事をし、年を送る仕方は、まったく一様だから、そうした人生はきっと、ばかげた統計で大陸の諸民族について認められているよりも数倍も短いにちがいない。」アルテュール・ランボー『作品集』パリ、一九二四年、二二九—二三〇ページ（『イリュミナシオン』）。「近代（モデルネ）」の脱魔術化！

[J82, 3]

「犯罪者は宦官と同じく胸くそが悪い。」アルテュール・ランボー『作品集』パリ、一九二四年、二五八ページ（『地獄の一季節』——「下賤の血」）

[J82, 4]

ユーゲントシュティールが疲労に由来することを、ボードレールに即して明らかにする試みが可能かもしれない——その疲労とは、ボードレールにおいては、メーキャップを落とした役者が日の光のもとで見せるような疲労である。

[J82, 5]

この作品における現代性（モデルネ）とは、食器セットや光学器具の商標のようなものである。商標は、どれほど長持ちするにしても、その商標の示している会社がひとたび倒産すれば、古びた印象を与えるものである。だが、ボードレールが自らの作品に抱いた明らかな意図は、それに商標を刻印することだった。「紋切り型（ポンシフ）を作り出すこと」、それが彼の目論見だった。そしておそらくボードレールにとって彼の作品の最高の栄誉は、商品経済のもっとも世俗的な事実の一つであるこの事実を自らの作品で模倣し、模造したことにある。おそらくこれがボードレールの最大の功績である。しかも、かくも永続性を保ちながら、かくも迅速に古びたものとなること——それは明らかに彼の意図した功績なのである。 [J82, 6, J82a, 1]

陰謀家たちの活動は一種の気分転換（デペイズマン）と見なすことができる。そうした気分転換は、そのほかにも第二帝政の単調さとテロルが生みだすものでもあるのだが。 [J82a, 2]

さまざまな生理学もの〔一八四〇年代にフランスで流行した通俗文学、「……の生理学」という題をもつ〕は、遊歩者が市場から持ちかえった最初の戦利品だった。遊歩者はいわばアスファルト上での植物採集に出かけたのだ。 [J82a, 3]

現代性(モデルネ)にとって古代は、眠っているあいだにそれにのしかかるアルプ〔悪夢をもたらす妖精〕のごときものである。

[J82a, 4]

イギリスは前世紀の終わり近くまで社会認識の高度な学校でありつづけた。バルビエはそこから連作詩『ラザロ』を持ち帰り、ガヴァルニは連作『ロンドンで無料(ただ)で見られるもの』と、希望をなくした困窮者トマ・ヴィルロクという人物像を持ち帰った。

[J82a, 5]

「穏やかな眼のアウグストゥスと端正な顔のトラヤヌスの間で、
汝らの上に、おお神殿よ、汝らの上に、おお列柱門よ、
無窮の青空にじっと動かずに輝くのは、
踵のすり減ったブーツをはいたロベール・マケール!」

ヴィクトール・ユゴー『懲罰詩集』シャルパンティエ社版、パリ、一〇七ページ(「礼讃」)〔ロベール・マケールは19世紀仏のカリカチュアの人物、詐欺師の典型〕

[J82a, 6]

「それは、内容に反して……『悪の華』という表題がついている。しかしこれは誤った

表題であり、遺憾ながら次元が低く、この詩集の飛躍の普遍性を過度に特異なものへと狭めてしまっている。」アンリ・バタイユ「ボードレール」(『コモエディア』紙、一九二一年一月七日号)　[J82a, 7]

「街路は耳を聾するばかり」(『悪の華』「通りすがりの女(ひと)に」)といった表現、およびこれに類する表現に関して、当時、車道はほとんどが、おそらく円頭石舗装だったことを忘れてはならない。　[J82a, 8]

ニザールは、『頽唐期のラテン詩人たち』の初版(一八三四年)の序文でこう述べている。「どのような必然性から……人間の精神が、こうした奇妙な衰弱状態に陥るのか説明することに努めたい。そうした状態にあっては、どれほど豊かな想像力の持ち主でも、真の詩のためにもう何もできなくなって、言語を破壊して顰蹙を買う力しかなくなってしまうのだ。……最後に、現代の詩とルカヌスの時代の詩の類似性に触れておこう。……文学が人を支配する国では、政治さえも……あらゆる進歩に一票を投ずるのであり、……批評は……文学的かつ道徳的義務……である。」D・ニザール『頽唐期のラテン詩人に関する風俗と批評の研究』Ⅰ、パリ、一八四九年、Ⅹ、XIVページ　[J83, 1]

ボードレールの――「痩せていて不気味な」――という女性の理想像について。「しかしそれは主に近代の女性、自転車の発明前の時代のフランス女性だ。」ピエール・コーム「ボードレール閑談」(『ヌーヴェル・ルヴュ』誌、一一九巻、パリ、一八九九年、六六九ページ)

[J83, 2]

ニザールは、ファエドルス〔一世紀ころのローマの寓話作家〕が「具象的表現の代わりに抽象的表現をわざとらしく絶えず用いていること」を頽廃(デカダンス)の徴として非難している。「……たとえば、長い頸と言わないで、頸の長さ colli longitudo と言うのである。」D・ニザール『頽唐期のラテン詩人に関する風俗と批評の研究』I、パリ、一八四九年、四五ページ

[J83, 3]

出生率の低下と不妊の問題に関して。「指導理念がなく、目標がなければ、将来についての楽観的予測も、急上昇もない。」ジュール・ロマン『あなた次第』パリ、〈一九三九年〉、一〇四ページ

[J83, 4]

「未知なるものの奥底に」(『悪の華』「旅」の最終行)に関して、既知のものについてのテュルゴの壮大な条りを参照せよ。「この上なく単純なことがこの上なく発見するのが困難であることが多いとはいえ、「地球は丸い、したがって、西へ進めば陸地に出会うだろう」と言ったがゆえに、私はコロンブスに敬服するわけではない。——そうではなく、不屈の魂を特徴づけているのは、彼がある推論に基づいて未知の海へ身を委ねる際の自信なのである。既知の真理によってこれほどの熱意を抱いた人物にあっては、真理を求める天分や情熱とはどのようなものだったのだろうか！」テュルゴ『著作集』Ⅱ、パリ、一八四四年、六七五ページ(「思索と断片」)　[J83, 5]

浪費による零落は貧困の特殊な一形態であって、決して単なる最上級ではない。「欲望充足の全体が極めて複雑でおびただしく分節化されていて、生活がそうした全体の上に築かれているような社会の中心部に貧困が登場するとき、貧困は浪費による零落という独特な性格を……帯びる。そうした全体から脈絡なくばらばらの断片を借用することによって、貧困は……恒常的な穏当なやり方で除去することができないような欲望の言いなりになる。」ヘルマン・ロッツェ『ミクロコスモス』Ⅲ、ライプツィヒ、一八六四年、二七一—二七二ページ　[J83a, 1]

もはや道具を扱うのではなく機械を操作するようになった労働者に関するロッツェの考察は、そうしたかたちで生まれた商品に対する消費者の行動に光をあてるのに適している。「労働者はでき上がった生産物を見れば、その形態のどの部分にも、自分がそれに投入した労働という運動の力と洗練〔の痕〕を依然として認めることができた。それに対して、機械労働に人間が関与できるのは入力操作……ぐらいであり、そうした入力操作は、直接には何もつくり出すわけではなく、どうなっているのかわからないメカニズムに、目に見えない働きをするようわけのわからないきっかけを与えるだけである。」ヘルマン・ロッツェ『ミクロコスモス』Ⅲ、ライプツィヒ、一八六四年、二七二―二七三ページ

[J83a, 2]

自らの意味からははっきりと切り離された記号としての寓意画(アレゴリー)が芸術において位置を占めるのは、意味するものと意味されるものが一体となっている美的仮象に対する敵対者としてである。アレゴリーのこうしたそっけなさが失われれば、アレゴリーの権威もまた失われる。風俗画の場合がそうである。風俗画は、花のように今や突然しおれそうになる寓意画に「生命」を吹き込む。シュテルンベルガーが捉えているのはこうした事態で

ある（『パノラマ』〈ハンブルク、一九三八年〉、六六ページ）。生命という「レンズ豆料理（僅かな代償）のために寿命も厳格な効力も犠牲にして、みかけ上は生き生きとなったアレゴリー」は、当然にも風俗画の所産として現われてくるのである。ユーゲントシュティールにおいては逆のプロセスが始まっているように思える。アレゴリーは再びそっけなさを獲得する。 [J83a, 3]

ロッツェの上記の所見について。無為の徒である遊歩者はもはや生産に関してはなにごとも理解しないが、市場（価格）の事情通にはなりたいと思っている。 [J83a, 4]

「アポリネールの『虐殺された詩人』の「迫害」と「殺害」の章には、一人の詩人の迫害（ポグローム）の有名な描写がある。出版社の建物が襲撃され、詩集は火に投じられ、詩人は殴り殺される。そして同じ場面が同じ時刻に全地球上で繰り広げられる。アラゴンの場合はこうした残虐行為を予感して、「想像力」が最後の十字軍への結集を仲間に呼びかける。」ヴァルター・ベンヤミン「シュルレアリスム」（『リテラーリッシェ・ヴェルト』誌、第五巻七号、一九二九年二月一五日） [J84, 1]

「ずっと以前からもっとも強力な詩的言語の時代だった世紀、つまり一九世紀が、諸科学における決定的な進歩の世紀でもあったのは、決して偶然の一致ではない。」ジャン＝リシャール・ブロック「実用的言語、詩的言語」（『フランス百科事典』XVI、一六―五〇、一二）。かつて占めていた位置から科学によって追い立てられた詩的霊感の諸力が、どのようにして商品世界へ突き進まざるをえなかったかを示すこと。　[J84, 2]

J－R・ブロックが論じた、科学の発展と詩的言語の問題に関して、シェニエの「発明」を参照。

「すべての芸術が統合された。人間の諸科学は、
　詩の石切り場を拡大することなしに、
自らの支配領域を広げることはできなかったのだ！
詩のために、何と長期にわたる労苦が世界を征服してくれたことか！
……
海の内部から出て来た現代のイアソンたちの眼には、
新たなキュベレーと百ものさまざまな世界。
絵画の、崇高な像の何という集積が、

現代のために用意されたこれらの偉大な対象から生まれたことか！」 [J84, 3]

「七人の老人」〔『悪の華』〕について。この詩がボードレールの作品の中で孤立しているという事実だけからしても、この詩がボードレールの作品の中で一つの鍵となるような位置を占めているという仮説がそう的はずれではないことがわかる。こうした仮説がこれまで知られないままできたことは、この詩に対する純粋に文献学的な注釈が失敗したこととも関係があるのかもしれない。だが決め手となる要件はそれほど遠いところにあるわけではない。この詩篇は『人工天国』のある箇所に対応している。ところがこの箇所はさらにこの詩の哲学的射程をも同時に解明してくれる。 [J84, 4]

「七人の老人」にとっては、『人工天国』の次の箇所が決め手になる。これによって、この詩篇の着想をハシッシュに帰すことができる。「狂詩曲風という語は、外部世界とめぐり合わせの偶然性によって示唆され惹起される一連の思念をたいへんみごとに定義するのだが、これは、ハシッシュの場合には、いっそう実際的でいっそう恐ろしい真実性を帯びる。この場合、推論は、もはやあらゆる潮流にもてあそばれる漂流物にすぎなくなり、一連の思念が一層加速され、一層狂詩曲的になること甚しい。」〔ボードレール

『作品集』I、三〇三ページ〔『人工天国』「ハシッシュの詩」の第四章「人＝神」〕 [J84a, 1]

ブランキとボードレールの比較。部分的にブレヒトの言い回しにならって言えば、ブランキの敗北はボードレールの勝利――つまりプチブルの勝利であった。ブランキは没落、ボードレールは大人気。ブランキは悲劇的人物として登場し、彼の裏切りには悲劇的な偉大さがある。内なる敵によって彼は敗北したのだ。ボードレールは喜劇的人物として登場する。すなわち勝ち誇った鳴き声で裏切りの時を告げる雄鶏として登場する。 [J84a, 2]

ナポレオン三世がカエサルなら、ボードレールはカティリナ〔古代ローマの反乱指導者〕のような人間であった。 [J84a, 3]

ボードレールは、屑屋の貧困と乞食の嘲笑と寄食者の絶望を一つに結びつける。 [J84a, 4]

詩篇「後光の紛失」〔『パリの憂鬱』〕の意義はどれほど過大に評価してもし過ぎることがな

い。この詩篇はまず、ショック体験を通じてアウラが脅かされていると主張している点で、きわめて適切である。(おそらくこうした関係は癲癇に向けられた一連の暗喩への注意を喚起することによって解明できる。) その上、極めて衝撃的なのはこの作品の結末である。そこではさらにアウラをひけらかすことが五流詩人のやることとされているからである。――最後にこの詩篇で重要なのは、馬車の往来で大都会の住民が遭遇する危険を、今日自動車に対して感じるあの危険よりも大きいものとして描いている点である。 [J84a, 5]

カティリナは、ボードレールにおいてダンディの一人として登場する〔「現代生活の画家」の第九章「ダンディ」の冒頭〕。 [J85, 1]

娼婦への愛は商品への感情移入の神格化である。 [J85, 2]

「内省」〔『悪の華』第三版に加えられた詩篇〕がユーゲントシュティール的な詩であることを示すこと。「身まかりし歳月たち」がフリッツ・エルラー流のアレゴリーであることを示すこと。 [J85, 3]

ボードレールのサロン評から読みとれる風俗画への憎悪は、いかにもユーゲントシュティール風の感情である。 [J85, 4]

ボードレールに関して広まっていた伝説の内には、彼はガンジス川を渡る間にバルザックを読んだ、というのがあった。アンリ・グラパン「ギュスターヴ・フローベールの詩的神秘主義〔と想像力〕」（『パリ評論』誌、一九一二年一二月一日―一五日号、八五二ページ） [J85, 5]

「人生には真の魅力は一つしかない。《賭博》の魅力だ。しかし、われわれが勝っても負けてもかまわないということになったらどうなることだろう。」『全集』〔正しくはボードレール『作品集』〕II、六三〇ページ（「火箭」） [J85, 6]

「商取引は、その本質からして、悪魔的だ。……商取引は悪魔的だ、なぜなら、それはエゴイズムの一形式、しかももっとも下劣でもっとも卑しい形式だからである。」『全集』〔正しくはボードレール『作品集』〕II、六六四ページ（「〔赤裸の〕心」） [J85, 7]

「恋愛とは何か。自己から抜け出そうとする欲求である。……人は芸術に励めば励むほど、勃起しなくなる。……性交するとは、他人の中へ入ろうと望むことであり、芸術家は決して自分の外には出ない。」『全集』〔正しくはボードレール『作品集』〕〈II〉、六五五、六六三ページ [J85, 8]

「私が、少しは偉くなったのは暇だったためだ。大いに損もした、というのは、財産がなくて暇だと借金が……殖えるからだ。しかし大いに得もした、感受性や、瞑想や、ダンディズムとディレッタンティズムの能力に関して。他の文士たちは、大部分、きわめて無知な卑しいがむしゃらどもだ。」『全集』〔正しくは、ボードレール『作品集』〕II、六五九ページ〔「〔赤裸の〕心」〕 [J85, 9]

「すべてをよく検証すると、仕事をするほうが遊ぶよりも退屈ではない。」『全集』〔正しくは、ボードレール『作品集』〕II、六四七ページ〔「〔赤裸の〕心」〕 [J85, 10]

死の舞踏について〔[K7a, 3]ハクスレーの一節参照〕。「パリの印刷業者ギュイヨ・マルシャンが一四八五年に『死の舞踏（ダンス・マカーブル）』の初版本を飾った木版画が、あらゆる死の舞踏図の中でもっとも有名な、あの一四二四年にパリのイノサン墓地の回廊の壁画として作られたものがもとになっていることはほぼ確かである。……生者を連れ去るために四〇回も繰り返し現われる屍は、ほんとうはまだ死神ではなく死者である。〔添えられた〕詩句ではこの人物像は「死者（ル・モール）」（女性の死の舞踏の場合は「女の死者（ラ・モルト）」）と呼ばれている……それはここでも骸骨ではなく、腹が裂けて空洞になっているまだ完全には肉の削げ落ちていない死体である。ようやく一五〇〇年ころになって、大きな踊り手の姿が、ホルバインで見ることができるような骸骨となる。」ヨハン・ホイジンガ『中世の秋』ミュンヘン、一九二八年、二〇四および二〇五ページ　[J85a, 1]

アレゴリーについて。「『薔薇物語』に出てくる《歓待》《甘いまなざし》《みせかけ》《悪口》《危険》《恥》《恐怖》といった登場人物たちは、さまざまな徳や罪を人間の姿で描き出す真に中世的な表現方法と繋がっている。それらはアレゴリーであり、あるいはそれ以上のもの、つまり半ば信じられた神話要素である。」ホイジンガ『中世の秋』ミュンヘン、一九二八年、一六二ページ　[J85a, 2]

「挑発分子の形而上学」に関して。「あまり先入観がなくても、『艶事秘話』〔『パリ劇壇艶事秘話』〕を読んで、ボードレールがこれの一部を執筆したと考えることに当惑を覚えるかもしれない。ボードレールが、このごく若い頃の仕事を自分のものと認めないにしても、クレペ氏とともに、彼が実際にこれの執筆者の一人であると信ずるに足る十分な理由がある。とすれば、これは、あらゆる成功を憎んで、恐喝すれすれのことをやっているボードレールということだろうか。そうだとすれば、大詩人は全生涯にわたって、『秘話』から「べるぎぃノ魅惑」に至るまで、ときどき、悪意のポケットを空にする必要があったのだと考えられる。」ジャン・プレヴォ、前記作品〔J・クレペが一九三八年にガリマール社から刊行した『パリ劇壇艶事秘話』批評版〕の書評、『NRF』誌、二七巻三〇八号、一九三九年五月一日、八八八ページ

[J85a, 3]

「読者へ」〔『悪の華』〕に関して。「〔ルソー〕『告白』の初めの六巻には、……それらの主題そのものに固有な確かな長所がある。すなわち、読者は誰でも、文学あるいは社交界について偏見に捉われていない限り、共犯者になることである。」アンドレ・モングロン『フランスの前ロマン主義』Ⅱ、『感受性豊かな者たちの師』グルノーブル、一九三〇年、二九五ページ

[J86, 1]

ド・メーストルの重要な一節にはアレゴリーが登場する。それは悪魔的な出自で、その見方はのちにボードレールが見るようになる見方と同じである。だがそれだけではなく、この一節には——サン＝マルタン的あるいはスウェーデンボリ的な神秘主義に依拠して——照応（コレスポンダンス）も登場する。しかも、照応は啓発的なことに、アレゴリーの敵対者となっている。その一節は、『聖ペテルブルク夜話』の「第八夜話」にあり、次の通りである。「宇宙が、地震で揺れた巨大な博物館のようになっていると想像すれば、完璧に正確な宇宙の観念を抱くことができる。入り口は開け放たれ、壊れている。窓はなくなってしまい、キャビネットは全体が倒れてしまったものもあれば、はずれそうになっている留め金にまだ引っ掛かっているのもある。貝類は鉱物室に転がり込み、蜂鳥の巣は鰐の頭にのっている。しかし、本来の意図を疑ったり、建物がそのような状態に建てられたのだと信ずる狂人がいるだろうか。……秩序も無秩序も歴然としている。そして眼は、この巨大な自然の殿堂の中を見まわして、この災害要因によって破壊され、歪曲され、よごされ、位置が変えられてしまったものをすべて容易に原状に復する。さらに、念入りに見たまえ、そうすれば、修理の手がすでに加えられているのが見分けられよう。いくつかの梁が支柱で支えられ、瓦礫の間に通路がつけられ、全体が混乱している中にも、多数の同類のものがもとの場に戻り、互いに接している。」　［J86, 2］

ボードレールの韻律法に関して。もともとラシーヌについて言われた、「散文をすれすれにかすめること、ただし翼で」という言葉がボードレールの韻律法にも適用された。

[J86, 3]

ボードレールの「シテールへの旅」(『悪の華』)に関して。

「そこにあるシテールは悲しみに沈み、憔悴し、愚かだ、
愛という夢の髑髏にして、快楽の
むき出しの頭蓋骨……
……
もう露とタイムを飲む蜜蜂もいない。
ただ空は相変わらず青い。」
ヴィクトール・ユゴー『静観詩集』「セリゴ」

[J86a, 1]

表現能力としての詩(ポエジー)という説――「それに、もし人間が苦悩の中で沈黙するならば/いかに私が苦しんでいるかを語らせて下さる神が私に現われんことを」(ゲーテ『タッソ

ー』第五幕第五場）――は、ラマルティーヌの一八四九年の『瞑想詩集』の「第一の」（本当は第二の）序文の中で特に決定的な形で表現されている。「独創性の追求」、いわんや独創的な能力についての真の自覚が詩人を、とりわけボードレールを単なる表現の詩学から守ってくれる。ラマルティーヌはそれ〔この独創性の追求と独創的能力の自覚〕をこう表現している。「私はもはや誰の模倣もせず、自分自身のために自分自身を表現した。それは芸術ではなく、私自身の心の慰めだった。……あちこちにこのような詩を書きながら、私は幽霊か神以外の誰のことも考えていなかった。」「フランスの大作家たち」叢書、『ラマルティーヌ』Ⅱ、パリ、一九一五年、三六五ページ　**[J86a, 2]**

ボードレールにおける「どぎつい直喩」についてのラフォルグの所見（［J9, 4］）に関して、リュフはこう述べている。「これらの直喩の独創性は、これらのどぎつさにあるというより、隔壁とか蓋とか舞台裏といったイメージの人工的な、すなわち人間的な性質にある。「照応（コレスポンダンス）」が、普通詩人たちが勧める、われわれを自然へと差し向ける照応とは逆の方向で捉えられているのだ。ボードレールは、抑え難い性向によって、われわれを人間的な思考へ導く。人間的な領域でも、イメージによってその描写を拡大しようとする場合、彼は、《自然》に頼るよりはむしろ、

煙突や、鐘楼と言った、これら都会の帆柱を

といった具合に、自然とは別の面での人間の発現の中でそのイメージを選ぶことが多い。」(引用は『悪の華』「風景」から)マルセル＝A・リュフ「『悪の華』の構造について」(『フランス文学史評論』誌、三七巻三号、一九三〇年七月―九月号、三九八ページ)。メリヨンの描写の中の「空を指差す」という表現と比較すること。――ラティエにおける遊歩者の産業活動への転向では、同じモティーフが、無邪気な形で、心理学的方向で現われる。

[J86a, 3]

バルビエの「ニューカッスルの炭鉱夫たち」の第八節は次のように終わる。

「心の奥でわが家の快さを、
　妻の青い眼を夢想していた者が一人ならず、
　深淵の胎内に永遠の墓を見出す。」

オーギュスト・バルビエ『風刺詩と詩歌』パリ、一八四一年、二四〇―二四一ページ――一八三七年に刊行されて、バルビエのイギリスの印象を伝えている詩集『ラザロ』からの抜粋。引用の詩句に関して、「夕べの薄明」(『悪の華』)の最後の二行を参照。

[J87, 1]

職業的陰謀家とダンディは現代の英雄という概念の中で一つになる。この英雄は自分だけで身をもって一つの秘密結社全体を体現している。 [J87, 2]

ヴァレスの世代について。「それは、第二帝政の星なき天空のもとで、信仰も偉大さも欠けた未来に……向かって成長した世代である。」ヘルマン・ヴェンデル「ジュール・ヴァレス」(『ノイエ・ツァイト』三一巻一号、シュトゥットガルト、一九一二年、一〇五ページ) [J87, 3]

「宮廷人が……怠惰で物思いにふけることをしなくなる時には……」ラ・ブリュイエール [J87, 4]

「研究」に関して。「肉体は、何と悲しいことか！　私はすべての書を読んだ。」マラルメ「海の微風」(マラルメ『詩集』パリ、一九一七年、四三ページ) [J87, 5]

無為に関して。「永続的な無為、……この無為に対して深い憎悪がともなっていることを想定してみて下さい。」〈ボードレール〉、一八四七年一二月四日土曜日、母宛て書簡、『母宛

ての手紙』パリ、〈一九三二年〉、二三二ページ　[J87, 6]

ボードレールは、「物事をいつも翌日にまわして年を送る癖」について語っている［どこで？］。　[J87, 7]

ヴィーゼングルント〔＝アドルノ〕（一九三五年六月五日付書簡）が「厳密な意味におけるモデルネ」として定義した初期高度資本主義。　[J87, 8]

無為に関して。ボードレールの悪魔主義は――あれほど重んじられてきたが――ブルジョワ社会が無為な詩人に向ける挑発に応じる彼なりのやり方にほかならない。この悪魔主義は、社会の最下層から発している破壊的で、破廉恥で、とりわけむなしい意思を理づめで取り込んだものにすぎない。　[J87, 9]

無為について。「ヘラクレスも……働いてはいた。……だが彼の人生行路の目的は、それでもいつも高貴なる無為にあった。だからこそ彼もまたオリンポス入りしたのである。教育と啓蒙の発明者であるこのプロメテウスの場合はそうではない。……彼は人間を労働へと誘惑したので、望むと望まざるとにかかわらず今や自分も働かねばならないのである。彼はいまだに十分退屈しているだろうし、決して自らの軛から解放されないだろう。」フリードリヒ・シュレーゲル『ルツィンデ』ライプツィヒ、三四―三五ページ（「無為に関する牧歌」）　[J87a, 1]

「そして私は自分自身に……こう語った。「おお、無為よ、無為よ！　御身は無垢と感激との命の空気だ。汝を吸うのは至福の者たち、御身を所有し育てる者は幸いである。御身、聖なる貴宝よ！　今なおわれわれに楽園の名残りとして残された神にも似たただ一つの断片よ。」」シュレーゲル『ルツィンデ』二九ページ（「無為に関する牧歌」）　[J87a, 2]

「勤勉と有用は灼熱した剣を帯びた死の天使である。この天使は、人間が楽園へと帰ることを妨げるのだ。……そしてこの世のいたるところで高貴なる者と卑俗なる者を分けるのは無為の権利であり、それこそが貴人の真の原理である。」シュレーゲル『ルツィンデ』ライプツィヒ、三二ページ　[J87a, 3]

「ボードレールの、重々しい、まるで電気流（フリュイド・エレクトリック）が充塡されているかのごとき文。」

ジュール・ルナール『〈未発表〉日記〈一八八七―一八九五年〉』パリ、ガリマール社、〈一九二五年〉、七ページ [J87a, 4]

「ところが、大気の中では、不健康な悪魔どもが
まるで事業家のように、のろのろと目を覚ましては、」――
ここに、ポーによる群衆描写との類似性を見てもよいだろう。〔引用は『悪の華』「夕べの薄明」〕 [J87a, 5]

「通りすがりの女に」〔『悪の華』〕において、群衆が名指されても記述されてもいないのと同様、「賭博」〔同〕にも賭博の道具は登場しない。 [J87a, 6]

ブランキは、カベやフーリエ、あるいは果てしなくさまよい歩くサン＝シモン主義のユートピア主義者たちとは違って、パリにいる姿しか想い浮かべることができない。プルードン自身もパリにいてパリで仕事をする自分しか想い浮かべることができない。彼の大都市に関する見方はこれとは反対だ（[A11a, 1]）！〔プルードンからの引用があるのは[A11a, 2]〕 [J87a, 7]

『パリの屑屋』一八八四年版のためにピヤが書いた序文からの抜粋。この序文は、ボードレールの作品と急進社会主義との関係を間接的に証明するものとして重要である。「この痛ましいが健康的なドラマは……しかも、民衆の変化そのもの……に先立つ、私の思想の論理的発展にすぎなかった。私の最初の戯曲『昔の革命』では共和主義思想、『水夫アンゴ』では民主共和主義、『二人の錠前師』『ディオゲネス』『屑屋』では社会民主主義といった具合だ。理想へと向かい、……八九年の仕事を補うことを……目指す常に前進する思想である。……なるほど民族の統一は成し遂げられた……！　政治的統一もやはり成し遂げられた……！　しかし社会の統一を成し遂げることが残っている。いまだに、生まれた時からの空気以外に共通のものがない二つの階級が存在している……そしてこの二つの階級は敬意を愛によってしか結び合わせることができない。富裕なフランス人男性の何人が貧しいフランス人女性と結婚するだろうか。問題はそこだ。……ジャンに話を戻そう。……私はこのドラマの構想を獄中で思いついた。王政に対して共和政側から復讐をしたというので、私は四四年に禁錮刑の判決を受けたのである。そう、これは、あの『ドン・キホーテ』や『ロビンソン〔・クルーソー〕』のような他の民衆の異議表明と同じく獄中の産物なのだ。ジャンと、古びることのないこれらの傑作との間には、少なくともこうした共通点がある。私はこれを、私が獄中にいる間も演じられていた、その兄貴分に当たる『ディオゲネス』のまさしく上演の晩に思いついたのである。思考をまっすぐに辿ることによって、『犬儒派』から『屑屋』が思い浮かんだのである。哲学者の角灯からパーリアの蠟燭が思い浮かんだというわけだ。樽は背負い籠となり、アテナイの恬淡はパリの犠牲的精神となった。ジャンはパリのディオゲネスであり、ディオゲネスはアテナイのジャンだった。私の精神の生まれつきの傾向ゆえに私は民衆へと向かったのである。大衆であるがゆえに私は魅惑されるのだ。私の詩学は常に私の政治学と一致しているので、著者と市民が分離したことはない。私の考えでは、芸術とは、……芸術のための芸術ではなく、人のための芸術だから、民衆に行き着く……はずだった。芸術は、実際、主権者に付き従うものなのである。まず神々に始まり、王たち、貴族たち、ブルジョワたちを経て、ついには民衆に従うのだ。そして、この到達目標の率先力は、『錠前師』においてその原理の根底に達し、『屑屋』でその重心に至るべきだった。従って、ブルジョワ芸術が、王妃に恋する『エルナニ』『リュイ・ブラース』その他で……光り輝いたのに対し、……共和派芸術は……別の王朝、つまり屑屋の王朝を告示したのである。……そして、勝利のあと、まさに二月二四日正午に、「ぼろ着」のドラマが、勝ち誇り武装した民衆の前で無料で上演された。まさしくこの記念すべき上演で、役者は、……背負い籠の中に王冠を見出したのである。何というすばらしい一日だったことか！　筆舌に尽くせない印象だった！　作者も、役者たちも、支配人も、観客たちも、みな一斉に立って、『ラ・マルセイエーズ』の歌に合わせ、砲声に合わせて手を叩いたのだった。……私はジャンの誕生と生涯を述べた。今度は彼の死である。ジャンも共和国も、一二月の不意打ちのもとに斃れたのだ。ドラマは、作者とともに、光栄にも有罪判決を受けた。しかし作者は、ロンドンやブリュッセルで、パリ以外の至るところで、ドラマに拍手喝采が送られるのを見ることができた。このように、家族というものに基礎を置く社会で、近親相姦の権利請求たる『ルネ』、姦通の権利請求たる『アントニー』、売春宿の権利請求たる「ロラ」が大手を振って歩いていたのに、家族の権利請求たる『ジャン』は、家族と《社会》の救い主によって禁じられたのである。」フェリックス・ピヤ『パリの屑屋』五幕ドラマ、パリ、一八八四年、Ⅳ―Ⅷページ　[J88, J88a, 1]

遊歩のための古典的なメインコース――つまりパサージュ――にボードレールは一回も思いを馳せたことはなかったようだ。だが〔『悪の華』の〕「パリ風景」の章の最後を飾る「朝の薄明」の抒情詩的な構造には、パサージュの典型を認めることができる。この詩の主要部分はたがいに韻を踏むことによって、その前後の詩行から適切に仕切られた九つの二行連句から成っている。読者はこの詩篇の中を、まるでショーウィンドーが並んでいる歩廊を歩くように進む。どのショーウィンドーにも、赤裸々な貧窮の的確なイメージが展示されている。この詩篇は二つの四行連句で終わって〈おり〉、それぞれが地上の事物と天上の事物を描き出すことによって付け柱のように互いに対をなしている。〔「朝の薄明」の主要部分が九つの二行連句から成り、二つの四行連句で終わっているという記述を、事実として認めるのは困難である。〕 [J88a, 2]

ボードレールは、賭博の地獄のような時間を、実際に賭博をすることによってというよりも、むしろ憂鬱(スプリーン)に捉えられた時期に知った。 [J88a, 3]

「屑屋の背負い籠にみるパリはちっぽけなものさ。……ほら、そこの籠の中にパリ全部があるようなものだ。……」ピヤ『屑屋』、〈ジャン・〉カスー『一八四八年』パリ、〈一九三九年〉、一三ページに引用 [J88a, 4]

シテ・ドレ〔パリ一八区にある私道〕は屑屋の本拠地であった。 [J88a, 5]

カスーによるブランキの人物描写。「ブランキは、状況の中で厳密に現実的で真正なものを捉え、美辞麗句も感傷もなしに行動するよう生まれついていた。しかし、無名で貧しく機も熟していなかったために彼は、不毛な暴力的手段しか使えず、牢獄に閉じ込められることを余儀なくされた。自分がまったく準備のための象徴的な態度しかとれないこと、闇と鉄格子の中で忍耐するしかないことを彼は知っていた。そして彼の全生涯はそのように過ぎることとなる。その中で彼は黄色い顔色の目つきの鋭い老人となろう。しかし彼は負けることはないだろう。彼が負けることはありえないのだ。」ジャン・カスー『一八四八年』パリ、〈一九三九年〉、二四ページ　[J89, 1]

ユゴーに関して、同じく、「小さな老婆たち」(『悪の華』)に関して(もっともカスーはどちらにも言及しているわけではない)。「それというのも、神々の食卓へのサテュロスの破廉恥な出現、名もなく存在の可能性もない生き物や、奴隷、黒人、化物、蜘蛛、いら草などの公然たる登場、これこそがまさしくロマン主義の世紀の新しさだったからだ。」ジャン・カスー『一八四八年』パリ、二七ページ。(同じくここで、マルクスによるイギリスにおける児童労働の描写を思い浮かべることもできる。)　[J89, 2]

「風景」(『悪の華』)に四八年調と、当時の労働神秘説の反映とを見るのはおそらく不可能ではないだろう。おそらく、カスーが、ジャン・レノーの『地上と天国』に関連してつくり出した表現を、思い浮かべることが許されよう。「《工場》は星の高さまで大きくなり、永遠を占拠する。」ジャン・カスー『一八四八年』パリ、四七ページ [J89, 3]

フレジエ『大都市住民中の危険な諸階級〈とその改善法について〉』II、パリ、一八四〇年、三四七ページ。「屑屋の給料は、労働者の給料と同様、産業の繁栄と不可分である。産業には、自然と同じで、自分自身の残滓によって再生産されるという卓越した特権がある。この特権は、社会の中間層や最上層の富の飾りになると同時に、その最下層にも暮らしの手だてを広めるだけに一層、人類には貴重である。」カスー『一八四八年』七三ページに引用 [J89, 4]

「とにかくダンテは四八年のこうした人々の不断の手本だったからだ。彼らは寄ると触るとダンテの言葉、ダンテのエピソードを持ち出すのだ。彼らは、ダンテと同じように追放の定めにあり、流浪の祖国をにない、運命を告げる託宣を山とたずさえ、亡霊と内心の声を同伴者としている。」ジャン・カスー『一八四八年』パリ、一一一ページ [J89a, 1]

カスーは、ドーミエが描いた典型たちを描写した際に、こう述べている。「丈長のみすぼらしいコートを着、背をまるめた版画愛好家たちのシルエット、それはみな、ジャン＝ジャックの孤独な散歩者の末裔たる、あのボードレール的人物たちだ。」カスー『一八四八年』パリ、一四九ページ　[J89a, 2]

ボードレールの「心の高潔さ」とそのサディズムの間に推察できるある種の連関に関しては、プルーストによるヴァントゥイユ嬢の人物描写を挙げなくてはならない。ところで、この人物描写は、どう見ても、自画像として構想されたものだ。「ヴァントゥイユ嬢のようなサディストたちというのは、ごく純粋な感傷家で、ごく自然に高潔なので、官能の快楽さえも何か悪いことのように、悪人の特権のように映る。そして、このような人たちが、自分に負けて一時、官能の快楽に身を委ねる場合は、自分も共犯者も悪人の立場に立つように努め、一時、律義でやさしい自分の魂から抜け出して、快楽という非人間的な世界に逃げ込むのだという錯覚を抱くようにするのである。」マルセル・プルースト『スワン家の方へ』I、二三六ページ。――ここではまた、アナトール・フランスのボードレールの性愛についての指摘を想い起こしてもよいだろう。ただし、あらゆるサディズムがこうしたかたちで構造化されるとは限らないのではないかと、当然問うてよい。というのも、プルーストがサディズムに突きつけた悪の概念は自覚を排除するように思えるからである。人間同士の性的関係は(動物の場合とは反対に)意識を含んでおり、したがって恐らくサディズムをも、程度の差はあれ高い度合で含んでいるであろう。そうだとすれば、ボードレールの性愛に関する考察は、こうしたプルースト的な弁護以上の重みを持っているはずである。 [J89a, 3]

屑屋と、マルクスが『資本論』の「近代マニュファクチュア」の章(コルシュ編、〈ベルリン、一九三二年〉、四三八ページ)で描いたイギリスの状況を比較する必要がある。 [J89a, 4]

サンタ・マリア・デル・アレーナのジョットの寓意画についてプルーストはこう述べている。「後に私はこう理解した。これらのフレスコ画の驚くべき奇妙さ……は、象徴が大きな役を果たしていることに起因するものであり、象徴化された当の観念が表現されていない以上、象徴が、象徴としてではなく、現実のものとして、実際に被ったもの、あるいは物質的に手を加えられたものとして描かれているために、作品の意味作用に何か一層字義どおりで一層明確なものが付与され、作品の教訓には一層具体的で一層顕著なものが付与されているのだ。哀れな料理手伝いの女においても、彼女の腹が重さで垂れているために、たえず注意が彼女の腹に引き寄せられていたのではないだろうか。」マルセル・プルースト『スワン家の方へ』I、パリ、一二一—一二二ページ　[J90, 1]

ボードレールの芸術理論では、ショックのモティーフは韻律法の原理としてのみ働いているのではない。むしろ、ボードレールが芸術作品における驚きの意味についてのポーの説をわがものとするとき、そこでもまた同一のモティーフが働いているのである。——別な観点から言えばショックのモティーフは、寓意家（アレゴリカー）をその沈思から呼び覚ます「地獄の嘲笑」のうちに現われるのだ。　[J90, 2]

情報欄、広告欄、文芸欄について。無為の徒にはセンセーションが与えられねばならない。商人には顧客が、庶民には世界像が与えられねばならない。　[J90, 3]

「パリの夢」〔『悪の華』〕に関して、クレペ〈ボードレール『悪の華』『全集』〉、パリ、一九三〇年〔正しくは一九三一年〕、コナール社版、四六三ページ）は、アルフォンス・ド・カロンヌ宛て書簡〔一八六〇年三月半ばのもの?〕の一節を引用している。「運動は一般に音を伴います。ピュタゴラスは、音楽を運動している球体に帰しているくらいです。しかし夢は、分離し解体して、新しさをつくり出すのです。」クレペはこの後に、一八五八年一一月の『フランス評論』にエルネスト・エロが「幻想的なジャンルについて」と題して発表した記事を引用している。ボードレールはこの記事を知っていたという。「象徴の領域では、美は生と逆向きだ。博物学者は、まず動物界、次に植物界、最後に鉱物界という風に自然を分類する。生の秩序に従っているわけだ。詩人は、まず鉱物界、次に植物界、最後に動物界と言うだろう。美の秩序に従っているわけである。」 [J90, 4]

「時計」〔『悪の華』〕についてクレペ(コナール社版、四五〇ページ)はこう述べている。「『研究者・蒐集家通信』紙の通信員Ch・Ad・C氏は(一九〇五年九月三〇日号で)、ボードレールが、掛時計の針を取りはずしてしまい、文字盤に「汝が思っているより遅い!」と書き込んだと報告している。」 [J90a, 1]

新しさと見慣れたもの(ファミリエ)に関して。「私の夢の一つは、……ある海の風景とその風景の中世期の様との総合だった。……海がゴチック風になってしまったこの夢、……不可能なものに到達できるように思えるこの夢を、私はすでにたびたび見たことがあるような気がした。しかし、過去の中にも出現し、新しいにもかかわらず、見慣れたものに思われるのは、眠っている間に想像することの特性だから、私は自分が間違えたのだと思った。」マルセル・プルースト『ゲルマントの方へ』Ⅰ、パリ、一九二〇年、一三一ページ

[J90a, 2]

プルーストにおけるまさしくボードレールを思わせるもの。これと、特に〔ボードレールによる〕メリヨンの解説とを比較すべきである。プルーストは、駅について次のように語る。「私がバルベック行きの汽車に乗りに行ったサン＝ラザール〔駅〕のそれのような、あのガラス張りの大きな工場の一つ、それは、切り裂かれた都市の上に、どぎつく、惨事の前兆を山とはらんだあの広大な空をひろげる。そうした空は、ほとんどパリの近代（モデルニテ）の空と言ってもよい、マンテーニャやヴェロネーゼの描くある種の空に似ている。そのような空の下では、鉄道での出発とか、《十字架》を建てるといった、何かおそろしくも荘厳な行為しか行われ得ないのだ。」マルセル・プルースト『花咲く乙女たちのかげに』Ⅱ、パリ、六三ページ

[J90a, 3]

「読者へ」（『悪の華』）の「もし強姦……」の節が、プルーストによって引用され（〈『囚われの女』II、パリ、一九二三年〉、二四一ページ）、次のような独特の注釈が加えられている。「しかし、私は少なくとも、ボードレールが本心からそう言っているのではないと信ずることができる。それに対してドストエフスキーは……。」問題となっているのは、後者の「殺人への関心」である。これはすべてアルベルティーヌとの会話に出てくる。

[J90a, 4]

「通りすがりの女に」に関して。「アルベルティーヌが私の部屋に戻って来たとき、彼女は黒いサテンのドレスを着ていた。そのために彼女は一層青白く、パリの女性のように見えた。空気の欠如と、雑踏という環境と、おそらくは不品行の習慣のために青ざめて、激しやすく、顔色がすぐれなくなって、眼が、頬の赤さで明るく彩られることがないので、一層不安げに見えるといったパリの女性のようだったのである。」マルセル・プルースト『囚われの女』I、パリ、一九二三年、一三八ページ

[J90a, 5]

メリヨンは自分が写真との競争に勝てることを実証する。都市の光景と向き合う一人の版画家としてそれができたのは彼が最後だったといえよう。中世の名残りが残るパリに

ついてのシュタールの叙述によれば、もと司教区庁のあった古い土地に「あまりにも高い建物がたくさんでき、次には中庭をはさんで家々が立ち並ぶようになり……袋小路が走るようになった。ここでは写真は役に立たない。それゆえ偉大な画家メリヨンの銅版画に助けが求められたのである」。フリッツ・シュタール『パリ』ベルリン、〈一九二九年〉、九七ページ　[J91, 1]

メリヨンの「ポント＝シャンジュ」における人影のない背景はかえって「人口過剰なパリ」の相貌（フィジオグノミー）を認識させてくれる。この背景に描かれた窓一つ分の——ないしは二つ分の——幅の家々、したがってひどくほっそりしているくせにいわば背高のっぽの家々に注目しなければならない。その窓の空洞はまるでまなざしのように見る者をとらえる。それは、この時代の貧乏人たちを描いた絵においてもっと多人数でよく出てくる、ひょろりと背の高く目のくぼんだ、まるでメリヨンの版画にある兵営風住宅（ミーツカゼルネ）のように一箇所に押しこめられておどおどしている子どもたちのまなざしを想い起こさせる。　[J91, 2]

メリヨンがポン＝ヌフに寄せた詩句と「ポン＝ヌフのように元気」という古くからのパリの決まり文句を比較すべきである。　[J91, 3]

ボードレールは、田園と緑地と野原を大いにけなしたが、にもかかわらず、大都会が普通で当たり前で許容できるものだなどとはまったく考えなかったというところに特徴がある。 **[J91, 4]**

ボードレールの描いたような非社会的なタイプの人間を、同時代のブルジョワジーが、まだ自らの支配の共犯者として利用することができなかったのは、彼にとって幸運だった。ブルジョワジーが自らの支配装置にニヒリズムを組み込むようになるのは二〇世紀になってからにすぎない。 **[J91, 5]**

「私は、壁と街路と犯罪しか目にしない都市住民が、なぜ信仰が薄いかわかる。」ジャン＝ジャック・ルソー『告白』Ⅳ、イルスム版、パリ、〈一九三一年〉、一七五ページ [J91, 6]

ある都市が近代的（モデルン）かどうかの基準は、記念碑の不在である。（「ニューヨークは記念碑のない都市である」デープリーン）――メリヨンはパリの兵営風住宅から現代性（モデルネ）の記念碑を作り出した。 **[J91a, 1]**

ボードレールは、『イリュストラシオン』誌一八五二年四月一七日号に『続・異常な物語集』の中の一篇を掲載する際に付した序言で、ポーの関心領域の特徴を明らかにしており、特に「現世の変わり者たちや賤民(パリア)の分析」を挙げている(シャルル・ボードレール『全集』クレペ編、翻訳『続・異常な物語集』パリ、一九三三年、三七八ページ)。この表現はブランキがいわば判じ絵として『天体による永遠』に組み込んだ自画像と驚くほど似通っている。「ブランキは……自分自身一つの時代の「賤民」だと認めていた。」モーリス・ドマンジェ『ベル＝イールのブランキ』パリ、一九三五年、一四〇―一四一ページ　[J91a, 2]

メリヨンの「ポント＝シャンジュ」に関して。「悪名高いインスラ・フェリクラエにおけるローマの貸し家は、三ないし五メートルの正面に対して、西洋にはいまだないような、アメリカの僅かな都市にしか見られないほどの高さになっていた。ウェスパシアヌス帝治下のカピトリウムの丘では、屋根の高さはすでに山の頂に達していた。そして、こうした大々的な壮麗な都市に、恐ろしい貧困と生活風俗の頽廃が蔓延し、ペディメントと屋根裏の間に、地下室や裏庭に、すでに新たな原始人が生まれていた。……ディオドルス〔前一世紀後半の歴史家、シチリア島出身のギリシア人〕は、ローマで、たいへん高い階にきたない部屋を借りた廃位のファラオの物語を語っている。」オスヴァルト・シュペングラー『西洋の没落』Ⅱ、1、パリ、一九三三年、一四三ページ [J91a, 3]

産児制限に関して。「大きな転機は、きわめて文明化した住民の一般的な考え方が、子どもの存在「理由」を見出すときにまさしく現われる。……巧妙な産児制限がそこに始まるのである。……それはローマ時代に恐ろしい規模になった――初めは物質上の貧困を根拠としていたが、すぐにいかなる根拠も不要となった。」オスヴァルト・シュペングラー『西洋の没落』Ⅱ、1、パリ、一四七ページ。一四六ページを参照。農民は、自分が代々の先祖の一員でもあれば、子孫の連鎖の一部でもあるという感情をもっている。 [J91a, 4]

『悪の華』という表題に関して。「素朴な時代には、一八二四年になっても、詩集の表題はただ著者が扱ったジャンルを表わすだけだった。オード集とか、書簡詩集とか、軽妙詩集とか、英雄書簡体詩集とか、風刺詩集といったものだった。今日では表題は象徴である。これ以上凝ったものはない。著者に抒情的意図があるなら、自分の詩集に、――『旋律』とか『前奏曲』……というような響きのよい音楽的なレッテルを貼る。優しい自然愛好家ならむしろ『よき園芸家年鑑』……の中で表題を選ぶ。というわけで、『枯葉』とか……『巴旦杏の枝』……といった詩集がある。『椰子の木』や『糸杉』……もある。それから花である。『南仏の花』『プロヴァンスの花』『アルプスの花』『野の花』といった具合だ。」シャルル・ルアンドル「文学統計――一八三〇年以降の詩」(『両世界評論』、三〇巻、パリ、一八四二年六月一五日、九七九ページ)

[J92, 1]

「七人の老人」の初めの題は「パリの幽霊たち」だった。

[J92, 2]

「憲法の原理としての平等の布告は、最初から思考にとって進歩であるばかりではなく危険でもあった。」(マックス・ホルクハイマー「唯物論と道徳」『社会研究誌』一九三三年二号、一八八ページ)ポーの群衆の記述に見られるばかげた単調さも、この危険の領域に含まれる。同じ七人の老人が現われるという幻覚も同類のものだ。

[J92, 3]

物は商品になって初めて人間相互を疎外へと追いやる働きをする。物がそうした働きをするのは価格を通じてである。商品の交換価値への感情移入、つまり商品の等価性を支えているものへの感情移入――それが決定的なのである。(交換価値を生産する労働に費やされる時間の絶対的な質的等価性が灰色の背景をなしており、そこからセンセーションのきわどい色彩が際立つのである。） [J92, 4]

憂鬱（スプリーン）に関して。一八五三年九月一六日のラカンブル宛てブランキの書簡。「本物の《死者の帝国》からの便りの方が、われわれが検疫期間を過ごしている、この死者の霊の《王国》の陰気な玄関からの便りよりもきっと面白いことでしょう。出口を探している蜘蛛のように、壜の底で動きまわる隠者のような生活ほどみじめなものはありません。」モーリス・ドマンジェ『ベル＝イールのブランキ』〈パリ、一九三五年〉、二五〇ページ [J92, 5]

ベル＝イールからの空しい脱走の試みの後にブランキは一カ月間「フーケの館」監獄〔ベル＝イール監獄の別館〕に投獄された。ドマンジェは、「耐え難く、沈滞した時間と分の連続が頭蓋に連打を浴びせる」と言っている。モーリス・ドマンジェ『ベル＝イールのブランキ』二三八ページ [J92a, 1]

次のバルビエの詩句は、「風景」〔『悪の華』〕のいくつかの箇所と比較すべきである（サント＝ブーヴ『同時代人の肖像』Ⅱ、パリ、一八八二年、二三四ページ〔ブリズーとオーギュスト・

バルビエ」に引用)。

「何と筆舌に尽くせぬ幸福だろう、何という悦楽だろう、
神性の生きた光線となり、
天の高み、天の丸天井から
足もとに世界の塵が輝くのを見るのは、
世界の輝かしい目覚めのたびごとに、
鳥のように何千もの太陽が歌うのを聞くのは！
おお！　美しい物とともに生きることは何と幸福なことか！
原因に遡らずして幸せであることは何と甘美であることか！
何と甘美なことか、最良を望まずして心地よいことは、
そして天に倦む必要がまったくないことは！」

[J92a, 2]

解説　倦怠のメタファーとしてのパサージュ

横張　誠

ベンヤミンは、ハシッシュの効果に関する実験記録「一九三〇年初旬のハシッシュ」で、アウラが「内」の感覚に密接に関わる様をこう伝えている。「[……]真正のアウラの特徴を成すのは、装飾である。すなわち、装飾が丸くまわりをとり囲んでいて、そこに物や人がケースに入ったように、ぴったりと収まっているのである。」物や人をボーっととり囲んでいるアウラは、飾りのようで、物や人がきれいな入れ物に収まっているように見えるというのだ。もし自分がアウラにとり囲まれているとすれば、「外」ということを考えるだけで、ほとんど責め苦になる」(「一九二八年一月一五日の記録」)という。

この「装飾が丸くまわりをとり囲んでい」るというアウラの特性は、『パサージュ論』の「D：倦怠、永劫回帰」の覚え書のひとつに見られる以下の「倦怠 Langeweile」の定義の、まるで簡潔な言いかえであるかに思われる。

倦怠とは、内側に華やかで多彩な絹の裏地を張った暖かい灰色の布地のようなものである。われわれは夢見るとき、この布地にくるまれている。そのときわれわれは、この裏地のアラベスク模様のうちでやすらっているのだ。しかし、くるまれて眠っている本人は外からは灰色に、そして倦怠を覚えているように見える。そして、彼が眼を覚まし、夢見たことを語ろうとすると、伝えられるのは大抵はこの倦怠だけなのである。というのも、時間の裏地を一気に表側にかえすことなど誰にできようか。ところが夢を語るというのは、まさにそれをすることなのだ。　[D2a, 1]

続いて、当然のごとく、また読者の予測通り、以上の見解がパサージュにも通用することが指摘される。「[……]パサージュについてもそのように扱うほかない。パサージュはそのなかでわれわれが、われわれの両親の、そして祖父母の生をいまいちど夢のように生きている建築物なのだ、ちょうど胎児が母親の胎内で、動物たちの生をいまいちど生きているように。こうした空間のなかの生活は、特に何のアクセントもなく、夢の中のできごとのように流れていく。遊歩こそはこのような半睡状態のリズムである。」

「パリのパサージュの多くは、一八二二年以降の一五年間に作られ」(「概要」ドイツ語、フランス語草稿、冒頭)、それよりも後に建設された他のヨーロッパ諸都市のパサージュよりも、小規模で、狭小な「内」の感覚を生みやすいので、この見解は理解しやすい。そのような空間におけるリズムが、遊歩だという指摘に注目しておこう。結局、「アウラ」、「倦怠」、「パサージュ」の定義が、ほぼ同一になり、パサージュは、「アウラ」、「倦怠」のメタファーにもなっている。

本巻の大部分を占める、『パサージュ論』最大の覚え書・資料群である「J：ボードレール」に目を移すことにしよう。ベンヤミンは、これに対応するまとまったテクストを残しており、そこが、この断章群が他の覚え書・資料群と異なるところである。「ボードレールにおける第二帝政期のパリ」と「ボードレールにおけるいくつかのモティーフについて」がそれで、未定稿の断章の集積にすぎないが、ある程度論旨が辿れる「セントラルパーク」を加えてもよいだろう。

ベンヤミンは、一九三八年七月二〇日付で、グレーテル・アドルノ宛てにこう書いている。「この仕事では、［……］アレゴリーやユーゲントシュティールやアウラといった、これまで僕にはある程度互いに隔絶した思考分野に現れただけのモティーフがはじめて関連づけられます。」(『ベンヤミン著作集』15、二一七—二一八ページ。訳は改変) ベンヤミンが、デンマークのスヴェンボルに亡命中のブレヒトのもとに滞在して「ボードレールにおける第二帝政期のパリ」を執筆していた時期の書簡なので、話題にしている「仕事」とは、このボードレール論を指すのだが、「アレゴリー」、「ユーゲントシュティール」、「アウラ」を関連づけるという計画は、そこでは実現しなかった。「ボードレールにおける第二帝政期のパリ」には、「アウラ」の語は一度も出て来ない。ただし、これの第二章「遊歩者」には、「第二帝政期末期の様式であるマカルト〔一八四〇―一八八四、オーストリアの画家〕様式にとって、住居は一種のケースとなる」（ヴァルター・ベンヤミン『パリ論／ボードレール論集成』ちくま学芸文庫、一四〇ページ。訳は改変）という表現があり、これは、明らかに、ハシッシュ実験記録が伝える「アウラ」の特徴を踏まえている。ベンヤミンは、この段階では、「アウラ」の概念そのものをボードレールに関連づけられるまで、考えが纏まっていなかったものと推定される。

「アウラ」は、一九三九年発表の「ボードレールにおけるいくつかのモティーフについて」においてはじめて一貫性をもって扱われるのである。「アレゴリー」は、「ボードレールにおける第二帝政期のパリ」の第三章「現代性（モデルネ）」の後半で、他の二概念と関連づけられることなく、単独で問題とされる。「ユーゲントシュティール」となると、「セントラルパーク」で扱われているだけだが、ここには、「アレゴリー」、「ユーゲントシュティール」、「アウラ」を関連づける意図が感じられる。ただ、これは、ノートの集積にすぎない未完のテクストなので、この意図は達成されていない。

ここで、「ボードレールは倦怠（アンニュイ）の詩人である」と言ったら、誤りだろうか。『悪の華』の序に当たる「読者に」では、「我らのもろもろの悪徳を集めたおぞましい動物小屋の、／喧しく鳴き、吠え、唸り、這いまわる怪物どもの」うちでも「さらに醜く、さらに邪な、さらに汚い一匹がいる！」とされて、最終聯に次のように〈倦怠（アンニュイ）〉が登場するのである。

　　それは、〈倦怠（アンニュイ）〉だ！　目には心ならずも涙をため、
　水煙管を吸いながら死刑台の夢を見る。

〈倦怠（アンニュイ）〉は、いわば悪のエネルギー源であり、したがって『悪の華』という機構の原動力であることが、ここに読みとれるのである。

そして、『悪の華』の最後を飾る詩篇「旅」の一聯はこうだ。

　　苦い知識だ、旅から得る知識は！
　単調で、とるに足らぬ世界は、今日も、

昨日も、明日も、いつも、われわれに自分の姿を見せてくれる、
倦怠(アンニュイ)の砂漠の中の、恐怖のオアシスだ！

初めと終わりだけでなく、間でもかなりの頻度で、「倦怠 ennui」の語の用例は見られるし、散文詩に現れる頻度もそれに劣らない。

しかし、「J：ボードレール」には、それらの箇所の抜き書きや引用は一切なく、倦怠に関する資料も考察も見られない。ここには、多様な覚え書と資料が収められ、それらの間に整合性を見出すのがむしろ難しいのだが、この「倦怠」の不在は一貫している。ベンヤミンは、『パサージュ論』の概要「パリ――一九世紀の首都」の一九三五年のドイツ語草稿でも、一九三九年のフランス語草稿でも、ボードレールを、「倦怠(アンニュイ)」というより「メランコリー」の詩人ととらえているようだ。それは正しいとしても、なぜそれほど「倦怠 ennui」の語を避けるのだろうか。

とりあえず、「概要」フランス語草稿の「ボードレールあるいはパリの街路」冒頭部に目を向けよう。「ボードレールの創造の天分は、メランコリーを糧とするが、それはアレゴリーの天分である。ボードレールにおいて初めてパリが抒情詩の主題となる。［……］この都市を見すえるアレゴリーの天才の視線はむしろ、深い疎外感をあらわして

いる。それは遊歩者の視線なのだが、遊歩者の生活様式は、心地よい幻影の裏に大都会の未来の住民の悲惨を隠すものだ。」（第一巻、七四―七五ページ）一見簡潔だが、この記述はかなり理解しにくい。先に、ベンヤミンは、パサージュを、「アウラ」、「倦怠」のメタファーのように扱っていることを指摘したが、さらに、彼が、この空間の中で送る時間が、「夢の中のできごとのように流れていく」としたうえで、「遊歩こそはこのような半睡状態のリズムである」と述べていることが注目される。ところが、「概要」フランス語草稿では、「アレゴリーの天才」たるボードレールの視線が、「遊歩者の視線」でもあることが読みとれる。つまり、ボードレールは、アレゴリーの天才であると同時に、遊歩者だということになる。とすれば、アレゴリーと遊歩がどう両立するのか問わざるをえない。

まず、遊歩者の群衆との関わりに関するベンヤミンの考えの微妙な動きを検討する必要がある。「概要」フランス語草稿の先の引用箇所のすぐ後には、「遊歩者は群衆の中に逃げ場を求める。群衆とはヴェールであって、これを通して見ると、遊歩者には見馴れた都会が、魔術幻灯（ファンタスマゴリー）で動いているように思われるのである」という見解が見られる。ボードレールは、実際、散文詩「群衆」で、群衆に特殊な形で陶酔する方法を描いている。これに対して、彼はまた、次のように群衆から離反する様を伝えている。「この卑しい世界に迷い込み、群衆に小突かれて、私は、言わば、目に入るものといえば、背後の深い歳月には幻滅と苦さだけ、前には、教訓にせよ苦痛にせよ、新しいものはなにも含まれていない雷雨だけといった倦み疲れた男である。」この件は、「火箭」22のうちの、「世界は終わりかけている」という文で始まる、ブルジョワ批判部分の末尾近くに含まれているので、「群衆に小突かれて」という表現は、群衆が結局ブルジョワから構成されていることに気づいたことを伝えているようだ。ベンヤミンは、「ボードレールにおけるいくつかのモティーフについて」の末尾に、「群衆に小突かれて」の部分を強調してこれを引用し、「独自に運動し、独自の魂をもち、遊歩者が魅了される群衆という仮象は、彼〔ボードレール〕から消え失せたのである」（前掲『パリ論／ボードレール論集成』三一六ページ。訳は改変）という解釈を示している。ベンヤミンは、この「火箭」の一節に、ボードレールがアレゴリーの詩人であることの根拠を見出したわけではない。彼がここに読みとったのは、ボードレールが、「アウラの崩壊」を「承認」したことである。引用箇所の「雷雨」は、フランス語原文では《orage》で、風を伴うものだが、これの語源は、ラテン語のそよ風を意味する《aura》である。よい風だった《aura》が悪い風《orage》に変貌したのであり、群衆を包んでいたアウラが崩壊したわけである。

ところが、そのような結論は、「ボードレールにおける第二帝政期のパリ」の第二章

「遊歩者」の末尾近くに示された、ボードレールは、「群衆に結晶する社会的仮象の本質を見抜くことがなかった」(同書、一七二ページ。訳は改変)という見解と矛盾するように思える。これらを両立させる理屈を見出すのはむずかしい。「ボードレールにおける第二帝政期のパリ」が、社会研究所の紀要に掲載を拒否され、一九四〇年刊行の同紀要に掲載された「ボードレールにおけるいくつかのモティーフについて」は、これを改稿したものである。したがって、「群衆に小突かれて」の解釈は、「ボードレールにおける第二帝政期のパリ」に示した考えを改めたものと理解することが可能である。

ベンヤミンは、ここではまだ、ボードレールをアレゴリーの詩人と認定しているわけではない。しかし、「セントラルパーク」の次のメモでは、理論上、ベンヤミンがそうした結論に至ることが読みとれる。「仮象の欠如とアウラの衰退は同一の現象である。ボードレールは、アレゴリーの技法をそのために用いる。」(同書、三五三ページ。訳は改変)こうして、「群衆に小突かれて」に関する見解は、「ボードレールは、寓意家(アレゴリカー)である(となる)」と読みかえることができる。ボードレールは、この経験によって、半睡状態の遊歩者からアレゴリーの人となったのだ。これは、倦怠という「内側に華やかで多彩な絹の裏地を張った暖かい灰色の布地」にくるまって見ていた夢からの覚醒である。

しかしこれで、アレゴリーと遊歩がどう両立するのかという問いへの答えが得られるわけではない。とりあえずは、ベンヤミンが示す、次のような、商品をめぐる見解から、（パサージュを）遊歩する者は、寓意家(アレゴリカー)となることがわかる。「［……］寓意家は、商品とともにあるとき彼の本領を発揮するのだ。遊歩者として彼は、商品の魂に感情移入している。寓意家として彼は、商品が市場に登場する際に付される「値札」のうちに、彼の沈思の対象――つまり、意味――を再認する。」（本巻、［J80, 2, J80a, 1］）これは、パサージュを遊歩する者は、陳列された商品にうっとりしたあと、値札を見て愕然とするという、ありふれた事態を伝えている。「概要」フランス語草稿に見られる「遊歩者の生活様式は、心地よい幻影の裏に大都会の未来の住民の悲惨を隠すものだ」とは、このことを指していると理解してよいのかどうか迷うところだ。

ところで、初めに「アウラ」、「倦怠」、「パサージュ」の定義の間に、同義性あるいは類義性が認められることを指摘したが、これまで検討したかぎり、「倦怠」は［J］で一切問題にされることがない。「D：倦怠、永劫回帰」に残した覚え書と資料を概観しても、パサージュとの関連で「倦怠」を考察しようとする姿勢しか見られない。ボードレールの名は数回見られるが、「倦怠」との関わりで出てくるのは一度（［D1, 4］）だけで、そこでもボードレール自身の考え方に関心が向けられるわけではない。「読者に」に登場する「死刑台の夢を見る」〈倦怠(アンニュイ)〉は、ベンヤミンの射程内にはないようだ。「倦怠

Langeweile」が、人がやすらぐことができるアラベスク模様の布地に譬えられ、さらにパサージュのメタファーになるような思考回路に、「死刑台の夢を見る」ような「倦怠ennui」の観念が入り込むのは困難である。[J]における「倦怠(アンニュイ)」の一貫した不在の理由は、そこにあると思われる。

ベンヤミンはまず、パサージュの本質を解明する過程で、それが倦怠Langeweileと不可分であることに気付き、これを定義したものと推定される。実はこれが、ボードレールの作品から読みとれる倦怠ennuiの内容とかなりずれていたのである。おそらくそのために、彼は「倦怠(アンニュイ)」について沈黙を強いられたのだろう。この沈黙が、留保にすぎなかったのかどうか、興味深いところである。

本巻には「J：ボードレール」のほかに、「H：蒐集家」と「I：室内、痕跡」が収められている。[I]に関しては、「概要」独仏語の両草稿に、「ルイ＝フィリップあるいは室内」というセクションが設けられているので、ベンヤミンの計画はおおよそ知ることができる。これに対し、[H]については、独立したセクションは設定されていないが、[I]の内容と密接な関係にあり、「ルイ＝フィリップあるいは室内」のドイツ語草稿には、「室内は芸術の避難場所であり、この室内の真の居住者は蒐集家である」(第一巻、四二ページ）という表現が見られる。

そこで、このように一体化する［H］と［I］が、［J］のテーマであるボードレールに関わる一例を挙げるとしよう。［I］には、次のように、ボードレールの散文詩「旅への誘い」（『パリの憂鬱』）からの抜き書きがある。「夕陽が食堂や居間をかくも豊かに彩るのだが、その光は、美しい織物や、また鉛の桟で多くの仕切りに分けられた精巧な作りの高窓を通って、和らげられている。家具はゆったりとして、珍しく、風変わりであり、洗練された魂のように錠や秘密で守りを固められている。鏡、いろいろな金属、織物、金銀細工、陶器は、見るものの眼に、音のない神秘に満ちた交響楽を奏でている。」（［I6a, 1］）この散文詩は、実は旅への誘いではなく、理想の国に行ってそこに定住し、豪奢な室内で暮らすように誘っているのである。その国は、「西洋の東洋、ヨーロッパの中国と呼べる」とされ、想定されているのはオランダらしく、決して東洋の国ではない。室内にある家具調度については、「世界の財宝がそこに溢れる」という表現が用いられている。この散文詩と対をなす、ほぼ同じ内容の同題の韻文詩（『悪の華』五三）では、部屋から見える運河に浮かぶ船は、「ささいなものであろうとも／君の欲望を満たすため」にやってくるのだという。こうした部屋の様子は、「概要」フランス語草稿の「ルイ＝フィリップあるいは室内」に記述されている、ルイ＝フィリップ期の、私人としてのブルジョワの部屋そのものである。「彼〔私人としてのブルジョワ〕は、そこに遠く離れた地方や過去の思い出をよせ集める。彼のサロンは、世界という劇場のボックス席なのだ。」（第一巻、七〇ページ）「彼」が蒐集家でもあることは言うまでもない。

最後に気になるのは、［H］にある、「本書では、パリのパサージュも、一人の蒐集家の手のうちにある所有物であるかのように考察される」（［H1a, 5］）という文である。抜き書きあるいは引用と覚え書の堆積として残された『パサージュ論』は、ベンヤミンという蒐集家の「所有物」だったのだろうか。こう問うのは、「蒐集において決定的なことは、事物がその本来のすべての機能から切り離されて、それと同じような事物と、考えうるかぎりもっとも緊密に関係するようになるということである」（［H1a, 2］）という「蒐集」に関する見解は、ベンヤミンが『パサージュ論』で目指したことにそのまま当て嵌まるように思えるからである。さらに、同じ覚え書の末尾に見られる「本書でわれわれは、前世紀のキッチュを目覚めさせ「集合」させる、一種の目覚まし時計を組み立てたいと思う」という構想の表明は、蒐集家と同じ立場で、ベンヤミンが、『パサージュ論』執筆の準備作業にあたっていたことを確信させるのである。

シャルル・ボードレール
(1821-1867)

エドガー・アラン・ポー
(1809-1849)

マクシム・デュ・カン
(1822-1894)

ジョルジュ・サンド
(1804-1876)

パサージュ論（二）〔全5冊〕
ヴァルター・ベンヤミン著

2021年2月16日　第1刷発行

訳　者　今村仁司　三島憲一　大貫敦子
高橋順一　塚原　史　細見和之
村岡晋一　山本　尤　横張　誠
與謝野文子　吉村和明

発行者　岡本　厚

発行所　株式会社　岩波書店
〒101-8002 東京都千代田区一ツ橋2-5-5

案内 03-5210-4000　営業部 03-5210-4111
文庫編集部 03-5210-4051
https://www.iwanami.co.jp/

印刷・精興社　製本・中永製本

ISBN 978-4-00-324634-4　Printed in Japan

読書子に寄す

――岩波文庫発刊に際して――

岩波茂雄

真理は万人によって求められることを自ら欲し、芸術は万人によって愛されることを自ら望む。かつては民を愚昧ならしめるために学芸が最も狭き堂宇に閉鎖されたことがあった。今や知識と美とを特権階級の独占より奪い返すことはつねに進取的なる民衆の切実なる要求である。岩波文庫はこの要求に応じそれに励まされて生まれた。それは生命ある不朽の書を少数者の書斎と研究室とより解放して街頭にくまなく立たしめ民衆に伍せしめるであろう。近時大量生産予約出版の流行を見る。その広告宣伝の狂態はしばらくおくも、後代にのこすと誇称する全集がその編集に万全の用意をなしたるか。千古の典籍の翻訳企図に敬虔の態度を欠かざりしか。さらに分売を許さず読者を繋縛して数十冊を強うるがごとき、はたしてその揚言する学芸解放のゆえんなりや。吾人は天下の名士の声に和してこれを推挙するに躊躇するものである。このときにあたって、岩波書店は自己の責務のいよいよ重大なるを思い、従来の方針の徹底を期するため、すでに十数年以前より志して来た計画を慎重審議この際断然実行することにした。吾人は範をかのレクラム文庫にとり、古今東西にわたって文芸・哲学・社会科学・自然科学等種類のいかんを問わず、いやしくも万人の必読すべき真に古典的価値ある書をきわめて簡易なる形式において逐次刊行し、あらゆる人間に須要なる生活向上の資料、生活批判の原理を提供せんと欲する。この文庫は予約出版の方法を排したるがゆえに、読者は自己の欲する時に自己の欲する書物を各個に自由に選択することができる。携帯に便にして価格の低きを最主とするがゆえに、外観を顧みざるも内容に至っては厳選最も力を尽くし、従来の岩波出版物の特色をますます発揮せしめようとする。この計画たるや世間の一時の投機的なるものと異なり、永遠の事業として吾人は微力を傾倒し、あらゆる犠牲を忍んで今後永久に継続発展せしめ、もって文庫の使命を遺憾なく果たさしめることを期する。芸術を愛し知識を求むる士の自ら進んでこの挙に参加し、希望と忠言とを寄せられることは吾人の熱望するところである。その性質上経済的には最も困難多きこの事業にあえて当たらんとする吾人の志を諒として、その達成のため世の読書子とのうるわしき共同を期待する。

昭和二年七月

《ドイツ文学》〔赤〕

ニーベルンゲンの歌 全二冊　相良守峯訳
若きウェルテルの悩み　ゲーテ　竹山道雄訳
ヴィルヘルム・マイスターの修業時代 全三冊　ゲーテ　山崎章甫訳
イタリア紀行 全三冊　ゲーテ　相良守峯訳
ファウスト 全二冊　ゲーテ　相良守峯訳
ゲーテとの対話 全三冊　エッカーマン　山下肇訳
スペインの太子 ドン・カルロス　シルレル　佐藤通次訳
改訳 オルレアンの少女　シルレル　佐藤通次訳
ヒュペーリオン —希臘の世捨人　ヘルデルリーン　渡辺格司訳
青い花　ノヴァーリス　青山隆夫訳
夜の讃歌・サイスの弟子たち 他一篇　ノヴァーリス　今泉文子訳
完訳 グリム童話集 全五冊　金田鬼一訳
ホフマン短篇集　池内紀編訳
水妖記（ウンディーネ）　フーケー　柴田治三郎訳
O侯爵夫人 他六篇　クライスト　相良守峯訳
影をなくした男　シャミッソー　池内紀訳

流刑の神々・精霊物語　ハイネ　小沢俊夫訳
冬物語 —ドイツ　ハイネ　井汲越次訳
ユーディット 他一篇　ヘッベル　吹田順助訳
芸術と革命 他四篇　ワーグナー　北村義男訳
ブリギッタ・森の泉 他一篇　シュティフター　宇多五郎　高安国世訳
みずうみ 他四篇　シュトルム　関泰祐訳
村のロメオとユリア　ケラー　草間平作訳
沈鐘　ハウプトマン　阿部六郎訳
地霊・パンドラの箱 ルル二部作　F・ヴェデキント　岩淵達治訳
春のめざめ　F・ヴェデキント　酒寄進一訳
ゲオルゲ詩集　手塚富雄訳
花・死人に口なし 他七篇　シュニッツラー　番匠谷英一　山本有三訳
リルケ詩集　高安国世訳
ドゥイノの悲歌　リルケ　手塚富雄訳
ブッデンブローク家の人びと 全三冊　トーマス・マン　望月市恵訳
トオマス・マン短篇集　実吉捷郎訳
魔の山 全二冊　トーマス・マン　関泰祐　望月市恵訳

トニオ・クレエゲル　トオマス・マン　実吉捷郎訳
ヴェニスに死す　トオマス・マン　実吉捷郎訳
車輪の下　ヘルマン・ヘッセ　実吉捷郎訳
漂泊の魂 クヌルプ　ヘルマン・ヘッセ　相良守峯訳
デミアン　ヘルマン・ヘッセ　実吉捷郎訳
シッダルタ　ヘッセ　手塚富雄訳
ルーマニア日記　カロッサ　高橋健二訳
美しき惑いの年　カロッサ　手塚富雄訳
若き日の変転　カロッサ　斎藤栄治訳
幼年時代　カロッサ　斎藤栄治訳
指導と信従　カロッサ　国松孝二訳
ジョゼフ・フーシェ —ある政治的人間の肖像　シュテファン・ツワイク　高橋禎二　秋山英夫訳
変身・断食芸人　カフカ　山下肇　山下萬里訳
審判　カフカ　辻瑆訳
カフカ短篇集　池内紀編訳
カフカ寓話集　池内紀編訳
三文オペラ　ブレヒト　岩淵達治訳

- 肝っ玉おっ母とその子どもたち　ブレヒト　岩淵達治訳
- ドイツ炉辺ばなし集 —カレンダーゲシヒテン　ヘーベル　木下康光編訳
- 憂愁夫人　ズーデルマン　相良守峯訳
- 悪童物語　ルウドキヒ・トオマ　実吉捷郎訳
- ウィーン世紀末文学選　池内紀編訳
- ティル・オイレンシュピーゲルの愉快ないたずら　阿部謹也訳
- 大理石像・デュランデ城悲歌　アイヒェンドルフ　関泰祐訳
- 改訳 愉しき放浪児　アイヒェンドルフ　関泰祐訳
- チャンドス卿の手紙 他十篇　ホフマンスタール　檜山哲彦訳
- ホフマンスタール詩集　川村二郎訳
- 陽気なヴッツ先生 他一篇　ジャン・パウル　岩田行一訳
- インド紀行 全二冊　ボンゼルス　実吉捷郎訳
- ドイツ名詩選　生野幸吉　檜山哲彦編
- 蝶の生活　シュナック　岡田朝雄訳
- 聖なる酔っぱらいの伝説 他四篇　ヨーゼフ・ロート　池内紀訳
- ラデツキー行進曲 全二冊　ヨーゼフ・ロート　平田達治訳
- ジャクリーヌと日本人　ヤーコブ　相良守峯訳

- 人生処方詩集　エーリヒ・ケストナー　小松太郎訳
- 三十歳　インゲボルク・バッハマン　松永美穂訳
- 第七の十字架 全二冊　アンナ・ゼーガース　山下肇・新村浩訳

《フランス文学》〔赤〕

- ロランの歌　有永弘人訳
- ラブレー第一之書 ガルガンチュワ物語　渡辺一夫訳
- ラブレー第二之書 パンタグリュエル物語　渡辺一夫訳
- ラブレー第三之書 パンタグリュエル物語　渡辺一夫訳
- ラブレー第四之書 パンタグリュエル物語　渡辺一夫訳
- ラブレー第五之書 パンタグリュエル物語　渡辺一夫訳
- ピエール・パトラン先生　渡辺一夫訳
- 日月両世界旅行記　シラノ・ド・ベルジュラック　赤木昭三訳
- ロンサール詩集　ロンサール　井上究一郎訳
- エセー 全六冊　モンテーニュ　原二郎訳
- ラ・ロシュフコー箴言集　二宮フサ訳
- ブリタニキュス ベレニス　ラシーヌ　渡辺守章訳
- ドン・ジュアン —石像の宴　モリエール　鈴木力衛訳

- 完訳 ペロー童話集　新倉朗子訳
- 偽りの告白　マリヴォー　鈴木力衛訳
- 贋の侍女・愛の勝利　マリヴォー　佐藤実枝・井村順一訳
- カンディード 他五篇　ヴォルテール　植田祐次訳
- 哲学書簡　ヴォルテール　林達夫訳
- 孤独な散歩者の夢想　ルソー　今野一雄訳
- フィガロの結婚　ボオマルシェエ　辰野隆訳
- 危険な関係 全二冊　ラクロ　伊吹武彦訳
- 美味礼讃 全二冊　ブリア-サヴァラン　関根秀雄・戸部松実訳
- アドルフ　コンスタン　大塚幸男訳
- 近代人の自由と古代人の自由・征服の精神と簒奪 他一篇　コンスタン　堤林剣・堤林恵訳
- 恋愛論 全二冊　スタンダール　杉本圭子訳
- 赤と黒 全二冊　スタンダール　桑原武夫・生島遼一訳
- ゴプセック・毬打つ猫の店　バルザック　芳川泰久訳
- 艶笑滑稽譚 全三冊　バルザック　石井晴一訳
- レ・ミゼラブル 全四冊　ユーゴー　豊島与志雄訳
- 死刑囚最後の日　ユーゴー　豊島与志雄訳

ライン河幻想紀行　ユゴー　榊原晃三編訳
ノートル＝ダム・ド・パリ　全二冊　ユゴー　辻昶・松下和則訳
モンテ・クリスト伯　全七冊　アレクサンドル・デュマ　山内義雄訳
三銃士　全二冊　デュマ　生島遼一訳
エトルリヤの壺　他五篇　メリメ　杉捷夫訳
カルメン　メリメ　杉捷夫訳
愛の妖精（プチット・ファデット）　ジョルジュ・サンド　宮崎嶺雄訳
ボヴァリー夫人　全二冊　フローベール　伊吹武彦訳
感情教育　全二冊　フローベール　生島遼一訳
紋切型辞典　フローベール　小倉孝誠訳
サラムボー　全二冊　フローベール　中條屋進訳
未来のイヴ　全二冊　ヴィリエ・ド・リラダン　渡辺一夫訳
風車小屋だより　ドーデー　桜田佐訳
月曜物語　ドーデー　桜田佐訳
サフォ　パリ風俗　ドーデー　朝倉季雄訳
プチ・ショーズ　—ある少年の物語　ドーデー　原千代海訳
少年少女　アナトール・フランス　三好達治訳

神々は渇く　アナトール・フランス　大塚幸男訳
テレーズ・ラカン　全二冊　エミール・ゾラ　小林正訳
ジェルミナール　全三冊　エミール・ゾラ　安士正夫訳
獣人　全二冊　エミール・ゾラ　川口篤訳
制作　全二冊　エミール・ゾラ　清水正和訳
水車小屋攻撃　他七篇　エミール・ゾラ　朝比奈弘治訳
氷島の漁夫　ピエール・ロチ　吉氷清訳
マラルメ詩集　渡辺守章訳
脂肪のかたまり　モーパッサン　高山鉄男訳
メゾンテリエ　他三篇　モーパッサン　河盛好蔵訳
モーパッサン短篇選　高山鉄男編訳
わたしたちの心　モーパッサン　笠間直穂子訳
地獄の季節　ランボオ　小林秀雄訳
にんじん　ルナアル　岸田国士訳
ぶどう畑のぶどう作り　ルナアル　岸田国士訳
博物誌　ルナール　辻昶訳
ジャン・クリストフ　全四冊　ロマン・ローラン　豊島与志雄訳

トルストイの生涯　ロマン・ロラン　蛯原徳夫訳
ベートーヴェンの生涯　ロマン・ロラン　片山敏彦訳
ミケランジェロの生涯　ロマン・ロラン　高田博厚訳
フランシス・ジャム詩集　手塚伸一訳
三人の乙女たち　フランシス・ジャム　手塚伸一訳
背徳者　アンドレ・ジイド　川口篤訳
法王庁の抜け穴　アンドレ・ジイド　石川淳訳
続コンゴ紀行　—チャド湖より還る　アンドレ・ジイド　杉捷夫訳
ヴァレリー詩集　ポール・ヴァレリー　鈴木信太郎訳
精神の危機　他十五篇　ポール・ヴァレリー　恒川邦夫訳
若き日の手紙　フィリップ　外山楢夫訳
朝のコント　フィリップ　淀野隆三訳
シラノ・ド・ベルジュラック　ロスタン　辰野隆・鈴木信太郎訳
海の沈黙・星への歩み　ヴェルコール　河野與一・加藤周一訳
地底旅行　ジュール・ヴェルヌ　朝比奈弘治訳
八十日間世界一周　ジュール・ヴェルヌ　鈴木啓二訳
海底二万里　全二冊　ジュール・ヴェルヌ　朝比奈美知子訳

プロヴァンスの少女（ミレイユ）　ミストラル　杉冨士雄訳
結婚十五の歓び　新倉俊一訳
死霊の恋・ポンペイ夜話 他三篇　ゴーチエ　田辺貞之助訳
火の娘たち　ネルヴァル　野崎歓訳
パリの夜 —革命下の民衆　レチフ・ド・ラ・ブルトンヌ　植田祐次編訳
牝猫（めすねこ）　コレット　工藤庸子訳
シェリ　コレット　工藤庸子訳
シェリの最後　コレット　工藤庸子訳
生きている過去　レニエ　窪田般彌訳
ノディエ幻想短篇集　ノディエ　篠田知和基編訳
フランス短篇傑作選　山田稔編訳
シュルレアリスム宣言・溶ける魚　アンドレ・ブルトン　巖谷國士訳
ナジャ　アンドレ・ブルトン　巖谷國士訳
不遇なる一天才の手記　ヴォーヴナルグ　関根秀雄訳
ヂェルミニィ・ラセルトゥウ　ゴンクウル兄弟　大西克和訳
フランス名詩選　安藤元雄　入沢康夫　渋沢孝輔編
繻子の靴 全二冊　ポール・クローデル　渡辺守章訳

A・O・バルナブース全集 全二冊　ヴァレリー・ラルボー　岩崎力訳
悪魔祓い　ル・クレジオ　高山鉄男訳
楽しみと日々　プルースト　岩崎力訳
失われた時を求めて 全十四冊　プルースト　吉川一義訳
丘　ジャン・ジオノ　山本省訳
子ども 全二冊　ジュール・ヴァレス　朝比奈弘治訳
シルトの岸辺　ジュリアン・グラック　安藤元雄訳
星の王子さま　サン＝テグジュペリ　内藤濯訳
プレヴェール詩集　小笠原豊樹訳

岩波文庫の最新刊

揖斐高編訳
江戸漢詩選（上）

江戸時代に大きく花開いた日本の漢詩の世界。詩人百五十人・三百二十首を選び、小伝や丁寧な語注と共に編む。上巻は幕初から江戸中期を収める。（全二冊）
〔黄二八五-一〕 本体一二〇〇円

ヘーゲル著／上妻精・佐藤康邦・山田忠彰訳
法の哲学（上）
—自然法と国家学の要綱—

一八二一年に公刊されたヘーゲルの主著の一つ。それは近代の自画像を描く試みであった。上巻は、「第一部 抽象法」「第二部 道徳」を収録。（全二冊）
〔青六三〇-二〕 本体一二〇〇円

ズヴェーヴォ作／堤康徳訳
ゼーノの意識（上）

己を苛む感情を蘇らせながらも、精神分析医のように人生を淡々と回想する主人公ゼーノ。「意識の流れ」を精緻に描いた伊国の作家ズヴェーヴォの代表作。（全二冊）〔赤N七〇六-一〕 本体九七〇円

……今月の重版再開……

高浜虚子著
俳句はかく解しかく味う

本体五四〇円
〔緑二八-二〕

ジョイス作／結城英雄訳
ダブリンの市民

本体一〇七〇円
〔赤二五五-一〕

岩波文庫の最新刊

國方栄二訳
エピクテトス
人生談義 (下)

本当の自由とは何か。いかにすれば幸福を得られるか。ローマ帝国に生きた奴隷出身の哲学者の言葉。下巻は『語録』後半、『要録』他を収録。(全二冊)
〔青六〇八-二〕 本体一二六〇円

ヴァルター・ベンヤミン著／今村仁司、三島憲一他訳
パサージュ論 (二)

資本主義をめぐるベンヤミンの歴史哲学は、ボードレールの「現代性」の探究に出会う。最大の断章項目「ボードレール」のほか、「蒐集家」「室内、痕跡」を収録。(全五冊)
〔赤四六三-四〕 本体一二〇〇円

ズヴェーヴォ作／堤康徳訳
ゼーノの意識 (下)

ゼーノの当てどない意識の流れが、不可思議にも彼の人生を鮮やかに映し出していく。独白はカタストロフィの予感を漂わせて終わる。(全二冊)
〔赤N七〇六-二〕 本体九七〇円

……今月の重版再開……

田辺繁子訳
マヌの法典

本体一〇一〇円
〔青二六〇-一〕

鈴木成高・相原信作訳
ランケ
世界史概観
―近世史の諸時代―

本体八四〇円
〔青四一二-一〕

「……むぅ」
アリシアはちょっと
むくれている。

「なんですかしら……？」
茂みを掻き分けると、ミランダ隊長が
腹ばいになって潜り込んでいた。

フェリスの黄金の瞳から、涙が流れ落ちる。
「…早く滅ぼしましょうよ…」
巫女ジャニスは、フェリスの耳元で甘くささやいた。

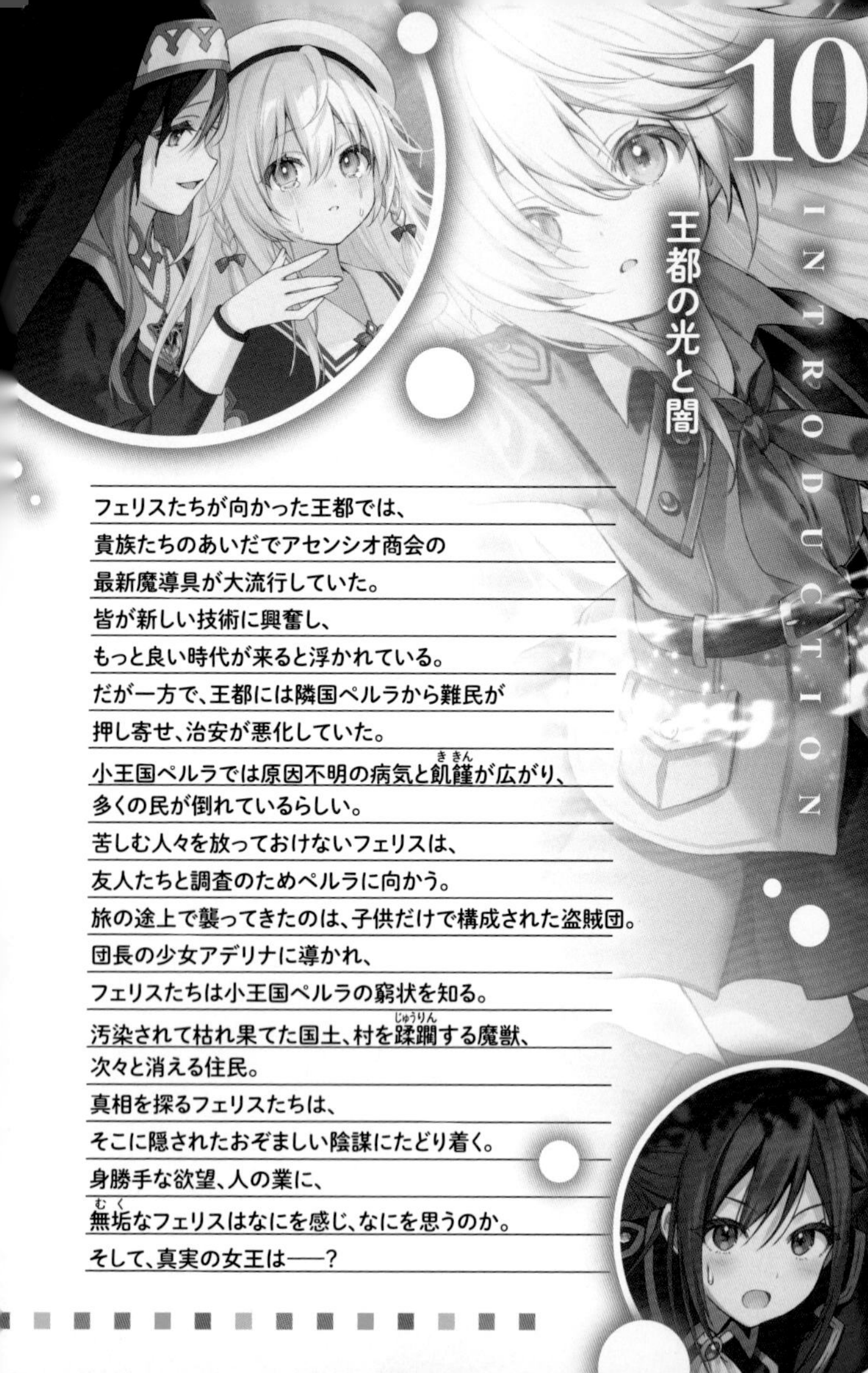

10

王都の光と闇

INTRODUCTION

フェリスたちが向かった王都では、
貴族たちのあいだでアセンシオ商会の
最新魔導具が大流行していた。
皆が新しい技術に興奮し、
もっと良い時代が来ると浮かれている。
だが一方で、王都には隣国ペルラから難民が
押し寄せ、治安が悪化していた。
小王国ペルラでは原因不明の病気と飢饉が広がり、
多くの民が倒れているらしい。
苦しむ人々を放っておけないフェリスは、
友人たちと調査のためペルラに向かう。
旅の途上で襲ってきたのは、子供だけで構成された盗賊団。
団長の少女アデリナに導かれ、
フェリスたちは小王国ペルラの窮状を知る。
汚染されて枯れ果てた国土、村を蹂躙する魔獣、
次々と消える住民。
真相を探るフェリスたちは、
そこに隠されたおぞましい陰謀にたどり着く。
身勝手な欲望、人の業に、
無垢なフェリスはなにを感じ、なにを思うのか。
そして、真実の女王は――?